# Albtraum

„*Die Freiheit des Menschen liegt nicht darin, dass er tun kann, was er will, sondern darin, dass er nicht tun muss, was er nicht will.*"

Jean-Jacques Rousseau

Nina Eitzner

# Albtraum

Bibliografische Information der Deutschen Nationalbibliothek:

Die Deutsche Nationalbibliothek verzeichnet diese Publikation in der Deutschen Nationalbibliografie; detaillierte bibliografische Daten sind im Internet über http://dnb.dnb.de abrufbar.

Herstellung und Verlag: Bod – Books on Demand, Norderstedt

ISBN: 9783746062860

# Inhaltsverzeichnis

# Einleitung

**E**s ist Freitag. Wie immer gehe ich zur Arbeit, bin um 7.35 Uhr da. Ich liebe mein Praktikum bei der Staatsanwaltschaft. Strafrecht ist mein Ding. Der Kontakt mit verschiedensten Leuten gefällt mir. Egal ob Beschuldigte, Auskunftspersonen oder den eher wenig vorkommenden Zeugen. Nicht das man mich falsch versteht. Ich mag es nicht, wenn Leute bestraft werden. Das Spannende daran sind die Geschichten rund um den Fall herum. Wie die verschiedenen Beteiligten über ihre Rolle sprechen, wie sie teilweise versuchen, sich irgendwie aus der Geschichte herauszureden. Meistens klappt es nicht. Wenn es klappt, ist es manchmal frustrierend. Manchmal liegen wir aber auch schlicht und einfach falsch, müssen oder können ein Verfahren einstellen. Damit habe ich kein Problem. Die Geschichten darum herum sind jedenfalls fast immer spannend, die Reaktionen auf mich, auf die gesamte Situation „Strafverfahren". Es ist ja nicht ein alltägliches Erlebnis, in ein Verfahren verwickelt zu sein, sei es nun ein Fahren in angetrunkenem Zustand oder ein Betrug... Ich bin nun schon ein paar Monate hier, mein Praktikum ist bald vorbei - leider.

Ich begrüsse alle, die schon da sind und gehe in mein Büro. Ich fahre den PC hoch und stemple mich ein, starte Snapware und öffne Outlook. Keine neuen Mails, nur wie immer das Polizeijournal, welches jeden Tag zugestellt wird. Das ist schnell gelesen, nichts Spezielles, nur ein paar Taschendiebstähle und Einbrüche. Diese haben sich inzwischen vom oberen in den unteren Kantonsteil verlagert. Ich höre Schritte. Jemand kommt die Treppe hoch, vermutlich einer der beiden Polizisten in den Büros gegenüber. Es klopft aber an der Tür, welche immer einen Spalt offensteht.

„Herein!?"

Daniel öffnet die Tür. Irgendetwas stimmt nicht, das spüre ich sofort.

*„Guten Morgen, Nina."* Etwas stimmt ganz und gar nicht. Seine Stimmlage ist anders als sonst. Sein Gesichtsausdruck ist ernst – zu ernst. Offenbar habe ich etwas verbockt.

„Morgen." sage ich etwas verwirrt. Er kommt nie morgens vorbei, ist nicht unbedingt ein Frühaufsteher. Dafür arbeitet er abends viel länger.

*„Sag mir den Namen eines Staatsanwalts..."* Was zum Teufel soll denn das?

„Thomas?" Er ist der erste, der mir gerade einfällt. Ich esse mittags meistens mit ihm.

*„Der wird sich freuen..."* murmelt er so vor sich hin. *„Also, ich habe eine gute und eine schlechte Nachricht."*

Oh mein Gott, was kommt denn jetzt? Ich habe gar kein gutes Gefühl, weiss aber nicht genau, warum.

*„Welche willst du zuerst hören?"*

„Die Gute?"

*„Okay. Du hast dir deinen Staatsanwalt gerade selbst ausgesucht."*

„Meinen Staatsanwalt? Warum denn das? Was ist denn die Schlechte? Hat man ein Verfahren gegen mich eröffnet?" meine ich noch eher scherzhaft.

*„Ja."* meint Daniel ganz trocken. Das ist jetzt aber sicher ein Witz. Wenn auch kein lustiger.

„Weswegen?" Das möchte ich, auch wenn es ein Witz ist, wissen. Ich kann sein Verhalten nicht einschätzen. Einerseits wirkt er anders als sonst, andrerseits weiss ich, dass ich nichts zu befürchten habe. Schliesslich habe ich nichts Strafbares getan.

*„Versuchte vorsätzliche Tötung."* Über solche Sachen macht er aber bestimmt keine Scherze. Das ist nicht seine Art. Ach du heilige Scheisse.

„Jetzt verarschst du mich…" Ich schaue zu ihm, als solle er mir das bestätigen. Er schüttelt aber nur den Kopf. Sein Blick ist ehrlich und es ist ihm nicht wohl. Ach du Scheisse.

„Kannst du mich mal aufklären? Bitte?" Ich beginne zu zittern, die Welt um mich herum beginnt sich zu drehen, ich sitze aber noch immer auf meinem Stuhl.

*„Also, zuerst einmal das: Gegen dich ist ein Vorverfahren eingeleitet worden wegen versuchter vorsätzlicher Tötung."*

„Was?!?" Ich kann's nicht glauben. Was geht denn hier bitte ab?

Er beginnt, die Rechtsbelehrung herunterzuleiern. Diese fängt immer so an, vorgelesen habe ich sie schliesslich schon selbst häufig genug.

*„…das heisst, dass du…"*

„Hör auf damit, das kenne ich!" Er fährt aber fort. Muss er auch, wenn er es ernst meint.

*„…das heisst, dass du die Aussage und Mitwirkung verweigern kannst und dass du das Recht auf einen Anwalt hast und nötigenfalls auch eine amtliche Verteidigung beantragen kannst. Falls notwendig hast du ebenfalls das Recht auf einen Dolmetscher. Hast du das verstanden?"*

„Die Beschuldigtenrechte kenne ich. Klärst du mich jetzt bitte auf? Du machst mir Angst." Ich glaube, dass sich noch jemand auf der Treppe befindet, aber sicher bin ich mir nicht.

*„Hast du die Belehrung verstanden?!?"* hakt Daniel fast schon genervt nach. Seine Nerven scheinen ziemlich blank zu liegen.

*„Ja... habe ich.* Warum ziehst du hier so eine Show ab?"

*„Das ist keine Show..."* Er meint es wirklich ernst.

*„Ich werde dir kurz erklären, worum es geht, auch wenn ich es persönlich nicht glaube und ich mir das so nicht vorstellen kann... Also: du sollst gestern Morgen, so um fünf nach Sieben, versucht haben, eine Frau unter einen einfahrenden Zug zu stossen. Du sollst sie zuerst mit einer Waffe bedroht und ihr dann gesagt haben, dass sie verschwinden soll."* Langsam glaube ich, dass es sich dabei um einen schlechten Traum handeln muss, aber ich weiss, dass dem nicht so ist. Es ist real, echt.

„Das heisst, dass du mich jetzt verhaftest und dass ich in spätestens vier Tagen vor dem Zwangsmassnahmengericht bin oder was?" Er kann das nicht ernst meinen, unmöglich. Deshalb auch meine leicht sarkastisch formulierte Rückfrage.

*„Sieht momentan leider fast so aus. Und jetzt machen wir dann eine Einvernahme nach Art. 224 StPO bei Thomas, der sagt dir dann noch ein paar Sachen und dann geht es vermutlich - zumindest vorübergehend - in Untersuchungshaft. Tut mir leid, aber ich kann nicht anders. Die anderen wissen übrigens noch nichts davon."*

Diese Antwort hatte ich jetzt aber nicht erwartet. Mir wird sofort speiübel. Ich bin kurz vor dem Kotzen.

5

„*Kommst du bitte mit?*" Ich weiss gerade nicht, was mit mir geschieht. Ich stehe wie ferngesteuert auf. „*Nimmst du deine Sachen bitte auch gleich mit?*"

Ich kann gerade nichts sagen, zittere aber wie Espenlaub, obwohl ich weiss, dass ich nichts getan habe. Aber das ist gerade etwas heftig. Ich packe mein Zeug und trete hinter meinem Schreibtisch hervor. Mein Magen fährt Achterbahn. Draussen vor der Tür, auf der Treppe, steht Thomas. Sein Blick ist schwierig einzuschätzen, aber auch ihm scheint es nicht wohl in seiner Haut zu sein. Er war aber schnell hier, ich habe ihn ja schliesslich erst gerade „ausgesucht". Oder wusste Daniel, dass ich ihn wählen werde? Oder hat ihn jemand schnell geholt? Obwohl, diese Frage zu klären ist zurzeit wohl eher nebensächlich.

„*Guten Morgen...*" sagt er, als er mich erblickt.

„Hallo Thomas." Mehr bekomme ich nicht über die Lippen. Mir einen guten Morgen zu wünschen, ist aber doch etwas übertrieben.

„*Du machst keinen Scheiss, oder?*" Damit meint er wohl einen Fluchtversuch.

„Nein, nein." Thomas geht vor mir, Daniel hinter mir. Ich werde von beiden Seiten abgesichert. Sie meinen es wohl ziemlich ernst. Treppe runter, Gang entlang, durch die Tür, Treppe hoch, durch die Tür und links noch einmal durch die Tür.

„*Ich bleibe draussen, ich hoffe, du verstehst das. Ein Bisschen Objektivität sollte doch noch erhalten bleiben. Ich hoffe wirklich, dass an dieser Sache nichts dran ist, ehrlich.*" Mit diesen Worten bleibt Daniel vor dem Büro stehen.

„Es ist nichts dran, glaub mir." Immerhin kann ich wieder sprechen. Shit. Was soll das Ganze? Die sollen mich bitte ganz bitterlich verarschen. Ich wäre ihnen zwar böse, aber lieber eine Verarschung, als dass das die Realität ist. Thomas geht um seinen Schreibtisch herum, lässt dabei einen kleinen Stapel Papier in eine Schublade verschwinden, setzt sich hin und sieht mich ganz merkwürdig an. Ich setze mich auch.

„Was soll das?" frage ich, in der Hoffnung, dass er mich gleich auslacht und sagt, dass es sich um einen Scherz gehandelt hat. Diese Hoffnung wird aber enttäuscht.

*„Okay… das ist jetzt auch für mich nicht ganz so einfach."* Er macht eine kurze Pause und atmet tief durch. *„Wir spulen das ganze Programm jetzt am besten schnell ab, so dass die Sache erledigt ist. Also: Hast du einen Ausweis dabei?"* Er kennt mich doch eigentlich, aber eben, das Programm wird abgespult.

„Ja, Moment schnell…" ich greife in meine Tasche um mein Portemonnaie heraus zu holen. Thomas spannt sich kurz an, entspannt dann aber sofort wieder. Glauben die wirklich, dass ich etwas getan habe? Andrerseits würden die wohl kein derartiges Theater veranstalten, wenn sie der Meinung wären, es sei nichts dahinter. Ich reiche ihm meinen Ausweis und Thomas gleicht ihn mit den Angaben auf seinem Bildschirm ab. Plötzlich klopft es an der Tür. Thomas sagt laut „ja" und eine Person, die ich noch nie gesehen habe, öffnet die Tür und kommt herein.

*„Ach, Herr Zimmermann!"*

Huch, ein Anwalt. Jetzt wird mir ganz komisch, denn in diesem Augenblick kann ich definitiv ausschliessen, dass sie mich durch den Kakao ziehen wollen. So einen Aufwand betreiben sie bestimmt nicht.

*„Nina, das ist der Anwalt, den wir für dich organisiert haben. Er nimmt jetzt hinten Platz und nimmt an dieser Einvernahme teil. Zu Ihrer Info: wir haben noch nicht angefangen und im Anschluss an diese Einvernahme haben Sie*

*im Untersuchungsgefängnis natürlich Zeit, sich mit Ihrer Mandantin zu besprechen und auch die Akten einzusehen."*

*„Okay, guten Morgen Frau Eitzner."*

„Guten Morgen." Überforderung und Überrumpelung machen sich in mir breit und mischen sich mit der bereits vorhandenen Angst und Verwirrung. Mein Mund wird trocken, dafür sind meine Hände schweissnass.

*„So Nina, machen wir mal weiter. Zuerst einmal zu deinen Personalien: du heisst Nina Eitzner, bist am 19. März 1986 in Olten geboren, bist Bürgerin von Landquart/GR, wohnst in der Laufenstrasse 67 in Dübendorf und bist zurzeit Auditorin hier bei der Staatsanwaltschaft. Ist das korrekt?"*

„Ja."

*„Du erscheinst nach Vorführung und anwesend ist noch der Herr Zimmermann als dein Anwalt. Es liegt ein Fall notwendiger Verteidigung vor. Eine Übersetzung benötigst du nicht, oder?"*

„Nein." Auf der anderen Seite des Tisches zu sitzen ist schon komisch... und jetzt kommt vermutlich der Hammer.

*„Du wirst heute als beschuldigte Person einvernommen. Bist du in der Lage, der Befragung zu folgen?*

„Ja."

*"Gegen dich ist ein Vorverfahren wegen versuchter vorsätzlicher Tötung und einer Störung des Eisenbahnverkehrs eingeleitet worden. Du hast das Recht, die Aussage und die Mitwirkung zu verweigern. Hast du diese Hinweise verstanden?"*

Was soll das? Ich verstehe nur noch Bahnhof. Was passiert hier gerade mit mir? Wer zum Teufel behauptet denn bitte, dass ich so etwas getan habe?

„Nina, hast du das verstanden?"

„Ja..."

„Deine Aussagen, die du tätigst, werden zu Protokoll genommen. Du kannst das Protokoll am Ende der Einvernahme gegenlesen und allfällige Korrekturen anbringen. Ich werde dich dann bitten, das Protokoll zu unterzeichnen. Das Protokoll wird schliesslich zu den Akten genommen, so dass deine Aussagen als Beweismittel in diesem Verfahren verwendet werden können. Hast du das verstanden?"

„Ja."

„Du musst in diesem Verfahren verteidigt werden, da - aufgrund der zu erwartenden Strafe und der zu erwartenden U-Haft-Dauer - ein Fall notwendiger Verteidigung vorliegt. Deswegen ist Herr Zimmermann auch hier. Dir ist vorläufig von Amtes wegen ein Verteidiger bestellt worden. Hast du auch das verstanden?"

„Ja." Und jetzt bin ich wirklich gespannt, was kommt. Thomas atmet nochmals durch. Er schaut mich fast nicht an. Herr Zimmermann sitzt hinten und schweigt. Mein Puls rast.

„Gut. Boah, ist das ein Scheiss. Glaub mir, ich mache das nicht gern. Jetzt kommt der echt schlimme Teil: Du stehst unter dringendem Tatverdacht, eine versuchte vorsätzliche Tötung und eine Störung des Eisenbahnverkehrs begangen zu haben. Der Tatverdacht beruht darauf, dass du Ingrid Eitzner, die Frau deines Onkels, gestern Morgen um circa sieben Uhr hier am Bahnhof mit einer Pistole bedroht und anschliessend versucht haben sollst, sie umzubringen, indem du sie unter den einfahrenden Zug gestossen hast. Wie äusserst du dich hierzu?"

Ingrid? Diese verdammte Frau macht doch nur Probleme. Aber was soll ich dazu sagen? Ich höre das zum ersten Mal.

Ich versuche es also am besten mit der Wahrheit. Die Aussage zu verweigern wäre zwar auch eine Alternative, aber was soll mir schon Grosses passieren? Und Lügen kommt nicht in Frage, da ich sowieso nicht wüsste, warum ich lügen sollte.

„Also... Viel kann ich dazu nicht sagen. Ich bin gestern ganz normal mit dem Sieben-Uhr-Zug hierhin arbeiten gekommen. Vor sieben Uhr war ich gar nicht hier... Ich habe das nicht getan."

*„Gemäss ersten Erhebungen der Polizei hat sie deinen Namen genannt; dass du sie unter den Zug gestossen hättest."*

„Ich bin das nicht gewesen, ich war zu dieser Zeit gar nicht hier, das habe ich doch schon gesagt..."

*„Kannst du das sofort beweisen?"* Ich sehe, dass er auf ein „ja" hofft. Er schaut mich an, man sieht richtig, wie er hofft, dass ich sage, dass Mirko um diese Zeit wach war und ich noch zu Hause war oder dass ich mit Alex oder Mirjam zur Arbeit gefahren bin. Ihm ist derzeit auch völlig egal, dass ein Anwalt anwesend ist. Er möchte diese Sache offenbar nur schnell hinter sich bringen.

„Leider nicht. Aber du glaubst nicht wirklich, dass ich versuche, meine Tante umzubringen und dann hierhin arbeiten komme, als ob nichts gewesen wäre!" Das nimmt er nicht ins Protokoll auf, nur das 'leider nein' hat er aufgeschrieben.

*„Du weisst, dass es derzeit nicht darauf ankommt, was ich glaube..."* Er leidet offenbar mit mir, sieht mich kurz an, fährt aber trotzdem fort. *„Okay, weiter: Es ist zu befürchten, dass du Personen beeinflusst oder auf Beweismittel einwirkst, um so die Wahrheitsfindung zu beeinträchtigen; dies, weil noch kaum Aussagen vorliegen und weil die wichtigsten Beweismittel noch nicht erhoben worden sind. Was sagst du dazu?"*

„Was soll ich schon sagen? Ich weiss, dass ich nichts getan habe und dass dementsprechend keine Beweismittel vorhanden sind, also kann ich auch nichts beeinträchtigen. Aber ich verstehe es, Kollusionsgefahr halt, auch wenn ich nicht weiss, was ich kolludieren könnte."

*„Du weisst, wie es ist. Und für mich ist das auch Scheisse. Es ist ja nicht so, dass ich Spass an dieser Sache hier hätte. Dann kommt jetzt noch der Hinweis, dass wir beim Zwangsmassnahmengericht voraussichtlich einen Antrag auf U-Haft stellen müssen. Für den Fall des Antrags gilt Folgendes: du wirst durch das Zwangsmassnahmengericht, oder kurz ZMG, persönlich angehört, ausser du verzichtest ausdrücklich darauf. Wenn du verzichtest ergeht der Entscheid im schriftlichen Verfahren. Verzichtest du auf die persönliche Anhörung?"*

„Ja."

*„Warum?"*

„Ich glaube, dass ich das keinem hier antun muss. Ich kenne euch doch alle. Und das wäre für alle Beteiligten keine lustige Situation. Ausserdem hoffe ich doch, dass es nicht soweit kommt. Erfahrungsgemäss kann das Ganze hier aber wohl eine Weile dauern." Mir schwant langsam, dass das hier doch länger als ein paar Stunden dauern könnte. Ich fühle mich aber so von der Situation überfahren, dass ich das Alles einfach über mich ergehen lasse.

*„Danke für den Verzicht, ehrlich. Du weisst, dass alle Eingaben in deutscher Sprache erfolgen müssen und sonst das mündliche Verfahren durchgeführt wird?"*

„Ja."

*„Fühlst du dich gesund?"*

„Ja. Ich brauche auch keine Medikamente, habe keine Haustiere, welche versorgt werden müssten und kümmere mich auch nicht um Personen." Das wären die nächsten Fragen, welche er stellen müsste. Ich kann die Antworten darauf vorwegnehmen. Bei Thomas ist ein kleines Lächeln zu sehen. Sein Gesichtsausdruck wird aber sofort wieder todernst.

„Muss ich irgendwelche Angehörigen über deine Festnahme informieren?"

„Es wäre nett, wenn du Mirko anrufen könntest, auch wenn er ‚nur' mein Verlobter ist. Kannst du das für mich tun?" Er schaut mich so nach dem Motto ‚ich darf das eigentlich nicht, aber ich mache es trotzdem' an und nickt dann kurz. Er reicht mir einen Kugelschreiber und ein Blatt Papier. Ich schreibe Mirkos Nummer auf.

„Was ich mit dieser Frage anfangen soll, weiss ich jetzt nicht genau. Ich stelle sie einfach mal: Muss ich deinen Arbeitgeber über die Festnahme informieren?" Mir rutscht jetzt tatsächlich ein Lacher raus. Auch Thomas kann es sich nicht verkneifen. Die Atmosphäre lockert sich dadurch zumindest etwas auf.

„Ich glaube, mein Arbeitgeber hat es schon vor mir gewusst. Aber wenn du willst kannst du eine Mitteilung machen. Spätestens bei der Besprechung werden doch sowieso alle informiert." Auch Zimmermann hinten höre ich kichern.

„Herr Zimmermann, haben Sie Ergänzungsfragen?"

„Nein, momentan nicht, ich muss mich zuerst mit meiner neuen Mandantin unterhalten."

„Gut, das wär's erst mal gewesen. Ich drucke die Einvernahme schnell aus. Wie das mit dem Unterzeichnen läuft muss ich dir ja nicht sagen." Er macht eine Pause. Der Drucker druckt. Es herrscht eine gespenstische Stille. Er soll doch bitte etwas sagen. Ansonsten ist er doch der Clown. Dass ihm auch nicht wohl ist, sehe ich, aber eine kleine Aufmunterung könnte ich brauchen. Aber er versucht, jeden Blickkontakt zu vermeiden. Verständlich, auch wenn er sonst ein sehr offener und direkter Typ ist.

Ich unterschreibe, ohne das Protokoll zu lesen. Bei jeder Seite hört man, wie der Kugelschreiber über das Papier fährt. Man könnte eine Stecknadel fallen hören.

„Und jetzt?" Er schaut mich kurz an.

„*Tut mir leid, das jetzt sagen zu müssen, aber die Polizei bringt dich jetzt in die Frauenabteilung des Untersuchungsgefängnisses, wir können dich ja sonst nirgendwo in der Nähe unterbringen.*" Er öffnet die Schublade und nimmt den Stapel Blätter wieder hervor. „*Dann habe ich hier noch den Haftbefehl und einen Hausdurchsuchungsbefehl, welche ich dir aushändigen muss. Die Hausdurchsuchung wird bald durchgeführt. Wenn du mir euren Wohnungsschlüssel gibst, ersparst du uns das Aufbrechen der Türe. Des Weiteren gibt es jetzt noch eine erkennungsdienstliche Behandlung bei der Polizei und später komme ich noch vorbei, um eine erste kurze Einvernahme zur Sache zu machen, dafür benötige ich aber die Resultate der Hausdurchsuchung und der erkennungsdienstlichen Behandlung.*" Er macht wieder eine Pause. Daniels Satz fällt mir ein, dass es dann ‚vermutlich' ins Gefängnis gehe. Da hat er doch Humor bewiesen, schliesslich hat er den Haftbefehl unterschrieben. Ich reiche Thomas meinen Hausschlüssel. Eine aufgebrochene Wohnungstüre muss nicht unbedingt sein.

„*Gibst du mir noch bitte dein Mobiltelefon?*"

„Warum?" Blöde Frage...

„*Weil ich es beschlagnahmen muss, ausser, du gibst es mir freiwillig.*"

Ich reiche es ihm rüber. „Du kannst es haben, musst es nicht förmlich beschlagnahmen. Ist gut so."

„*Dürfen wir es auswerten?*"

„Ja."

„*Hast du noch andere elektronische Geräte dabei?*"

Ich hole noch meinen iPod aus der Tasche und reiche ihn rüber.

„*Sorry, ich kann wirklich nichts anders handeln. Es tut mir so leid für dich. Unterschreibst du bitte noch den Hausdurchsuchungs-, den Beschlagnahme- und den Haftbefehl? Die Beschlagnahme für das Mobiltelefon und den iPod war schon ausgestellt.*" Ich unterschreibe. Er reicht mir jeweils ein Doppel.

„*So, ich schlage vor, dass wir den Hinterausgang nehmen und unten rausgehen, dort wartet eine Polizeipatrouille auf dich, welche dich zuerst noch auf den Posten für die erkennungsdienstliche Behandlung und dann zum Eintritt ins Gefängnis bringt. Du versuchst nicht irgendwie zu flüchten, oder? Sonst müsste ich dich nämlich fesseln lassen und das will ich nicht.*"

„Ich habe es nicht vor und es würde sowieso nichts bringen." Thomas öffnet die Tür, Herr Zimmermann bleibt sitzen. Wir gehen beide die zwei Stockwerke nach unten. Ich zittere. Laufe wie ferngesteuert. Als wir unten durch die letzte Türe gehen und vor der Schiebetüre stehen, sehe ich schon wieder ein bekanntes Gesicht.

„Nein, auch das noch!"

„*Was denn?*" fragt Thomas.

„Das ist Juri von der Nachtschicht bei der Polizei." Auch Juri schaut mich ganz entsetzt an. Wusste auch er das nicht?

Das geht ja wie am Schnürchen weiter; von schlimm zu noch schlimmer und wieder zurück. Ich stehe noch immer vor der Tür. Thomas legt seine Hand auf meinen Rücken.

*„Kommst du bitte mit raus?"* Er schiebt leicht von hinten.

Ich gehe weiter, die Tür geht auf und ein *„Also das habe ich jetzt nicht erwartet!"* kommt mir entgegen.

*„Oh Shit. Ich habe zwar schon versprochen, dich besuchen zu kommen. So war das aber nicht gedacht. Es ist doch kein Druckfehler im Transportauftrag."* Trotz allem lächelt er.

Thomas: *„Er ist wenigstens ein Bekannter. Sieh es doch positiv! Ich überlasse dich jetzt den beiden. Ich komme später nochmal vorbei. Sorry. Bis später."* Er kehrt um und geht wieder ins Gebäude.

„Darf ich bitte eine rauchen, bevor dieser Albtraum hier weitergeht?"

*„Aber sicher."* Juri macht eine Pause und schaut seinen Kollegen an, diesen kenne ich nicht.

*„Das ist übrigens Max, und das ist Nina, wir kennen uns von einem Nachdienst, den sie begleitet hat."* Ich strecke ihm die Hand entgegen, er reagiert aber eher zurückhaltend, wenn man das so sagen kann. Den Nachtdienst, den ich begleiten konnte, war toll. Es hat einen guten Einblick in die Polizeiarbeit gegeben, auch wenn in dieser Nacht vor ein paar Wochen fast nichts los war.

*„Keine Angst, sie tut nix."* sagt Juri. Klingt so, als ob ich ein Hund wäre. Max gibt mir dann die Hand, aber ohne Kommentar. *„Was ist eigentlich los?"* Ich nehme eine Zigarette aus der Tasche und zünde sie an.

„Wenn ich das wüsste... Ich soll versucht haben, meine Tante umzubringen, aber wie das abgelaufen sein soll, weiss ich auch nicht."

*„Die Schizophrene?"* Ich hatte Juri anlässlich des Nachdienstes Einiges über meine ungewöhnliche Familiensituation erzählt.

*„Ja."* Auch er zündet sich noch eine Zigarette an.

*„Wie geht's dir?"*

„Bis heute Morgen ging es mir gut, jetzt weiss ich ehrlich gesagt nicht genau, wie es mir gehen soll. Es ist eine etwas schräge Situation."

*„So etwas, wie das hier hatte ich auch noch nicht. Schon komisch..."*

„Ich hoffe nur, dass sich das schnell aufklärt. Aber HD, Festnahme, Beschlagnahme, Einvernahme und das alles ist schon extrem. Und in einer Zelle war ich auch noch nie. Die habe ich nur von aussen oder mit offener Türe gesehen."

*„Darf ich trotzdem schnell in deine Tasche schauen? Nur zur Sicherheit."*

„Tu dir keinen Zwang an." Er schaut hinein, wühlt kurz darin und gibt mir die Tasche zurück.

*„Sollen wir?"* Er drückt seine Zigarette aus. Meine habe ich noch nicht mal zur Hälfte geraucht; aber das ist besser als gar nichts.

„Wir müssen wohl. Wenigstens ich."

*„Setzt du dich diesmal bitte hinten rechts ins Fahrzeug?"* Auf den Beschuldigtensitz sozusagen. Aus Sicherheitsgründen so weit wie möglich vom Fahrer entfernt.

„Okay."

*„Ich sitze hinten links. Wir fahren jetzt schnell zum Polizeiposten für das ED-Zeugs und dann geht es wohl oder übel*

*noch eine Tür weiter."* Ich nehme einen letzten Zug, drücke meine Zigarette aus und setze mich ins Auto. Die Fahrt zum Polizeiposten verbringen wir grösstenteils schweigend. Was soll man dazu auch sagen?

Nach ein paar Minuten fragt mich Juri: *„An dieser Geschichte ist aber kein Fleisch?"*

„Nein, aber das wissen sie leider noch nicht."

Bei der Polizei angekommen geht es hoch in den ersten Stock zur ED-Behandlung. Eine Polizistin holt mich ab und führt mich in einen separaten Raum. Sie durchsucht meine Kleider und tastet mich ab. Mein Gürtel, alles was ich in meinen Hosentaschen habe und auch meine Tasche landen in einem durchsichtigen, grossen Plastikbeutel. Als erstes geht es in ein Büro, wo ich eine DNA-Probe abgeben muss und meine Fingerabdrücke genommen werden. Wenigstens bekommt man keine schwarzen Finger mehr davon. Es läuft alles digital, wie im Passbüro. Dann machen sie noch irgendeinen Wischtest an meinen Händen. Was soll das denn? In einem weiteren Raum werde ich noch vermessen und gewogen. Ein hübsches Foto noch zum Schluss. Man kommt sich wirklich vor wie ein Schwerverbrecher. Obwohl: momentan ist dieser Gedanke wohl nicht einmal so abwegig.

Seit Arbeitsbeginn sind jetzt gut zwei Stunden vergangen. Und mein Leben hat sich komplett verändert. Ich bin in einer anderen Situation, kann nicht tun und lassen, was ich will - es wird über mich bestimmt. Und alles, weil ich diese verdammte, schizophrene Frau in der Familie habe. Es wird sehr wenig gesprochen. Ich werde von einem Büro ins nächste geführt und folge den Anweisungen noch immer, als würde jemand mich wie eine Marionette steuern.

Dann werde ich in einer Tageszelle im unteren Bereich eingeschlossen, um auf den Transport zu warten. Die Schuhe und der Plastikbeutel bleiben vor der Türe liegen. Ich trete hinein. Warten werde ich in den nächsten Tagen sicher noch häufiger. Die Tür fällt ins Schloss. Der Schlüssel dreht sich. Ich setze mich hin, auf das kleine, schmale Bett. Jetzt habe ich ein paar Minuten für mich - wenigstens fast. In der linken oberen Ecke hat es eine Kamera. Das alles kann doch nicht wahr sein. Was hat das alles hier für eine Vorgeschichte? Ich kann mir keinen Reim darauf machen. Weiss gar nicht, was ich denken soll. Was passiert heute noch? Es ist noch früh, da kann sich noch viel ergeben. Langsam fahre ich mich etwas herunter. Meine Nerven werden es mir danken. Aber ruhig bin ich noch lange nicht. Nach einer geschätzten halben Stunde in dieser mickrigen, muffigen Zelle kommt Juri wieder. Die Zeit kann ich nur schätzen. Ich trage schon seit Jahren keine Uhr mehr, da ich das Mobiltelefon immer dabei habe. Aber das ist ja weg. Im Schlepptau hat Juri seinen nicht sehr gesprächigen Kollegen. *„Gehen wir noch eine rauchen, bevor es eine Türe weitergeht?"* Das ist aber nett ausgedrückt. Thomas hatte nicht mal Unrecht, einen Bekannten als „Taxi" zu haben ist wirklich nicht schlecht. Ich ziehe meine Schuhe an, schnappe mir meinen Beutel und werde von Juri und Max eskortiert nach draussen geführt. Vor dem Posten angekommen rauchen wir wie abgemacht noch einmal eine Zigarette. Inzwischen hat sich ein ganzer Papierstapel bei mir angesammelt: HD-Befehl, Haftbefehl, Beschlagnahmebefehl und die Generalverfügung wegen der ED-Behandlung samt sämtlichen Rechtsmittelbelehrungen, welche doch auf jeder Anordnung wieder dieselben sind. Ich stecke alles in den Plastikbeutel.

*„Und, wie war die Erfahrung, in einer geschlossenen Zelle zu sein?"* Das musste fast kommen. Ich sage nichts, sehe ihn nur an, als ob er wohl nichts Gescheiteres fragen könnte. Er versteht, was ich sagen will.

*„Geht es dir immer noch gut?"*

„Na ja, es geht. Mir ist zwar übel, aber ändern kann ich daran dummerweise nichts."

*„Das stimmt leider. Aber wenigstens bist du von unserer Seite aus gesehen eine sehr umgängliche Kundin. So, wir sollten langsam..."*

Wir steigen wieder ins Auto und es geht weiter in Richtung Frauengefängnis. Auf der Fahrt dorthin wünsche ich mir, dass ich bitte aufwachen soll. Die Situation überfordert mich. Ich bin ausgeliefert und muss das alles einfach über mich ergehen lassen. Was für ein merkwürdiges Gefühl. Es lässt sich schwer umschreiben. Wut? Unsicherheit? Überforderung? Oder eine Mischung aus allem? Irgendwie schäme ich mich auch, warum weiss ich nicht.

Wir fahren unaufhaltsam in Richtung Knast. Was passiert hier gerade mit mir?

„Muss das wirklich sein Juri? Willst du mich wirklich im Gefängnis abliefern?"

*„Nina, ich habe nicht wirklich eine Wahl... Wird schon werden, mach dir keine allzu grossen Sorgen."*

Wir fahren in den Hof der Strafanstalt. Das erste Tor schliesst sich, dann geht das zweite auf. Wir fahren weiter. Das zweite Tor schliesst sich und das dritte geht auf. Wir fahren auf einen kleinen Parkplatz. Juri steigt aus, Max öffnet die Türe auf meiner Seite. Ich bleibe noch sitzen. Ich will nicht durch diese Tür. Juri tritt an die Autotür.

*„Kommst du bitte mit? Wir müssen leider da hinein."*

„Ich weiss. Das kann doch nicht sein."

*„Ändern kann ich's nicht. Komm jetzt bitte, besser wird es so auch nicht."*

Ich steige langsam aus und laufe zusammen mit Juri zum Gefängniseingang. Dort warten schon ein Betreuer und eine Betreuerin.

*„So, das wär's von meiner Seite. Ich möchte dir noch viel Glück wünschen, nimm es nicht zu schwer. Meldest du dich kurz bei mir, wenn du wieder draussen bist?"*

„Das werde ich sicher machen. Einen schönen Tag noch und vielen Dank für den angenehmen Transport. Tschüss."

Auch hier war ich schon einmal. Während des Studiums anlässlich der Vorlesung Strafvollzug. Wer damals schon ein merkwürdiges Gefühl beim Betreten dieses Gefängnisses hatte, kann sich noch nicht einmal annähernd vorstellen, wie ich mich jetzt fühle.

# Eintritt in ein neues Leben

**F**rau Eitzner? Folgen Sie mir bitte? Ich bringe Sie jetzt zur Eingangsuntersuchung." sagt die Betreuerin und geht sofort los. Ich latsche ihr nach. Wir gehen ein Stockwerk nach oben. Sie öffnet eine Tür. Dahinter befindet sich ein kurzer Gang. Ich werde in ein Büro mit einem Schalter gebracht. „Geben Sie hier bitte Ihre persönlichen Effekten ab? Wir erstellen eine Liste davon. Beim Austritt bekommen Sie Ihre Sachen wieder."

Ich übergebe gleich den gesamten Plastikbeutel. Der Betreuer schreibt alles auf. „In den Taschen haben Sie nichts?"

„Nein."

„Darf ich mal schauen? Legen Sie Ihre Hände bitte an die Wand und stützen Sie sich ab. Dann machen Sie einen Schritt zurück." Okay. Sie kontrollieren mich tatsächlich erneut. Sie schaut in den Taschen nach und tastet mich ab. Die Zigaretten kommen noch zum Vorschein. Ich hatte sie vor dem Polizeiposten in die Hosentasche gesteckt. „Wollen Sie diese mitnehmen?"

„Gern." Zum Glück war das Päckchen heute Morgen fast voll. Es wird sich wohl rasant leeren.

„Gut, kommen Sie mit!" Sie führt mich durch die angrenzende Tür und nach links zu einer Art Umkleidekabine. Oh Shit. Dankeschön... Muss das denn sein?

„Ziehen Sie sich bitte aus." Ich zögere. „Bitte! Sonst geht es auf die unsanfte Methode."

„Ist ja gut..." Nur nicht so ungeduldig, ich mache das zum ersten Mal. Ich ziehe mich aus. Als ich splitterfasernackt vor ihr stehe muss ich die Arme anheben, dann muss ich mich mit dem Rücken zu ihr vornüberbeugen und die Pobacken auseinanderhalten. Zum guten Schluss kommt noch das „indie-Hocke-gehen" und husten. Dann schaut sie noch in meinen Mund und in die Haare.

*„Gut, Sie können sich wieder anziehen."* Sie ist wirklich die Freundlichkeit in Person. Ich möchte wissen, wie sie sich fühlen würde, wenn sie am Morgen ganz normal zur Arbeit geht und gut zwei Stunden später so erniedrigend behandelt wird. Kaum angezogen, kommt ein *„Kommen Sie mit!"* Okay...

Es geht durch zwei Türen, dann durch eine klassische Gittertür, wie man es sich in einem Gefängnis vorstellt. Anschliessend noch ein weiteres Stockwerk die Treppe hoch, wieder durch eine Gittertür, einen langen Gang entlang, durch eine weitere Türe, diesmal aber eine normale. Wir gehen noch ein paar Meter weiter. Rechts und links des Ganges hat es alle paar Meter eine Zellentür. Plötzlich bleibt sie vor einer Türe auf der linken Seite stehen. Sie öffnet sie.

*„Ziehen Sie bitte die Schuhe aus und treten Sie hinein."* Okay... Ich mache, was sie sagt und trete in die Zelle. *„Das hier ist eine Gegensprechanlage."* Sie deutet auf ein Kästchen an der Wand. *„Über die können Sie auch Radio hören oder im Notfall Hilfe rufen. Dort auf dem Tisch liegt die Anstaltsordnung, lesen Sie sich diese bitte gut durch. Jemand kommt dann später noch vorbei."*

Sie dreht sich um und geht. Einfach so. Die Türe schliesst sich. Ich höre, wie sich der Schlüssel zwei Mal im Schloss dreht. Ich setze mich aufs Bett. Ich schaue mich um. Es ist ziemlich weiss hier. Ein verankertes Bett, ein fest montierter Tisch mit einer Art Sitzbank auf der anderen Zellenseite. Das Fenster ist vergittert mit Blick auf den Hof. Öffnen lässt es sich aber nicht. Draussen ist niemand. Das Metallklo sowie ein kleines Waschbecken sind gleich neben der Türe. Dann noch ein Schrank und ein Regal, das war's.

Die Türe hat keine Klinke. Sie wird sich in nächster Zeit nicht öffnen. Ich kann hier nicht raus. Scheisse.

Jetzt bin ich zum ersten Mal seit heute Morgen allein. Abgesehen von der halben Stunde in der Postenzelle, von der ich aber nicht einmal mehr genau weiss, wie sie vergangen ist. Aber auch jetzt ist mein Kopf irgendwie leer. Mein Verstand versucht, die vielen wirren Gedanken, welche in meinem Kopf herumschwirren, zu ordnen. Der Erfolg scheint aber mässig zu sein.

Ich nehme meine Zigaretten hervor. Ich habe noch circa ein halbes Päckchen. Normalerweise reicht das etwa einen Tag. Keine Ahnung, wie lange diese halten. Aber ich sollte sie besser gut einteilen. Ich weiss nämlich nicht, wann ich die nächsten kaufen kann. Aber eine ist jetzt fällig. Ich versuche, die Zigarette anzuzünden. Erst jetzt merke ich, wie meine Hände immer noch zittern. Die Flamme züngelt wie wild. Die Zigarette tut gut, aber beruhigen tut sie mich leider nicht wirklich. Die Asche und schlussendlich auch der Stummel landen im WC.

Eine Stunde später sitze ich immer noch auf dem Bett, wo ich mich am Anfang hingesetzt hatte. Ich bin überfordert. Das war jetzt doch etwas viel auf einmal. Ich lasse das Ganze noch einmal Revue passieren. Das kann doch alles gar nicht sein. Ich versuche, zur Ruhe zu kommen, mein Herz pocht aber wie wild. Welche Uhrzeit haben wir eigentlich? Ich schalte das Radio ein und suche ein einigermassen anständiges Programm. Als erstes finde ich Radio SRF3. Sobald die nächsten Nachrichten kommen, werde ich wissen, wie spät es ist. Ich lege mich wieder aufs Bett. Thomas hat gesagt, dass er heute noch vorbeikomme. Auch Herr Zimmermann, unser „Stammanwalt", sollte noch kommen. Ich würde wirklich gerne wissen, wann ich wieder abgeholt werde. Wie lange ich hier warten muss. Im Radio läuft die Hitparade rauf und runter. Plötzlich tut sich was an der Türe. Die Klappe geht auf.

*„Mittagessen!"* Ach, es ist also etwa Mittag. An der Tür findet sich ein Tablett mit Plastikbesteck. Es gibt Hörnli mit Gehacktem, dazu ein Brötchen und Wasser. *„In einer halben Stunde holen wir wieder ab..."* klingt es in gebrochenem Deutsch.

*„Danke."* Ich nehme es an den Tisch und setze mich hin, aber Hunger habe ich eigentlich nicht. Oder vielleicht doch? Vermutlich will mein Magen einfach nichts zu sich nehmen. Ich würge ein paar Bissen hinunter und stochere mit der Gabel im Essen. Hey, das kann doch alles gar nicht sein! Das muss ein Traum sein...

Ich habe Angst. Kann nicht mehr über mich bestimmen, bin ausgeliefert, weiss nicht mehr, wie es weitergeht. Was Thomas wohl sagt, wenn er kommt? Dann gibt es die erste Einvernahme zur Sache. Dann kommt die ganze Belehrung über meine Rechte noch einmal. Wieder das „du wirst beschuldigt..." und wieder dieser Blick. So etwas zwischen gequält sein, Misstrauen und Professionalität. Dazu noch ein Bisschen Mitgefühl und Unwohlsein. Dabei habe ich doch gar nichts getan. Ich möchte am liebsten einfach nicht. Das kann dauern. Obwohl ich ja jetzt neuerdings nichts vorhabe. Die Klappe geht wieder auf.

*„Haben Sie fertig gesse?"*

*„Ja, Moment."* Ich bringe die Reste zurück.

*„Nit gut?"*

*„Sorry, ich habe keinen Hunger."* Er nimmt das Zeug und verschwindet wieder. Inzwischen laufen die Ein-Uhr-Nachrichten. Nix Neues. Schritte nähern sich wieder. Der Schlüssel dreht sich im Schloss und die Türe geht auf.

*„Ihr Anwalt ist hier."* sagt ein jüngerer Mann und deutet an, dass ich mitkommen soll. Ich ziehe die Schuhe an und gehe ihm nach. Er führt mich in ein kleines Zimmer. Ein

mickriger Tisch mit drei Stühlen ist alles, was da ist, wo Herr Zimmermann schon wartet.

*„Guten Tag nochmal, Frau Eitzner. Wie geht's?"* Warum fragen mich alle, wie es geht? Wie soll es mir schon gehen?!? Ich lebe noch, aber gut geht es mir bestimmt nicht. Es wird eher je länger, je schlimmer.

„Es geht." Kleine Notlüge.

*„Wir hatten heute Morgen leider keine Zeit, um uns zu unterhalten, also machen wir das doch jetzt."* Er nimmt ein Blatt aus der Tasche. *„Hier hätte ich aber zuerst eine Vollmacht, die Sie unterschreiben sollten, damit ich Sie vertreten darf. Würden Sie bitte unterschreiben?"* Na sicher doch. Gesagt, getan. Muss ein eingesetzter Anwalt eine Vollmacht haben? Egal. *„So, können Sie erzählen, was passiert ist? Sagen Sie ruhig die Wahrheit."*

Ist er denn schon von meiner Schuld überzeugt oder was?

„Also, es gibt nichts zu erzählen. Ich bin heute Morgen arbeiten gegangen, dann hat mich Daniel abgeholt und ab dann wissen Sie gleich viel wie ich. Jetzt bin ich hier. Ich habe überhaupt nichts getan..."

*„Okay. Ich weiss leider auch noch nicht viel, hatte noch keine Akteneinsicht, habe sie aber beantragt. Ich habe aber richtig verstanden, dass Sie bei der Staatsanwaltschaft arbeiten?"*

„Ja, das ist so." Als ob das jetzt das Wichtigste wäre, aber wenn es ihn interessiert.

*„Dann muss ich ja nicht allzu viel erklären. Wenn Sie wirklich nichts getan haben, können Sie bei der Einvernahme ruhig eine Aussage machen. Ich würde dann angesichts Ihrer Kenntnisse des Strafprozesses nicht daran teilnehmen, wenn Sie nichts dagegen haben."*

„Mir ist das egal. Es wird sich ja herausstellen, dass ich mit dieser Sache nichts zu tun habe."

*„Ich melde mich also wieder, nachdem ich Akteneinsicht erhalten habe. So, ich bin leider etwas im Stress. Ich wünsche Ihnen noch einen angenehmen Tag."*

„Wenn Sie meinen. Bis dann..." Er klingelt. Ein Betreuer öffnet die Tür.

*„Warten Sie einen Moment, ich hole Sie gleich ab."* Er schliesst die Türe wieder und begleitet Herrn Zimmermann nach draussen. Geschätzte 5 Minuten später – vermutlich sind es viel weniger – geht die Türe wieder auf. *„Kommen Sie bitte?"* Ich gehe mit und er begleitet mich wieder zu meiner Zelle. Ich ziehe meine Schuhe wieder aus. *„Wir haben Ihnen noch Laken und Waschzeug auf das Bett gelegt. Wollen Sie noch einen Fernseher? Der kostet einen Franken pro Tag."*

„Gern."

*„Ich bringe Ihnen also im Verlauf des Nachmittags noch einen."* Er schliesst mich wieder ein. Das ist schon schräg. Jetzt bin ich schon wieder allein. Ich beziehe das Bett. Wenigstens ein bisschen Farbe. Das Bettzeug ist blau. Jetzt habe ich noch einen Lappen, ein mickriges Handtuch, Seife, eine Zahnbürste, einen Plastikbecher und eine kleine Tube Zahnpasta. Das lege ich schon mal ins Regal. Im Radio läuft immer noch die Hitparade. Das war aber eine kurze Stippvisite meines Anwalts. Das hätte er genau so gut auch sein lassen können.

Jetzt warte ich also auf Thomas. Was der wohl zu sagen hat? Hoffentlich etwas Gutes. Aber wenn sie mich nicht in eine Postenzelle, sondern direkt hierhin bringen, kann das eigentlich nichts Gutes bedeuten. Ich mache mich selber verrückt. Es wird sich alles aufklären. Heute Morgen wussten sie schliesslich noch nicht, dass die Hausdurchsuchung und auch alle anderen Ermittlungen nichts ergeben werden. Allzu lange kann das nicht dauern. Abwarten und Tee trinken. Oder im Notfall etwas Wasser aus dem Hahn, mehr habe ich ja nicht.

Ich habe das Gefühl, dass die Zeit überhaupt nicht rumgeht. So ungeduldig wie heute war ich schon lange nicht mehr. Ich bin ja von Natur aus nicht die geduldigste Person, aber das hier lässt auch die besten Nerven zerreissen.

Mein Fernseher wird gebracht und mit einer Halterung an die Wand geschraubt. Ein mickriges, kleines Ding. Mit Kissen und Duvet versuche ich, eine einigermassen komfortable Fernsehposition zu finden. Aber das Bild ist so klein und so weit weg, dass das kaum möglich ist. Zum Glück hat er eine Fernbedienung. Ich muss nicht jedes Mal aufstehen, wenn ich umschalten will. Es kommt auch nichts Schlaues, und selbst wenn, meine Gedanken kreisen um ein ganz anderes Thema. Es ist jetzt drei Uhr. Was für ein miserables Fernsehprogramm am Nachmittag läuft. Wer schaut sich das denn bitte an? Ich versuche ein Bisschen zu schlafen, aber ohne viel Erfolg. Es wird vier. Im Fernsehen läuft eine Gerichtsshow - wie passend. Ein Mord - lebenslänglich. Hoffentlich ist das kein Omen. Ich schaue es mir trotzdem an. Dann wird es endlich fünf Uhr. Die Zeit vergeht nicht im Geringsten. Jeder Versuch, mich mit Fernsehen abzulenken, scheitert. Angesichts der ganzen Gerichtsshows ist das auch kein Wunder. Ich mache mich schon jetzt verrückt. Das ist nicht gut. Es muss sich schliesslich aufklären, da ich wirklich nicht weiss, woher diese Vorwürfe kommen. Eine Hausdurchsuchung unserer Wohnung kann gar nichts ergeben, ebenso wie eine Prüfung der Daten auf dem Telefon. Ich lese immer wieder den Haftbefehl und die Anordnung der Hausdurchsuchung durch. Sehe dort meinen Namen, das vorgeworfene Delikt - und kann es einfach nicht glauben. Versuche, das irgendwie zusammen zu bringen. Wenn sie mich wirklich länger in Haft behalten wollen, müssen sie in den ersten 48 Stunden nach meiner Festnahme Untersuchungshaft beantragen. Und das können sie nur, wenn es etwas gibt, das gegen mich spricht. Und da ich weiss, dass nichts zu finden ist, bin ich spätestens übermorgen wieder zu Hause. Es gibt eigentlich keinen Grund, mir Sorgen zu machen.

Irgendwann, kurz vor sechs, geht die Tür wieder auf.

## Erstes Wiedersehen mit Thomas

**H**err Gerber ist da. Es gibt noch eine Einvernahme. Kommen Sie bitte mit?" Wieso kommt denn der erst jetzt? Das ist ja extrem spät... Ich hätte eher gedacht, dass heute gar niemand mehr kommt. Wir laufen wieder zum selben Raum wie bei Herrn Zimmermann. Thomas wartet vor dem Laptop, welcher fast den ganzen Tisch bedeckt. Seinen Blick kann ich nicht richtig deuten, aber positiv ist er nicht.

*„Hallo Nina. Wie geht's?"* Nicht schon wieder diese Frage.

„Wie soll es mir denn gehen? Relativ beschissen." Meine Laune verschlechtert sich zusehends. Aber wenigstens bin ich wieder eine Zeit lang beschäftigt. Ich setze mich hin. Er macht noch etwas am Laptop, unterdessen verlässt der Betreuer den Raum.

*„Mir ist auch nicht wohl in meiner Haut, das kannst du mir glauben. Du bist aber anständig behandelt worden?"*

„Ja, das schon. Aber es ist trotzdem nicht lustig."

*„Und es wird noch viel weniger lustig, das kann ich dir sagen. Ich weiss nicht mehr, was ich glauben soll und was nicht."* Er scheint verwirrt zu sein. Und er meint das, was er sagt, todernst.

„Was soll denn das heissen?!?"

*„Das möchte ich jetzt eigentlich von dir wissen. Dein Anwalt ist nicht dabei habe ich gehört?"*

„Nein."

*„Es wäre vermutlich besser gewesen, wäre er jetzt da."* Jetzt habe ich Angst. Wirklich. Haben sie etwas gefunden? Das kann eigentlich gar nicht sein, aber Thomas benimmt

sich jetzt so dermassen merkwürdig, dass ich nicht weiss, was ich davon halten soll.

*„Sollen wir starten?"*

„Von mir aus. Habe ich denn eine Wahl?" Thomas schaut mich kurz ganz böse an.

*„Eigentlich nicht. Okay. Das ist Scheisse, echt. Also. Deine Personalien haben sich nicht geändert, du erscheinst aus der U-Haft und dein Anwalt ist nicht dabei. Du wirst wieder als Beschuldigte einvernommen, dieses Mal zur Sache."* Dann kommen nochmals die Belehrungen. Sicher ist sicher, auch wenn man die Belehrung nur einmal vorlesen müsste.

*„Okay, also echt, das ist so eine Scheiss-Situation. Ich will das jetzt auch nicht, aber ich muss. Hättest du dir nicht jemand anderen aussuchen können?"* Er schafft es, mir kurz in die Augen zu schauen und gequält zu lächeln. *„Gut. Also los. Du wirst, wie heute Morgen schon, beschuldigt, versucht zu haben, Ingrid Eitzner umzubringen, und zwar indem du sie zuerst bedroht hast, dann angeschossen und schlussendlich unter den Zug geschubst haben sollst. Das gestern Morgen so um Sieben. Was sagst du dazu?"*

Jetzt soll ich auch noch geschossen haben? Das wird ja immer besser. Irgendwas müssen sie in der Hand haben, wenn sie das behaupten. War das der Test von heute morgen? Schmauchspuren? Ich beginne zu schwitzen, meine Hände werden feucht. Ich schaue Thomas ganz bewusst in die Augen, als ich antworte.

„Ich habe das nicht getan. Ich bin gestern ganz normal zur Arbeit gekommen, echt! Ich weiss nicht, woher diese Vorwürfe stammen, aber ich bin's nicht gewesen." Sein Blick ändert sich. In seinen Augen ist Skepsis zu sehen. Seine Augen werden kleiner, bis er dann eine Augenbraue hochzieht und wieder auf den Bildschirm schaut.

„*Wann bist du denn mit dem Zug angekommen?*"

„Wie immer so um Viertel nach Sieben."

„*Und dann?*"

„Dann bin ich auf direktem Weg zur Stawa."

„*Frau Eitzner ist verletzt. Sie hat einen Durchschuss am linken Oberarm. Sie musste ärztlich versorgt werden und befindet sich im Spital. Was sagst du hierzu?*"

„Das kann sein, ich weiss aber nichts davon und ich habe sie nicht angeschossen." Was war denn das für eine Frage, die macht keinen Sinn.

Ich weiss nicht, wie ich sitzen soll. Ich möchte mit meinen Händen etwas machen, mit einem Kugelschreiber spielen oder so. Nur ist nichts da. Ich beginne, meinen Verlobungsring um den Finger zu drehen. Diese Sache wird für mich in keine gute Richtung verlaufen. Wenn er die Einvernahme so beginnt, muss er Fakten haben, die ihm erlauben, mich auch weiter hier zu behalten. Entlassen könnte er mich einfacher. Aber er hat es ja schon angekündigt: es wird nicht lustig werden.

„*Mehrere Leute haben gesehen, wie sie von den Gleisen geflüchtet ist, als der Zug eingefahren ist. Jemand mit einer braunen Jacke ist daraufhin davongerannt. Was sagst du dazu?*"

„Ich war das nicht."

„*Aber du besitzt eine braune Jacke?*" Das weiss er ja. Schliesslich hat er mich schon oft genug darin gesehen.

„Ja."

Er macht eine Pause und schaut mich an. Oh mein Gott, was kommt denn jetzt? Dieser Blick geht durch Mark und Bein.

Er räuspert sich einmal, atmet tief ein. Schaut mich noch einmal an.

*„Bei dir zuhause hat ja eine Hausdurchsuchung stattgefunden. Dabei hat man eine Waffe, Kaliber .380, gefunden. Damit ist kürzlich geschossen worden. Was sagst du dazu?"*

Meine Hände beginnen zu zittern. Der Ring, den ich mittlerweile vom Finger gezogen hatte, rutscht mir aus den Fingern und rollt über den Tisch, dreht sich ein paar Mal um seine Achse und bleibt liegen. Mir wird schlagartig speiübel. Ich werde glaube ich ganz bleich. Kein Wort schafft es über meine Lippen. Das kann nicht sein. Wir haben gar keine Pistole. Geht nicht. Unmöglich. Die Haare an meinen Armen stellen sich auf. Mir wird kalt, unglaublich kalt.

*„Nina? Bist du noch hier?"* Er sieht mir tief in die Augen, wendet seinen Blick dann aber von mir ab. Ich kann seine Gefühlslage schlecht deuten. Normalerweise ist er ein fröhlicher Mensch, der gerne seine Witze reisst. Das hier ist aber etwas Anderes. Er scheint es wirklich ernst zu meinen. Das ist es wohl auch. Ich sollte wohl etwas erwidern. Oder wäre es langsam aber sicher an der Zeit, nichts mehr zu sagen? Eigentlich habe ich mir immer geschworen, die Aussage zu verweigern, falls ich einmal auch nur in eine annähernd ähnliche Situation wie jetzt geraten sollte. Wenn es nur so einfach wäre. Ich kann einfach nicht schweigen. Ich nehme den Ring wieder in die Hand.

„Ja… das kann gar nicht sein. Wir haben keine Waffen zu Hause. Ausser Mirkos Sturmgewehr, aber ohne Munition."

Er tippt fleissig. Sein Gesichtsausdruck wirkt wie zementiert. Ich möchte meinen eigenen gern sehen.

*„Willst du etwas trinken?"* Das ist aber ein Themawechsel...

„Mhm, gern." Er greift in seine Laptop-Tasche und reicht mir eine Halbliterflasche Cola. Das ist doch Service. Ich nehme die Flasche und will sie öffnen, meine Hände sind aber dermassen schweissnass, dass ich beim Versuch, am Deckel zu drehen, abrutsche. Ich bekomme sie dann doch noch auf. Es zischt kurz. Mit zittrigen Händen führe ich die Flasche zum Mund und nehme einen Schluck. Thomas schaut mich besorgt an. Er kann seine „Kundschaft" einschätzen, sieht, dass ich nervös bin. Obwohl dies auch ein Erstklässler erkennen würde. Fragt sich nur, ob er meine Nervosität gleich einschätzt wie ich. Oder denkt er etwa, dass ich Angst habe, aufzufliegen? Er sieht mich kurz mit besorgtem Blick an.

*„Ausserdem..."* Es wird noch schlimmer, wenn er so anfängt. Ich halte mich mittlerweile an der Flasche fest. *„... wurden bei dir eine braune Jacke und ein paar schwarze Handschuhe gefunden, an beiden hat es Schmauchspuren."*

„Das geht nicht. Ich habe nichts getan, verdammt nochmal!" Er macht eine Pause. Ich bin ungeduldig, gestresst. Ich fühle mein Herz bis in den Hals schlagen. Wie zum Teufel kann das sein?

*„Was soll ich denn dazu sagen?!? Was würdest du dazu sagen, wenn du auf meiner Seite sitzen würdest? Ich würde dir wirklich gerne glauben, aber es sieht verdammt beschissen aus. Und ich weiss nicht mehr, was ich glauben soll. Obwohl es gar nicht darauf ankommt, was ich persönlich glaube und was nicht. Mir fällt das hier auch nicht leicht. Ich kann dir momentan einfach berufsbedingt nicht glauben. Dass es zurzeit nicht gerade rosig für dich aussieht, weisst du doch selber. Und ich weiss noch, was du mir über die Beziehung zu dieser Frau erzählt hast. Und das lässt mich auch privat zweifeln."*

Was soll ich denn darauf antworten? Alles, was ich sage, wird doch wie ein dämlicher, aussichtsloser Rettungsversuch klingen.

„Thomas, ich verstehe dich schon, aber du kannst mir glauben, dass ich nichts getan habe, wenigstens als Privatperson, wie du das nennst. Ich weiss nicht, wie diese Sachen dorthin gekommen sind, aber ich bin's nicht gewesen. Wenn, ich betone, wenn ich es gewesen wäre, wäre ich doch nicht ganz normal arbeiten gekommen und ich wäre auch nicht so blöd, die Waffe und auch die Kleider wieder zurück in unsere Wohnung zu nehmen."

Ich habe Tränen in den Augen und zittere am ganzen Körper. Weine. Bin überfordert. Habe Angst.

*„Ich hätte es auch lieber, wenn es anders aussehen würde. Möchtest du eine Pause?"*

„Es geht schon." Ich werde beinahe trotzig.

*„Wir sind sowieso bald fertig."* Er seufzt kurz.

*„So wie es zurzeit ausschaut, können wir die U-Haft leider nicht aufheben. Das Ganze kommt jetzt vors ZMG, vor Ablauf der 48 Stunden, wir haben genug für die Haftanordnung. Das ZMG wird die Haft auch verlängern. In Anbetracht der Fakten und des Vorwurfs werden wir die vollen drei Monate beantragen. Diese wird das ZMG vermutlich auch anordnen."* Es herrscht wieder Stille. Ich zittere nach wie vor. *„Möchtest du dazu etwas sagen?"*

„Nein, was soll ich auch?" Ich mache eine Pause, sehe ihn kurz an. „Das kannst du doch nicht machen?" frage ich flehend. Obwohl ich die Antwort darauf kenne. Ich will das nicht. Ich will hier raus.

*„Ich kann es und ich muss es, sorry. Wollen will ich es nicht. Wir warten auf die Ergebnisse der Kriminaltechnik. Ob das*

*gefundene Projektil zur Waffe passt oder nicht. Die Finger-*
*abdrücke werden auch noch abgeglichen und eventuell vor-*
*handenes DNA-Material, dann schauen wir weiter. Ich*
*hoffe, dass alle Untersuchungen negative Resultate liefern*
*werden. Wirklich."*

„Das hoffe ich auch, aber anders kann es gar nicht sein."
Ich bin sowas von verwirrt, das kann man sich nicht vorstellen. Er schaut mich mit einer Mischung aus Mitleid und Zweifeln an. Seine Beherrschung ist bewundernswert, ich könnte
das nicht. Ich bin bereits völlig aus der Rolle gefallen.

*„So, das wär's von meiner Seite. Morgen wird die Akte mit*
*dem Antrag ans ZMG überwiesen, dann sollte die Verhand-*
*lung übermorgen stattfinden und dann solltest du auch*
*gleich das Urteil erhalten."* Er macht wieder eine Pause. Er
speichert die Einvernahme auf dem Stick und druckt sie aus.
*„So, du solltest jetzt noch einmal unterschreiben. Es tut*
*mir wirklich so leid..."* Er reicht mir einen Kugelschreiber.
Ich versuche, für das Papier noch einen Platz neben dem
Laptop zu finden. Wenigstens diese Räume hätten sie so
gross planen können, dass man einen Tisch hineinstellen
kann, auf welchem genug Platz ist.

„Das ist schon gut, es ist schliesslich dein Job. Ich habe aber
wirklich nichts getan, glaub mir bitte."

Ich unterschreibe die Einvernahme mit zittrigen Händen,
ohne sie wirklich durchzulesen. Aber diese ganzen ‚das kann
nicht sein' und ‚ich war es nicht' sind nicht zu übersehen.
Sie sehen wirklich aus wie ganz billige Rettungsversuche.
Eigentlich sollte ich das Protokoll durchlesen, ich habe aber
keine Nerven mehr dafür. Ich reiche Thomas die unterzeich-
nete Einvernahme. Er packt alles in seine Tasche, auch die
Flasche Cola nimmt er wieder mit. Er scheint wieder völlig
ruhig zu sein.

*„Ich komme vermutlich morgen oder am Tag nach dem*
*ZMG-Entscheid wieder vorbei. Kann ich etwas für dich*

*tun?"* Er rechnet also fest damit, dass die Untersuchungshaft verlängert wird. Tolle Aussicht.

„Könntest du mir noch ein paar Zigaretten besorgen? Das
wäre super. Das Ganze hier führt nicht gerade dazu, dass
ich weniger rauche." Er lächelt kurz, dann nickt er. Wir
beide wissen, dass er das nicht dürfte. Ich schätze sein Entgegenkommen aber sehr.

*„Also, bis in ein paar Tagen. Ich hoffe, dass es dann besser
für dich aussieht."* Er läutet. Die Türe wird geöffnet und er
geht. Ich werde wieder in meine Zelle verfrachtet. Als wir
vor der Zelle ankommen, muss ich meine Schuhe wieder
ausziehen. Ich trete in die Zelle. Die Türe schliesst sich. Der
Schlüssel dreht sich zweimal im Schloss.

# Die erste Nacht

Meine Gedanken spielen verrückt. Ich setze mich erneut aufs Bett. Lehne mich hinten an die Wand, ziehe die Beine an und umfasse die Beine mit den Armen. Die Situation ist wirklich beschissen. Thomas liebt dieses Wort. Alles, was nicht gerade toll ist, ist bei ihm beschissen. Dieses Wort benutzt er wirklich auffallend häufig. Und es beschreibt die momentane Situation ganz gut. Ich gehe zum Fenster und schaue hinaus. Ich versuche es zumindest. Aber inzwischen ist es dunkel und man sieht sowieso so gut wie nichts. Das Abendessen ist sicher auch schon durch. Draussen hört man Leute von Zelle zu Zelle schreien. Im Gang sind immer wieder Schritte zu hören. Gefängnisse sind zwar meistens ausbruchsicher, aber schalldicht sind sie anscheinend ganz und gar nicht.

Ich frage mich, was das Ganze soll. Wie das bloss sein kann. Ich zweifle langsam daran, dass sich diese Geschichte schnell aufklären wird. Aber sie wird sich aufklären.

Es stellen sich trotzdem doch einige Fragen. Warum haben sie einen ganzen Tag bis zu meiner Festnahme gewartet? Warum ist die Polizei nicht morgens um sechs bei mir vor der Türe gestanden und hat mich mitgenommen? Wieso liessen sie mich zur Arbeit kommen? Sie konnten schliesslich kaum darauf vertrauen, dass ich dort erscheine, nachdem ich einen Tötungsversuch begangen haben soll. Es ergibt einfach keinen Sinn. Wo waren die Polizei und der Rettungsdienst, als ich gestern am Bahnhof angekommen bin? Diese Fragen bleiben aber vorerst unbeantwortet.

Kuriositäten erlebt man aber eigentlich genug. Wo auch immer. Vor allem, wenn man dem Fernsehen glaubt, was ich nicht unbedingt tue. Trotzdem schalte ich ihn wieder ein. Wenigstens ist das Gebotene jetzt erträglich. ‚Wer wird Millionär' kann man sich wirklich noch anschauen... Aber das Folgende ist wieder weniger unterhaltsam. Wenigstens hatte ich eine Stunde Ablenkung. Meine Gedanken kreisen aber immer noch um all das, was heute passiert ist. Wenn Thomas bereits damit rechnet, dass U-Haft angeordnet wird, muss es wohl eher übel für mich aussehen. Was haben sie gefunden? Was sagen sie mir nicht? Warum lassen sie mich im Dunkeln tappen? Glauben sie wirklich, dass ich einen Tötungsversuch begangen haben könnte? Ich habe so viele Fragen. Niemand wird sie mir beantworten, und ich werde in nächster Zeit mit praktisch niemandem ausser Thomas sprechen können.

Leider weiss ich nur allzu gut, wie schwierig es für mich ist, einschlafen zu können, wenn mich etwas beschäftigt. Das war schon immer so. Zuerst kann ich nicht einschlafen. Dann rege ich mich darüber auf, dass ich nicht einschlafen kann und schliesslich kann ich deswegen nicht einschlafen. Am nächsten Morgen bin ich dann völlig gerädert. Meistens sollte man dann aber fit und munter sein, um seine Leistung bringen zu können. Das wird morgen wohl kaum der Fall sein. Eine Leistung wird von mir zur Zeit wohl eh nicht erwartet...

Ich will mich für die Nacht bereitmachen. Nachdem ich die Zähne geputzt habe, frage ich mich, was ich zum Schlafen anziehen soll. Ich habe heute kein T-Shirt getragen, nur so einen Pseudopullover, bei dem es aussieht, als hätte man ein Hemd darunter an. Also habe ich über dem BH nur diesen Pullover an. Nackt will ich keinesfalls schlafen. Aber im Pullover? Es bleibt mir aber nichts Anderes übrig...

Ich lege mich aufs Bett. Wälze mich von einer Seite auf die andere. Etwas Ruhe würde mir gut tun. Dieser Tag hat mich mitgenommen, ich bin fix und fertig. Aber ich finde keine Möglichkeit, mein Gehirn abzustellen, meinen Kopf leer zu bekommen. Irgendwann nicke ich trotzdem ein. Mein Schlaf ist sehr unruhig. Ich wache immer wieder schweissgebadet auf, denke, dass ich mich in meinem Bett zu Hause befinde, bis ich realisiere, dass es dann leider doch nicht so ist. Dann beginnen die Gedanken sich wieder im Kreis zu drehen, immer und immer wieder. Die Nacht will einfach nicht vergehen. Ausserdem ist der Lärmpegel erstaunlich hoch. Man hört Gerede, manchmal Schreie. Langsam wird es heller.

Endlich ist es morgen. Ein Aufseher macht die Türe auf, sagt kurz ‚guten Morgen', wartet meine Reaktion ab und schliesst die Türe wieder. Es wird kontrolliert, ob ich noch lebe. Ich stehe auf. Ich würde so gerne duschen, komme mir vor wie ein stinkendes - ähm - Etwas? Ich rieche, als wäre ich einen Marathon gelaufen und wäre anschliessend in den Schweinestall gestanden. Ekelhaft. So muss es aber mit einer kurzen Katzenwäsche reichen. Meine Augenringe sind riesig. Ich sehe aus wie ein Zombie. Fast die ganze Nacht habe ich wach gelegen und geschwitzt. Wirre Sachen geträumt. Die unterschiedlichsten Szenarien durchgespielt. Von der heutigen Entlassung bis zu einer eventuellen Verhandlung. Man hat wirklich Zeit, darüber nachzudenken. Dazu noch die ungewohnte Situation, ein fremdes Umfeld, eine fremde, unfreundlich wirkende Umgebung. Keine grosse Möglichkeit, sich abzulenken. Eingeschränkte Bewegungsmöglichkeiten. Vor allem aber würde mich unglaublich gerne mit jemandem unterhalten.

Langsam kommt auch der Hunger zurück. Ich habe mittlerweile über einen Tag lang nichts gegessen. Ich schalte das Radio ein. Unmittelbar nach dem Zähneputzen kommt bereits das Frühstück.

Dieses ist erstaunlich umfangreich – Brot, Marmelade, Butter, Kaffee und sogar ein bisschen Käse. Gleich nachdem ich gegessen habe - und diesmal hatte ich richtigen Appetit - kommt mein Anwalt vorbei. Ich werde wieder in den Raum geführt.

## Der Anwaltsbesuch

I ch fühle mich völlig deplatziert. Gestern war ich mir dessen noch nicht so bewusst. So kenne ich das noch nicht. Diese Situation habe ich bei der Staatsanwaltschaft niemals erlebt. Ich kenne Einvernahmesituationen - von der anderen Seite des Tisches. Auch Einvernahmen mit Anwälten habe ich erlebt. Aber ein Gespräch nur zwischen Mandant und Anwalt ist mir, bis auf gestern - wo es nichts zu bereden gab - neu. Ich habe noch nie einen Anwalt gebraucht. Herr Zimmermann reisst mich aus meinen Gedanken.

*„Guten Morgen Frau Eitzner. Wie geht's?"* No comment...

„Nicht gut."

*„Konnten Sie ein wenig schlafen?"*

„Ja, ein wenig schon, aber viel war es nicht. Aber ich verstehe das Ganze nicht mehr, echt. Ich habe nichts getan. Und alles scheint sich gegen mich zu verschwören." Auch er macht jetzt eine Pause. Wir setzen uns hin.

*„Ich konnte mir die Akten anschauen. Verstehen Sie mich jetzt bitte nicht falsch, aber es deutet doch einiges darauf hin, dass da etwas gewesen ist, um es vorsichtig auszudrücken."* Sag mir doch etwas, das ich noch nicht weiss...

„Ich weiss. Aber ich weiss auch, dass da nichts gewesen ist. Ich bin zur Arbeit gegangen und dann ist alles aus dem Ruder gelaufen. Ich habe nichts gemacht, nichts!"

*„Ich versuche Sie mit dem zu vertreten, was ich von Ihnen höre. Aber ich kann zurzeit absolut nichts machen. Das ZMG wird Untersuchungshaft anordnen, davon müssen wir ausgehen. Die Staatsanwaltschaft hat den Antrag bereits eingereicht. Auch ich habe meinen eingereicht und versucht*

*auszuführen, dass weder Flucht- noch Kollusionsgefahr besteht. Aber das wird kaum funktionieren. Ich habe versucht darzulegen, dass Ersatzmassnahmen ausreichen würden."*

„Ich weiss, dass das nicht funktioniert. Ich werde vermutlich noch einige Zeit in Zelle 304 sitzen."

*„Können Sie mir etwas zum Verhältnis zwischen Ihnen und dem Opfer erzählen?"*

Ich weiss jetzt nicht, ob er das hören will... Aber wenn er schon danach fragt: „Das ist nicht gut. Sie hat es geschafft, unsere Familie auseinanderzubringen. Ich hasse sie." Er schaut mich ganz entgeistert an.

*„Wer weiss davon?"*

„Eigentlich alle. Es ist kein Geheimnis."

*„Wieso ist Ihr Verhältnis so schlimm?"*

„Sie ist eben schizophren. Ihrer Meinung folgend bin ich Mitglied der Mafia und sie wird von der ganzen Mafia verfolgt. Ich kann mir vorstellen, dass sie das alles inszeniert hat, um mich los zu werden."

*„Ist diese Schizophrenie belegt oder nennen Sie das nur so?"*

„Das ist schon belegt. Aber sie befindet sich bereits seit Jahren nicht mehr in Behandlung und kann ihre Krankheit ‚ausleben'. Ich habe überhaupt keine Ahnung, was sie an diesem Tag hier in der Umgebung gemacht hat." Er überlegt einen Moment. Schaut dann wieder zu mir.

*„Es würde also sinnvoll sein, ein Gutachten zu beantragen?"*

„Meiner Meinung nach schon." Ich schaffe es doch tatsächlich, einigermassen sachlich und ruhig zu bleiben. Das könnte aber auch daran liegen, dass ich mich wie in Watte gepackt fühle und vermutlich ganz dringend schlafen sollte.

*„Ich werde mir das überlegen. Momentan können wir nur abwarten und schauen, was die Untersuchungen ergeben. Und den Entscheid des ZMG abwarten. Aber sich hier falsche Hoffnungen zu machen, ist wohl sinnlos. War Herr Gerber schon bei Ihnen?"*

„Gestern, ja. Er kommt wieder, wenn die Ergebnisse der Kriminaltechnik und der Entscheid des ZMG vorliegen, also heute oder morgen."

*„Reicht es Ihnen, wenn ich den Entscheid des ZMG faxe? Dafür muss ich wohl kaum vorbeikommen. Sie sind ja vom Fach und ich muss Ihnen das nicht erklären."*

„Das ist schon gut." Wieso sage ich das denn? Er ist doch eigentlich der einzige, der meine Aussagen derzeit nicht auf die Goldwaage legt. Zudem ist er einer der Einzigen, mit dem ich überhaupt sprechen kann. Ich würde gerne mit ihm über alles sprechen, was mich, abgesehen vom Entscheid des ZMG, beschäftigt. Aber da verabschiedet er sich schon.

*„Ich wünsche Ihnen also noch einen guten Tag. Morgen sende ich Ihnen dann das Fax. Vielleicht noch einen Brief dazu. Soll ich bei der nächsten Befragung dabei sein?"*

„Von mir aus nicht, obwohl es schon noch darauf ankommt, was die Untersuchungen der Kriminaltechnik ergeben. Obwohl da nichts gegen mich sprechen kann. Entscheiden Sie das doch."

*„Gut, ich werde mich mit Herrn Gerber absprechen, was das betrifft. Auf Wiedersehen."*

„Auf Wiedersehen."

Und schon ist das ganze Spektakel wieder vorbei. Es geht wieder zurück in die Zelle. Es ist wirklich komisch. Satzfragmente von gestern gehen mir durch den Kopf. Insbesondere Thomas wir haben genug für eine Haftanordnung' war ein Satz, der seine Wirkung entfaltet hat. Ich wusste ja schon vorher, dass U-Haft ganz interessante Effekte hat. Vor allem hat die U-Haft nicht nur den Zweck, die Flucht, Verdunklungshandlungen oder Absprachen zu verhindern. Die Geständnisbereitschaft wächst rapide an, da der Druck immer mehr zunimmt. Aber dass ich mich schon nach nicht einmal 24 Stunden so beschissen fühle, hätte ich nicht gedacht. Dass die Anspannung so gross ist, dass man es kaum mehr aushält. Und dass das Frustrierende daran ist, dass man gar nichts tun kann... Dass andere völlig über einen bestimmen: wann man aufsteht, wann man zu schlafen hat, wann man spazieren geht, wann man duscht, und vor allem, wann man befragt wird. Das einzige, über was ich noch eigenständig bestimmen kann, ist, wann ich aufs WC gehe. Es ist wirklich so. Jetzt kann ich also nur auf den Entscheid des Zwangsmassnahmengerichts, von Herrn Spinnler, warten. Oder auf die Einvernahme durch Thomas. Ich weiss nur nicht, was zuerst kommt. Und schon das macht mich fertig. Irgendwann sollte ich noch spazieren gehen können, und auf das warte ich jetzt. Es besteht alles aus warten. Aber auf den Hofgang warte ich jetzt ganz fest; da kann ich vielleicht meine Anspannung, meine Sorgen und auch meine Aggressionen loswerden. Alles staut sich an - und nichts hat ein Ventil.

Dummerweise rauche ich jetzt auch noch meine letzte Zigarette. Für einen Nichtraucher mag das kein Problem sein. Ich bin zwar keine starke Raucherin, aber ein Entzug wird auch für mich zum Problem werden. Ab jetzt heisst es, ohne auszukommen.

## Der ZMG-Hammer

Die Zeit vergeht... irgendwie. Ich kann endlich duschen. Eine weitere halbe Stunde geht damit vorbei. Wenigstens fühle ich mich aber besser und mindestens einigermassen sauber. Weniger gut ist, dass ich wieder dieselben, verschwitzten Kleider anziehen muss. Eine gefühlte Ewigkeit später wird es endlich Mittag. Ich esse, was auf den Tisch kommt. Auch darüber wird bestimmt. Es gibt ein Gulasch mit Kartoffelstock. Das ist erstaunlicherweise wirklich gut! Nach dem Mittag schaue ich fern. Bisher war ich völlig in Gedanken oder in Selbstmitleid versunken. Ich hoffe auf ein bisschen Ablenkung. Wieder einmal. Im Fernsehen kommt aber nichts Sehenswertes. Und auf Gerichtsshows habe ich nicht die geringste Lust. An Schlafen ist interessanterweise nach wie vor nicht zu denken. Die Zellentür geht auf. Was ist los? ZMG? Einvernahme?

*„Wollen Sie auf den Hof?"* Ach ja, das war ja auch noch.

„Gerne." Ich ziehe meine Schuhe an und folge der Frau. Es geht auf einen grau-grünen Betonhof, eingerahmt von grauen Betonmauern, auf dem Dach befindet sich Nato-Draht, hinter welchem sich ein grauer Himmel versteckt. Über den Hof ist ein Netz gespannt. Nicht einmal hier sieht man den Himmel ohne Gitter dazwischen. Das Wetter spiegelt meine Stimmung wieder. Auch hier bin ich alleine, abgesehen von diversen Kameras, welche den Hof überwachen. Ich drehe Runden, mal im Kreis, mal in Achten, dann einfach hin und her. Meine Gedanken kreisen und kreisen. Wie häufig werde ich hier noch meine Runden drehen? Wann drehe ich hier durch? Und am schlimmsten: gestehe ich irgendwann etwas, das ich nicht getan habe, nur um das Ganze zu beenden? Oder gewöhne ich mich an diese Situation? Vielleicht ist es aber auch das erste und das letzte Mal, dass ich hier bin. Obwohl, daran sollte ich nun wirklich nicht glauben.

Jedenfalls ist die Stunde im Freien trotzdem viel zu schnell vorbei. Bewegung tut echt gut. Sie hilft, etwas Stress abzubauen. Aber zurück in der Zelle erscheint diese noch enger als zuvor. Irgendwann geht auch dieser Tag zu Ende. Etwas über 24 Stunden sind gerade einmal vorbei... Und ich fühle mich bereits, als wäre ich eine halbe Ewigkeit hier. Wenigstens kann ich einschlafen. Es dauert zwar etwas, aber mein Körper holt sich endlich das, was er braucht. Ich träume wirr, erwache immer wieder, bekomme aber ein paar Stunden Erholung. Ausgeschlafen sieht aber sicher anders aus.

Auch den nächsten Vormittag verbringe ich alleine in meiner Zelle, nur begleitet von meinen immer kreisenden Gedanken. Inzwischen habe ich wenigstens zwei Trainingsanzüge aus dem Gefängnisinventar bekommen, so dass ich saubere Kleidung habe. Ich war nur kurz für das Duschen draussen. Niemand ist vorbeigekommen. Ich würde so gerne mit jemandem sprechen, von meinen Gedanken und Problemen erzählen, aber es ist einfach niemand dafür da. Was würde ich dafür geben, mit Mirko sprechen zu können. Ich bin am Boden zerstört und deprimiert. Und ich mache mich selbst verrückt.

Kurz nach dem Mittagessen, so um zwei, wird mir ein Fax vorbeigebracht. Ich weiss nicht, ob ich es lesen will oder nicht. Es wird das Urteil des ZMG sein. Ich weiss doch eigentlich, was beschlossen wurde. Also kann ich es auch lesen. Ich schaue es mir an. Das ZMG hat Untersuchungshaft angeordnet. Unbefristet...

Das kann es doch nicht sein. Meine Augen werden feucht. Ich beginne zu weinen. Boah, ist das krass. Es fühlt sich an, als würde man von einer Dampfwalze überrollt. Bisher konnte ich wenigstens hoffen, dass alles nach höchstens vier Tagen vorbei sein wird. Diese Hoffnung ist nun weg. Ich bleibe definitiv länger hier. Nächste Überprüfung der Haft in drei Monaten. Wenn es sich nicht schnell aufklärt.

Die Zellenwände scheinen sich auf mich zuzubewegen. Ein sehr beklemmendes Gefühl überfällt mich. Das Atmen fällt schwer. Ich lege meinen Kopf in die auf dem Tisch verschränkten Arme.

Das ist jetzt wirklich beschissen...

Ich kann meine Gefühle schwer in Worte fassen. Ich bin hilflos, kann nichts tun. Und ich hasse das. Was soll ich in nächster Zeit hier machen? Von der Umwelt völlig abgeschnitten... Eingesperrt auf wenigen Quadratmetern, ohne Möglichkeit, das zu tun, was ich möchte. Ich schaue das Fax noch einmal an, will mich vergewissern, dass ich es richtig gelesen habe. Es steht wirklich da. Ich blicke aus dem Fenster auf den Hof. Dort befinden sich etwa fünf Frauen. Der heutige Tag ist schöner als der gestrige. Die Sonne scheint, es ist heller als gestern. Die Welt dreht sich weiter, der Alltag geht weiter - draussen. Nur bei mir nicht. Nur bekommt das wohl niemand mit. Oder vielleicht doch? Über solche Delikte wird meistens berichtet. Wahrscheinlich sind alle froh, dass ich als Täterin festgenommen wurde.

Ich kann dem nicht zustimmen.

Ich drehe mich um und lege mich aufs Bett. Wenigstens ist dieses bequem, wenn auch sehr schmal. Viel breiter als sechzig Zentimeter wird es nicht sein. Weisse Wände pferchen mich ein. Erdrücken mich. Völlige Stille umgibt mich. Wie soll ich die nächsten drei Monate hier überstehen? Immer über die gleichen Sachen kann ich nicht nachdenken. Irgendwann bin ich es sicher leid. Ich muss es abstellen können, ansonsten mache ich mich selbst fertig. Aber wie bereits gesagt, ich kann nur schlecht beschreiben, was in mir wirklich vorgeht. Der Versuch, meine Gedanken zu ordnen, scheitert erneut. Wirre Ideen schiessen wild durch meinen Kopf. Kurz gesagt, es ist schrecklich - und ich fühle mich auch so. Erste Entzugserscheinungen haben sich auch schon bemerkbar gemacht. Ich habe extreme Lust auf eine Zigarette. Vielleicht würde diese mich etwas herunterbringen.

Ich bleibe einfach liegen und hoffe, dass es besser wird.

Irrtum. Ich bleibe verwirrt und bin deprimiert. Ausserdem aufgeregt, wütend, traurig, hilflos. Ich weiss es nicht, alles zusammen...

Ich will mir gar nicht vorstellen, noch länger hierbleiben zu müssen.

Ich lese das Fax noch einmal durch. Es ist wirklich so. Drei Monate. Ein unendlich langer Zeitraum. Zumindest hier.

Ich höre, wie jemand den Schlüssel ins Schloss der Zellentüre schiebt. Er dreht sich zweimal, dann geht die Türe auf.

# Überforderung

*H*err Gerber möchte mit Ihnen sprechen. Kommen Sie?" Das ist jetzt Absicht, oder? Zuerst kommt die Walze vom ZMG und dann kommt auch noch Thomas mit dem Vorschlaghammer oder was? Ich bin extrem überfordert, ich gebe es ja zu. Und zwar mit meiner eigenen Psyche. Aber so etwas ist gemein. Das macht man einfach nicht. Das ist ein ganz fieses, taktisches Spielchen, das er da spielt. Ich weiss, dass es ein Spielchen ist, das gerne gespielt wird und welches auch seine Wirkung zeigt und sehr gut funktioniert. Aber diese Taktik von dieser Seite - der Seite der beschuldigten Person - ertragen zu müssen, ist äusserst brutal. Emotionale Momente muss man ausnutzen. Aber nicht bei mir, bitte...

Ich reisse mich zusammen, atme tief durch und gehe zum Betreuer. Ziehe die Schuhe an und füge mich gezwungenermassen Thomas' Wunsch nach einem ‚Gespräch'.

Auf dem Weg zu Thomas versuche ich, wenigstens etwas Beherrschung zu finden. Aber ich bin so extrem angespannt, dass mir das nicht gelingt. Es fühlt sich ähnlich an wie eine mündliche Prüfung, für welche man nicht das Geringste gelernt hat. Nur geht es hier um soviel mehr, als um eine schlechte Note. Ich war noch nie so gestresst. Am liebsten würde ich wegrennen.

Nochmals tief durchatmen, das wird schon. Man kann schliesslich wenigstens versuchen, sich das einzureden.

Als ich in den Raum trete, ist Thomas schon da. Der Laptop ist hochgefahren, die Grausamkeiten können weitergehen.

*„Hallo Nina."* Er reicht mir die Hand *„Geht's? Du siehst nicht gerade gut aus."*

Ich setze mich hin.

„Soll ich ehrlich sein?"

*„Ich weiss, es ist nicht ein besonders guter Augenblick…"*
Du Arschloch… Du weisst, dass es Absicht ist. Deine Absicht.
Ich werde richtig wütend. Für einen kurzen Moment hasse
ich ihn und würde ihm am liebsten eine reinhauen.

*„…so kurz nach dem ZMG-Entscheid. Aber ich muss dir lei-*
*der die Resultate der KT vorhalten."* Als ich mich hingesetzt
habe, folgt wieder die Rechtsbelehrung. Ich höre gar nicht
zu, denn mir geht nur ein Satz durch den Kopf: ‚Ich muss
dir leider die Resultate vorhalten'. Das bedeutet nichts Gutes. Es kann nicht sein, dass da etwas rausgekommen ist.
Aber wenn er es so formuliert? Und sein taktisches Vorgehen, mir die Resultate so kurz nach dem Entscheid des ZMG
zu präsentieren, kann nur auf Schlechtes hindeuten.

„Was ist dabei denn rausgekommen?" frage ich schon fast
gleichgültig, obwohl es mir alles andere als egal ist. Ich versuche, in seinem Gesicht abzulesen, was in ihm vorgeht. Es
gelingt mir nicht. Jedenfalls scheint er nicht glücklich zu
sein.

*„Also, es ist so, dass das Projektil aus der Waffe stammt,*
*welche bei dir gefunden worden ist. An den Handschuhen*
*und an der Jacke ist DNA sichergestellt worden. Deine*
*DNA."*

Das kann einfach nicht sein! Das geht nicht, unmöglich. Alles beginnt sich zu drehen. Mir wird übel, schwindlig, meine
Stimme bleibt weg, der Mund wird trocken. Thomas schaut
mich an. Fragend. Ich sehe, dass er mir nicht glauben wird,
und das, bevor ich überhaupt etwas gesagt habe. Seine
Zweifel an meiner Schuld sind ausgeräumt. Er will etwas
sagen, überlegt aber noch, wie.

*„Meinst du nicht, dass es langsam an der Zeit wäre?"* setzt
Thomas an. Er sitzt nach vorne gebeugt da, die Ellbogen auf
dem Tisch, die Hände vor dem Gesicht gefaltet, das Kinn

auf die Daumen abstützend und schaut mich an. Ich kann nichts sagen. Er sieht mich weiter an.

Er baut bewusst eine Drucksituation auf. Glaubt er wirklich, dass ich es gewesen bin? Wie kann er mich so behandeln?

*„Glaub mir, es ist erleichternd..."* Als ob er das aus eigener Erfahrung wüsste. Ich frage mich ganz kurz, ob ich ‚gestehen' soll. Dann wäre der Druck irgendwie weg. Hoffentlich. Es wäre dann anders. Vielleicht. Vermutlich aber nicht, denn ich müsste immer noch hierbleiben. Und das ist das, was ich definitiv nicht will.

Ich weiss nicht, wie es sein kann, aber alles spricht gegen mich. Aber das kann ich nicht tun, etwas ‚zugeben', meine ich. Ich habe nichts getan. Er schaut mich immer noch schweigend an. Wartet. Die Zeit scheint still zu stehen. Mein rechtes Bein wippt unter dem Tisch nervös auf und ab. Ich lege es um das Stuhlbein.

„Zeit für was? Um etwas zu gestehen, was ich nicht getan habe?"

Meine Stimme zittert genau so, wie es der Rest des Körpers auch tut. Und Thomas beobachtet mich einfach weiter. Schweigend. Das ist eine gute und einfache Methode, Druck aufzubauen. Und das macht er wirklich ganz bewusst. Ich hasse ihn dafür. Er sieht mich einfach an und schweigt. Der Druck bei mir ist schon so hoch, dass man ihn kaum mehr steigern kann - und doch spielt er sein Psychospielchen weiter. Er hat noch nichts ins Protokoll geschrieben. Nachher steht da sicher „(weint)" und „(überlegt)" oder „(Pause)".

Wie kann ich nach so kurzer Zeit schon an so etwas wie ein falsches Geständnis denken? Ich weiss, dass ich es nicht war. Das sollte reichen. Es wird sich aufklären. Irgendwie. Irgendwann. Hoffentlich.

„Ich habe nichts gemacht. Ich bin an diesem Tag zur Arbeit gekommen. Ganz normal." Jetzt schreibt er mit. Ich wiederhole mich doch.

*„Und dann?"*

Es wäre an der Zeit, zu schweigen. Wirklich. Ich kann es aber einfach nicht.

„Dann bin ich am Abend wieder nach Hause... wie immer. Und am Freitag wieder normal zur Arbeit."

*„Und dann?"*

„Dann ist Daniel gekommen und hat mir das hier vorgeworfen. Und ab dann weisst du es auch."

*„Und was weiss ich nicht?"* Was soll denn das? Das ist eine gemeine Frage. Er sieht mich wieder wortlos an. Das kann er wirklich gut. Er schaut mir fadengerade und eiskalt in die Augen.

„Du weisst doch im Prinzip alles! Ich bin am Morgen aufgestanden, habe geduscht, mich angezogen, einen Kaffee aus der Maschine gelassen, habe auf dem Balkon eine geraucht, bin zum Bahnhof und dann auf direktem Weg zur Stawa arbeiten gegangen." Er schreibt sich fleissig alles auf. Dann überlegt er kurz und tippt eine Frage ein.

*„Was heisst ich weiss ‚im Prinzip alles'?"* Heute ist aber das ganz grosse Arschloch gekommen oder wie? Was will er damit?

„Ich habe alles erzählt, wirklich." Ich sollte besser schweigen, als noch weiter zu reden.

*„Mehr willst du nicht sagen?"* Mensch, hör doch auf! Glaub mir doch einfach! Mein Bein wippt wieder auf und ab.

„Mehr kann ich nicht sagen, weil da nicht mehr ist."

*„Wie erklärst du dir das mit der Waffe, dem Projektil und der DNA an der Jacke und den Handschuhen?"*

„Ich kann das nicht erklären. Es sind wohl meine Handschuhe, wenn meine DNA daran ist, oder ich habe sie irgendwann getragen. Aber diese Handschuhe kann auch jemand irgendwo genommen haben. Das mit der Waffe kann ich nicht erklären." Ich mache eine kurze Pause. Ich sollte schweigen. Jetzt. Sofort. Versuche nie Dinge zu erklären, die du nicht erklären kannst. Schweig einfach.

*„Wo und wann sind dir denn welche Handschuhe abhanden gekommen?"*

„Keine Ahnung."

Was soll ich denn sagen. Die waren doch zu Hause. Wenigstens, soweit ich weiss. Das wird höchstens ein Bumerang. Ich sollte doch eigentlich wissen, dass man am besten schweigt. Zu allem. Man muss es mir beweisen, es ist nicht an mir, meine Unschuld zu beweisen. Aber das sagt sich so leicht. Zudem ist dieser Grundsatz meiner Erfahrung nach eher theoretischer Natur. Ich versuche mal eine Frage zu stellen.

*„Wo bei mir wurden diese Sachen eigentlich gefunden?"*

*„Ich stelle die Fragen."* Was ist denn da los? So kenne ich ihn gar nicht. Er ist ganz anders als noch vor ein paar Tagen. Fast so, als würde er mich nicht kennen. Um ihn herum befindet sich eine unsichtbare, aber undurchdringliche Mauer. Anderer Versuch.

„Ich will Akteneinsicht." Er soll einfach aufhören zu fragen.

*„Die bekommst du erst nach den wesentlichen Untersuchungshandlungen."*

„Aber die sind doch gemacht? Oder was fehlt denn noch Wesentliches, um mich unschuldig hier zu behalten?" Jetzt macht er eine Pause. Er will diese Geschichte hier doch eigentlich auch nicht so durchziehen, wie er es gerade tun muss. Man sieht es ihm in einigen kurzen Augenblicken vielleicht doch an, wenn man ihn kennt. Aber meine Nerven sind mittlerweile inexistent. Ich kann nicht mehr.

*„Wir stellen deinem Anwalt Kopien von den Akten zu, in die er noch keine Einsicht erhalten hat."*

Unsere Blicke treffen sich. Auch er scheint die Aktenlage nicht mit seinem Gefühl in Einklang bringen zu können.

*„Willst du noch etwas anfügen?"*

„Nein." Ich habe schon viel zu viel Blödsinn erzählt.

Er schliesst die Einvernahme wieder ab. Dann scheint er doch noch aufzutauen. Wenigstens ein Bisschen. Er versteckt sich grösstenteils hinter seiner Funktion, weil ihm die Sache auch nicht leicht fällt. Aber dieses Versteckspiel beherrscht er wenigstens heute sehr gut.

*„Kann ich noch ausserhalb des Protokolls mit dir sprechen?"*

Diese Frage meint er nicht ernst. Er kennt die Antwort ja schon und ich freue mich darüber, dass er überhaupt noch mit mir sprechen will. Ich entspanne mich sofort etwas.

„Von mir aus gerne." Er reicht mir ein Taschentuch und druckt das doch etwas kurz geratene Protokoll aus. Ich wische mir den Schweiss - und auch ein paar Tränen - aus dem Gesicht.

*„Weisst du, ..."* er macht eine Pause und übergibt mir das Protokoll zum Durchlesen *„...ich habe in meiner Karriere als Polizist und Staatsanwalt ja schon einiges erlebt, aber das hier ist mit Abstand das Schlimmste. Dass ich eine Bekannte und mittlerweile auch richtig ins Herz geschlossene Person verfolgen, in Haft nehmen und vielleicht auch noch vor Gericht bringen muss, ist nicht einfach."*

Das glaube ich ihm. Ich überlege, was ich sagen soll. Ich kann mich höchstens wiederholen. Auch wenn ich ihm glaube, entwickle ich einen Argwohn gegen ihn, selbst wenn ich das nicht will. Die vergangenen Tage haben einfach dazu geführt. Das neue Umfeld, die neue Rolle, die Einschränkungen, der Stress, der mangelnde Schlaf, die Ungewissheit, einfach alles.

„Das kann ich gut verstehen Thomas, aber eines kannst du mir glauben. Ich weiss nicht, ob es dir hilft, ob du es glauben willst oder kannst, aber ich erzähle hier die Wahrheit. Ich habe nichts getan. Das ist eine ganz komische, hinterhältige Geschichte, die hier abläuft."

Er sagt nichts mehr. Schaut mich an, überlegt. Ich lese in der Zwischenzeit das Protokoll durch, habe mich jetzt etwas beruhigt. Und, was habe ich gesagt, da steht tatsächlich „(weint)", dann „(überlegt lange)" und dann noch „(zittert)".

*„Nina, ich würde dir gerne glauben, aber es sieht wirklich beschissen für dich aus. Ich kann mir nicht vorstellen, dass du so etwas tun würdest, aber in dieser Sache habe ich mich auch schon getäuscht. Können wir noch kurz das Thema wechseln?"*

„Zu welchem? Bei mir gibt es zurzeit irgendwie nur dieses Thema. Aus unerfindlichen Gründen geht es mir einfach nicht aus dem Kopf." Er lächelt, gottseidank.

*„Du siehst nicht gut aus. Es tut richtig weh, dich so zu sehen. Dass ich bei dir gleich wie bei allen anderen vorgehen muss, verstehst du hoffentlich. Aus diesem Grund bin ich auch jetzt, unmittelbar nach dem Entscheid gekommen und nicht erst später. Ich weiss zwar nicht, ob ich es schaffe, dich wie alle anderen zu behandeln - vermutlich nicht, nein, sicher nicht - aber ich muss es versuchen. Mit meinen anderen Kunden führe ich ja auch keine Gespräche so wie*

*jetzt mit dir. Wenn ich dir irgendwie helfen kann, sag es bitte."*

Das ist zwar nett gemeint, aber was soll er denn tun?

„Das ist so lieb. Aber du weisst doch selbst, dass du mir nicht helfen kannst. Eine Besuchsbewilligung wäre super, für Mirko. Alles andere würde sich glaube ich ‚Entweichenlassen von Gefangenen' nennen. Sehe ich wirklich so schlimm aus?"

*„Schlimm ist gar kein Ausdruck. Ich hoffe nur, dass es in nächster Zeit, wenigstens gefühlsmässig, besser wird. Das mit der Besuchsbewilligung wird noch nicht klappen, ich muss ihn noch als Zeugen befragen und es besteht deswegen auch noch Kollusionsgefahr, sorry."* Das habe ich mir schon fast gedacht. *„Ich lasse dich jetzt jedenfalls eine Zeit lang in Ruhe. Und bei der Stawa wollen jetzt sicher alle wissen, wie es hier gewesen ist."*

„Dort bin ich sicher Thema Nr. 1."

*„Das ist so. Aber wir versuchen, nicht allzu viel durchsickern zu lassen. Noch funktioniert das. Dummerweise kann man in unserem System morgen alles nachlesen; und es wird auch schon gelästert, vor allem im Sekretariat, bei den anderen ist es aber besser."*

„Aber das Interessanteste ist jetzt doch vorbei. Jetzt sitze ich einfach nur noch hier und warte, das birgt ja keine Spannung mehr. Was meinen eigentlich Angela und Gregor?" Das sind die zwei weiteren leitenden Staatsanwälte neben Daniel, mit denen ich auch noch Kontakt habe.

*„Hmm, die sind extrem zurückhaltend und äussern sich aus Prinzip nicht zum Thema, denke ich mal. Aber da ich sie vorgestern das letzte Mal gesehen habe, kann ich nicht viel dazu sagen."*

Inzwischen ist das Gespräch locker geworden und ich geniesse es fast. Ich kann ganz normal mit jemandem reden, das tut gut. Auch wenn ich mir bewusst bin, dass er zurzeit mein ‚Gegenspieler' ist. Aber eben, wie gesagt, das Wichtigste ist, verfahrenstechnisch gesehen, bereits vorbei. Per Zufall schaue ich auf die Verfahrensnummer auf der Einvernahme, nachdem ich sie unterschrieben habe und sie gerade an Thomas zurückgeben will. Da steht doch tatsächlich „SA 14 111/TG". Das ist zwar auch ein schönes Zahlenspiel. Aber die Dossiernummer 111 ist doch fast ironisch. Art. 111 StGB steht für den Straftatbestand der vorsätzlichen Tötung.

Ich zeige auf die Fallnummer und Thomas scheint die Frage „War diese Fallnummer Absicht?" sofort zu verstehen. Er antwortet nämlich: *„Sei doch froh, dass es nicht die 112 ist."* Dann macht er eine kurze Pause und fügt an: *„Tschuldigung, das war jetzt etwas unpassend."* Unter Art. 112 StGB findet sich der Tatbestand des Mordes.

„Schon gut. Es entbehrt nicht einer gewissen Komik."

*„Fühlst du dich jetzt etwas besser?"*

„Na ja, geht so. Muss halt. Ich hätt's lieber anders. Wann kommst du wieder vorbei?" Er schaut mich kurz verdutzt an.

*„Das ist ein gutes Beispiel für die Beziehung, welche zwischen untersuchender Person und Beschuldigtem entsteht. Das, was viele nicht glauben wollen. Die meinen, dass eine solche Beziehung nicht entstehen kann. Merkst du es?"*

„Ja, das habe ich schon festgestellt. Dummerweise mag ich dich auch als Person, auch wenn du ziemlich gemein sein kannst, wie ich feststellen musste." Er lächelt und packt den Laptop samt USB-Stick ein. Nebenbei legt er ein Päckchen Zigaretten auf den Tisch. Ich stecke es ein.

*„Das ist berufsbedingt, weisst du? Ich bin doch eigentlich ganz lieb... Nein, im Ernst. Das ist ein Spagat für mich. Die Einvernahme zur Person muss noch gemacht werden, aber ich weiss nicht, wann ich dafür kommen werde. Das Gutachten über das Opfer muss jetzt noch in Auftrag gegeben werden, das ist jetzt erst mal vordergründig. Alles andere läuft ja nicht davon."*

Hat er das jetzt mit Absicht so gesagt? Ich weiss nicht ob ich das lustig finden oder ob ich beleidigt sein sollte. Ich laufe schon nicht weg, wie sollte ich auch? Ich versuche einmal zu kontern um zu schauen ob er die „Komik" bemerkt.

„Wenn alles andere nicht wegläuft, kannst du mich ja raus lassen, die Fluchtgefahr ist dann offensichtlich gebannt." Er dreht seinen Kopf mit einem Ruck in meine Richtung, schaut mich mit riesigen Augen an und schämt sich anscheinend für seinen letzten Satz.

*„Oh sorry, das war jetzt nochmal ungeschickt! So hab ich's nicht gemeint."* Er wartet auf eine Antwort.

„Schon gut, klang nur komisch." Ich bin doch irgendwie eingeschnappt.

*„Sorry, echt. Langsam muss ich gehen."* Er klingelt und weiss offenbar nicht, was er zum Abschied sagen soll. Wir beide sagen dann einfach „Tschüss".

Ich werde wieder in meine Zelle gebracht, wohin denn auch sonst. Hier bleibe ich also die nächste Zeit. Nina Eitzner, Verfahrensnummer SA 14 111/TG, Zelle 304. Das ZMG hat aber Gas gegeben, die haben nicht einmal 48 Stunden gebraucht, um die Haft anzuordnen. Sieht es wirklich so schlecht um mich aus? Ist es so eindeutig? Oder haben sie schlichtweg nichts zu tun? Arbeiten sie gerne an Sonntagen? Langsam hole ich mich ein wenig herunter. Ich beruhige mich. Ich muss bloss lernen, dass ich hier nichts mehr beeinflussen kann. Es gibt sicher noch einmal eine Einvernahme zur Sache, dann noch eine zur Person. Thomas wird noch ein Geständnis wollen. Und das Bittere dabei: er wird wohl denken, dass dies zu meinen Gunsten ist.

Da es Sonntag ist, herrscht, soviel ich weiss, reduzierter Betrieb, was mich aber herzlich wenig betrifft. Ich finde es eher lauter als sonst. Und die ersten beiden Wochen kann ich meine Zelle sowieso nicht verlassen. 23 Stunden pro Tag. Endlich kann ich wieder rauchen. Das tut gut, so ungesund es auch ist. Ich mutiere sofort wieder zur Kettenraucherin. Wenigstens ist jetzt schon Abend. Irgendwann schlafe ich ein.

# Montags-Anwalt

Am Montagvormittag, nach dem Frühstück, kommt Herr Zimmermann vorbei. Ich werde wieder in diesen Raum gebracht. Auf dem Weg zum Besprechungszimmer oder Einvernahmeraum oder wie immer man dieses triste, klitzekleine Zimmer nennen will, hoffe ich, dass endlich einmal gute Nachrichten kommen. Diese Hoffnung mache ich mir aber eher, damit ich die Hoffnung nicht verliere.

*„Guten Tag Frau Eitzner. Wie geht's?"*

„Grüezi. Seit gestern wieder ein wenig besser." Ich setze mich hin. Auf dem Tisch liegt bereits ein Exemplar des Entscheids des ZMG.

*„Ich nehme an, dass Sie das Fax erhalten haben. Leider konnte ich nichts Besseres mitteilen. Das war aber zu erwarten."*

„Ich weiss, aber es ist schon hart, gerade unbefristet in U-Haft gesteckt zu werden."

*„Das kann ich mir vorstellen. Ich bin aber eigentlich hier, weil ich Akteneinsicht erhalten habe. In alle, nicht nur die haftrelevanten."*

„Und?" erzähl mir mal was Gutes, bitte...

*„Es ist wohl so, dass an allem Ihre DNA gefunden wurde."* Kannst du mir auch etwas erzählen, das mir noch nicht bekannt ist?

„Das hat mir Thomas gestern auch schon gesagt."

*„Es gibt aber noch etwas Interessantes..."* Er macht eine Pause. Will er die Spannung steigern? Das ist nicht nötig.

„Und?"

*„Die ganzen Spurenträger sind auf dem Balkon gefunden worden."* Auf dem Balkon? Das finde ich jetzt aber hoch interessant. Da muss man ja nicht mal einbrechen. Aber von aussen den dritten Stock zu erreichen ist wohl auch nicht sehr einfach.

*„Das gibt uns etwas Argumentationsspielraum, andererseits klebte Ihre DNA an allem, das spricht leider gegen Sie."*

Ich könnte ihn erwürgen, echt.

„Glauben Sie mir doch, ich habe nichts getan."

*„Es ist schwierig, das zu glauben…"*

„Ich weiss, aber es ist so." Wir drehen uns doch im Kreis. „Nochmal: ich bin aufgestanden, habe geduscht, bin ganz normal zur Arbeit gegangen. Dazwischen ist nichts, nichts, wirklich gar nichts Ungewöhnliches passiert." Ich werde wieder ungeduldig. Meine Nerven sind dünner als ein Seidenfaden.

*„Okay. Wir müssen auf das Gutachten warten. Je nachdem, wie dieses ausfällt, können wir dann ein eigenes in Auftrag geben. Wenn sich der Fall nicht in eine andere Richtung zu entwickeln beginnt, müssten wir dann noch über eine neue Verteidigungsstrategie nachdenken."* Sag mir doch gleich, dass du mir nicht glaubst und ein Geständnis als besser erachten würdest.

*„In Bezug auf allfällige Ersatzmassnahmen wäre es sicher von Vorteil."*

„Ich weiss, worauf Sie zu sprechen kommen wollen. Aber ich lege kein falsches Geständnis ab."

Denkt er wirklich, dass Ersatzmassnahmen bei einem ‚Geständnis' in Frage kommen würden? Ich glaube das nicht. Bis die U-Haft das zu erwartende Strafmass erreicht kann man sich wirklich viel Zeit lassen. Und Haftgründe findet man bei solchen Delikten immer. Darüber hinaus wäre eine Arbeitsstelle wohl eine Voraussetzung, damit Ersatzmassnahmen überhaupt in Frage kommen. Und ich denke nicht, dass die Stawa mich derzeit weiter beschäftigen möchte.

*„Diese Antwort habe ich schon erwartet. Ich bin aber eigentlich auch noch gekommen, weil Sie zum Gutachten auch noch Fragen stellen könnten."* Er reicht mir einen Entwurf des Gutachterauftrags. Herr Lötscher soll es erstellen. Da hat er aber die Crème de la Crème gefunden, was für eine Ehre. *„Ich erachte das als vollständig."*

„Ich vertraue Thomas, das wird schon gut sein." Sage ich nach kurzem Überfliegen. Das war's dann auch schon. Ich habe keinen Bock darauf, auf allen Dokumenten mit dem Briefkopf der Staatsanwaltschaft oben, sozusagen im Betreff, meinen Namen zu lesen. Das sieht bedrohlich aus. Er verabschiedet sich wieder, ich werde zurückgebracht. Sitze wieder in der Zelle.

Allein.

Grundsätzlich habe ich kein Problem damit, allein zu sein. Ein paar Stunden oder auch ein paar Tage sind eigentlich kein Problem. Aber hier ist es irgendwie anders. Es ist nicht so, dass ich mir das Alleinsein ausgesucht habe. Ich werde bewusst von allen und allem abgeschottet. Ich kann mit niemandem Kontakt aufnehmen. Das macht das Alleinsein beinahe unerträglich.

## Abwarten und Tee trinken

Jetzt kann ich wirklich nur noch abwarten. Wochenlang. So ein Gutachten kann dauern. Ich klammere mich an den letzten Strohhalm, den ich noch sehe: dieses Gutachten. Das muss zu meinen Gunsten ausfallen, ansonsten kann ich einpacken. Im wahrsten Sinn des Wortes. Für mehrere Jahre. Meine Zukunft: zerstört. Als wegen eines Tötungsdelikts vorbestrafte Juristin finde ich nirgendwo einen Job. Dann war mein Studium für die Katz. Nicht mal als Putzfrau würde ich dann noch eine Arbeit finden. Ich könnte ja klauen, bei diesen Vorbestraften weiss man nie. Meiner ganzen Existenz wäre die Grundlage entzogen. In mehreren Jahren, bei meiner Entlassung, würde ich keine Arbeit finden. Hätte keine Wohnung, wenig Geld.

Diese Aspekte einer Haftstrafe werden häufig unterschätzt. Dass man die Wohnung und vor allem die Arbeit verliert, dass sich vermeintlich gute Freunde auf einmal von einem abwenden, dass man sich alles neu aufbauen muss. Eine neue Existenz unter erschwerten Bedingungen gründen muss. Schadenersatzansprüche, die das Opfer geltend machen kann. Oder dessen Versicherung. Was soll man bei einer Bewerbung in den Lebenslauf schreiben, um die Lücke zu erklären? Was für ein Zeugnis bekommt man vom letzten Arbeitgeber? In meinem Fall wäre das Arbeitsverhältnis jedenfalls auf eine sehr interessante Art und Weise aufgelöst worden. Ich wurde von meinem Arbeitgeber verhaftet. Das können wohl die wenigsten von sich behaupten.

Nachdem ich etwas zur Ruhe gekommen bin, holt sich mein Körper den bitter nötigen Schlaf. Den Dienstag verschlafe ich fast komplett. Wenigstens bin ich jetzt ausgeruht. Dadurch fühle ich mich auch wesentlich besser. Zumindest was meinen Körper betrifft, der Seele geht es immer noch nicht gut.

Die nächsten Tage vergehen schleichend langsam. Mir wurde mittlerweile gestattet, Zeitung zu lesen. Ich vermisse aber ganz eindeutig das Internet. Eine herrliche Erfindung. Unendlich viele Informationen in kurzer Zeit. Leider gibt es in U-Haft und im Strafvollzug keine Möglichkeit, das Internet zu nutzen. Auch keine Handys. Das ist zwar verständlich, aber nicht wirklich leicht zu akzeptieren. So werde ich hingegen wieder auf die Vorzüge des guten, alten Papiers aufmerksam. In der Zeitung stosse ich unter anderem auch auf „meinen Fall". „Mutmassliche Täterin der versuchten Tötung am Bahnhof gefasst" steht da. Ich habe es sogar in die Zeitung geschafft. Eine mehr als zweifelhafte Ehre. Das Polizeijournal würde ich gerne lesen. Jetzt steht da vielleicht etwas drin. Sie hatten das ja toll verschleiert, und das schnell. Sonst wäre da am Freitag etwas darin gestanden.

Vom kleinen Gefängnisladen habe ich inzwischen auch wieder ein Päckchen Zigaretten kaufen können. Diese gilt es jetzt einzuteilen. Nicht, dass sie wieder verbraucht sind, bevor ich Ersatz besorgen kann. Die letzten waren nach 12 Stunden aufge(b)raucht.

Ich warte weiter...

Obwohl, warten ist ein schlechter Ausdruck. Ich schwanke zwischen zu Tode langweilen und mich selbst verrückt machen. Man findet einfach keine Beschäftigung. Nach dem Frühstück und dem Duschen wartet man auf das Mittagessen. Dann auf den Hofgang. Dann auf das Abendessen - und dann darauf, dass die eigene Psyche einem endlich das Einschlafen erlaubt. Dann, endlich, schläft man unruhig ein. Wenn man aufwacht hofft man, dass alles nur ein böser Traum war. Bis man realisiert, dass man doch in einer Gefängniszelle sitzt. So vergeht der Tag. Elend langsam. Es ist schwierig, das zu beschreiben. Wie soll man erklären, dass einem langweilig ist? Wie soll man Langeweile beschreiben? Es geht nicht. Aber ich versuche beispielsweise, jeden Tag eine gemütliche Position für jenes alles beherrschende Warten zu finden. Ich lege mich aufs Bett, aber nach kurzer Zeit wird es ungemütlich. Dann geht es weiter auf den Stuhl, doch auch dort beginnt es nach kurzer Zeit unbequem zu werden. Stehend ist es aber auch nicht lange angenehm, also lege ich mich wieder hin und das Spiel beginnt von vorne. Zu Hause tut man ja meistens etwas, putzt, wäscht, liest, sieht fern - und bewegt sich dazwischen in der Wohnung. Aber hier beschränkt sich die Wohnung auf wenige Quadratmeter. Man kann sich nicht bewegen. Die drei Meter rauf und runter zu laufen ist auch nicht so toll. Man hat auch keine Arbeit, welche einen beschäftigt. Ich versuche, aus der Zeitung etwas zu falten oder sehe fern. Auf die Dauer ist das aber auch keine Alternative, um die Zeit schnell herum zu bringen. Und Origami ist anscheinend nicht mein Ding.

Man vermisst die kleinen Annehmlichkeiten, welche man ansonsten gar nicht wahrnimmt. Inzwischen würde ich ein Königreich für einen Kühlschrank - und vor allem dessen Inhalt - geben! Ein Joghurt wäre ein wirkliches Highlight. Bis anhin wusste ich gar nicht, aus wie vielen kleinen, unbemerkten Annehmlichkeiten der Alltag in unserer Wohnung bestand. Mehr als ein paar wenige Fernsehprogramme, ein Kühlschrank für die Milch, für Joghurt, eine Kaffeemaschine, ein Schrank mit Lebensmitteln, ein Regal mit Büchern und CDs und das Wichtigste: einfach mal die Wohnung schnell verlassen können, um etwas einzukaufen. Man kann zwar eine Auswahl an Sachen bestellen, welche bei genügendem Kontostand auch geliefert werden. Das ist aber alles in allem gesehen ein eher erbärmlicher Ersatz. Und bei einem ‚Taschengeld' von acht Franken pro Tag kann man sich ausrechnen, was übrigbleibt, wenn man Raucherin ist. Das wäre ein richtig guter Grund, das Rauchen aufzugeben. Stressbedingt gäbe es aber keinen Schlechteren. Eine neue Erkenntnis habe ich aber gewonnen: zuhause könnte ich vermutlich tagelang sein, ohne die Wohnung zu verlassen. Hier finde ich es schlimm. Der Unterschied besteht aber, abgesehen von der Grösse der ‚Wohnung', allein darin, dass ich weiss, dass ich den Raum hier nicht verlassen kann. Das Wissen, dass diese Möglichkeit nicht besteht, dass ich hierbleiben muss, ist das Schlimme daran. Ansonsten würde es sich recht gut aushalten lassen.

Es ist eben einfach unbeschreiblich langweilig... Trotz Fernseher, Radio, Zeitung und einer Stunde Hofgang.

Der einzige Vorteil ist, dass man genügend Zeit findet, über die eigene Situation nachzudenken und sich damit auch etwas zu arrangieren. Man beginnt, sich die Umstände so angenehm wie möglich zu gestalten. Möglicherweise ist es auch eine Art, die Wirklichkeit zu verdrängen, oder sie so hinzubiegen, dass sie erträglicher erscheint. Was mich aber je länger je mehr stresst, ist der Umstand, dass ich mit niemandem reden kann. Kommunikation ist ein menschliches Bedürfnis. Ich will mit jemandem sprechen. Will mitteilen, was mich beschäftigt. Will diskutieren, was man tun könnte. Leider besteht meine einzige Möglichkeit zurzeit darin, mit Thomas zu sprechen. Ich weiss, was dieser hören will. Etwas, was ich nicht sagen kann. Und mein Anwalt kommt wohl kaum schon wieder vorbei. Er will das Gutachten abwarten.

Ich frage mich, ob es sich mittlerweile wirklich lohnen würde, die Aussage zu verweigern. Einerseits sehe ich keinen Sinn darin, da ich bisher ausgesagt habe und wirklich nichts getan habe. Andererseits kann ich mich mit meinen Äusserungen nur in irgendetwas hineinreiten. Erfahrungsgemäss ist es das Beste, einfach zu schweigen. Mal schauen, was bei der nächsten Einvernahme passieren wird. Ich kenne mich. Ich kann das nicht. Ich hoffe bloss, dass ich nicht in einen Rechtfertigungswahn verfalle oder mit dem Konstrukt eines Lügengebildes beginne, damit irgendetwas plausibler erscheint.

Ebenfalls wird mir je länger je mehr bewusst, dass ich völlig von der Umwelt abgeschnitten bin. Ich komme mir fast vor, wie ein Goldfisch in einem Kugelglas. Er ist eingesperrt, die Sicht nach draussen ist verzerrt und er sieht nur das, was die Besitzer wollen. Er kann nur darauf hoffen, dass er regelmässig gefüttert wird und frisches Wasser bekommt. Er ist völlig von anderen abhängig und kann nicht beeinflussen, ob er als Nächstes in ein grösseres Aquarium mit anderen Fischen kommt, in die Freiheit entlassen wird oder für immer in diesem Glas bleibt. Und das jetzige Kugelglas ist klein, sehr klein, mit Aussicht auf graue, grüne und weisse Wände.

Mittlerweile ist es wieder Freitag. Mirko hat inzwischen endlich frische Wäsche vorbeibringen können. Und neue Zigaretten, die sind aber schon alle wieder verraucht. Ich rauche fast schon Kette. Bis die Zigaretten aufgebraucht sind und ich bemerke, dass ich mir keine neuen besorgen kann. Das mit dem Einteilen klappt überhaupt nicht. Also bin ich schon seit einem Tag auf Entzug. Eigentlich habe ich nie innerhalb unserer Wohnung geraucht. Der Geruch kalten Rauches ist auch für Raucher eklig, jedenfalls für mich. Momentan mangelt es aber an Alternativen, ein Balkon ist Wunschdenken. In einer Woche kann ich endlich zu den anderen Inhaftierten, dann ist täglich für ein paar Stunden Zellenaufschluss. Dann kann man wieder soziale Kontakte pflegen. Das ist mein nächstes Ziel. Bis dahin sollte ich mich nicht verrückt machen lassen.

Ganz unerwartet geht die Zellentür wieder einmal auf. Morgens – das passiert sonst nicht.

*„Herr Gerber ist da."* Ein neues Gesicht macht die Türe auf – der Aussprache nach wohl eine Deutsche. Interessanterweise freue ich mich extrem auf Thomas Besuch. So eine knappe Woche fast ohne jeglichen menschlichen Kontakt macht einsam. Ich freue mich, wieder mit jemandem sprechen zu können. Da fällt mir ein, wo ich vor einer Woche

war. Ziemlich genau zu dieser Zeit war die Hafteröffnungs-einvernahme bei Thomas. Ein komisches Gefühl.

Was er wohl für Neuigkeiten hat?

Ich freue mich zwar auf einen Gesprächspartner. Leider weiss ich nicht, ob das Gespräch angenehm verlaufen wird.

Wenigstens hat sich in der Zwischenzeit das Schuh-Problem gelöst. Einerseits hat Mirko meine Pantoffeln mitgebracht, andererseits kann ich meine Turnschuhe mittlerweile in die Zelle mitnehmen. Sie halten mich also nicht mehr für selbstmordgefährdet. Hatte ich denn diesen Eindruck hinterlassen?

Auf dem Weg zum Besprechungszimmer mischt sich auch wieder Nervosität unter meine Freude.

## Emotionale Achterbahn

Wir kommen im Besprechungszimmer an. Thomas wartet wie immer. Na gut, wie immer ist wohl etwas übertrieben. Es ist erst das dritte Mal. Bei der Staatsanwaltschaft hat er die Leute immer abgeholt. Hier wird man abgeliefert.

*„Hi Nina!"* Irgendwie scheint er besser drauf zu sein. Was aber noch nichts heissen muss. *„Wie geht's? Zum Glück siehst du besser aus als letztes Mal."*

„Hallo Thomas. Es geht mir auch besser. Etwas Zeit zum Verarbeiten hat gutgetan." Das ist zumindest teilweise gelogen. Ich setze mich hin.

*„Du lügst doch, oder?"* Er kennt mich ziemlich gut.

„Und was ist der Grund, dass du mich mit deinem Besuch beehrst?" Die Stimmung ist heute erstaunlich gelöst.

*„Ja also, ich wollte dir die neuesten Ergebnisse präsentieren. Vorher gibt es aber noch eine kleine Einvernahme zur Sache (oh nein) und dann noch die Einvernahme zur Person."*

Mir stellt sich also die Frage, ob ich jetzt ehrlich bin oder ob ich lügen soll. Bisher hat er nicht nach der Beziehung zu Ingrid gefragt... Diese Frage kommt jetzt bestimmt. Und wenn ich ihm die Wahrheit sage, füttere ich ihn mit einem Motiv. Ausserdem kennt er die Wahrheit schon. Wenn ich aber lüge und Mirko und andere haben die Wahrheit gesagt, dann füttere ich ihn auch. Dann kommt die Frage, wieso ich denn lüge, wenn ich nichts getan habe. Also habe ich die Wahl zwischen beschissen und beschissen, wie mein Gegenüber es nennen würde. Oder eben, ich könnte nichts mehr sagen. Die Einvernahme zur Person wird wohl weniger schlimm werden.

Herr Zimmermann ist wieder nicht da. Interessiert sich der überhaupt für mich? Er hat mir nicht einmal gesagt, dass Thomas kommt, das nenne ich nicht sehr engagiert. Langsam verstösst er damit gegen seine Pflichten als Anwalt. Andererseits informiert das Gefängnis auch über die Einvernahmen. Das ist bisher auch nicht passiert. Aber was soll's. Thomas ist jetzt hier.

*„Also, legen wir los..."*

Es kommt wieder die ganze Rechtsbelehrung. Er könnte sie auch sein lassen, vorgeschrieben ist sie nur für die erste Einvernahme, aber anscheinend geht er wirklich auf Nummer sicher.

*„Also, inzwischen habe ich mehrere Einvernahmen durchgeführt, oder ich habe sie an die Uniform delegiert. Dabei ist aber nicht viel rausgekommen. Mit deinem Verlobten hatte ich ebenfalls ein Gespräch, er kann dir kein Alibi geben, weil er geschlafen hat, als du gegangen bist."*

„Das wusste ich bereits..."

*„Gut, ich möchte nun noch etwas auf deine Beziehung zum Opfer eingehen."* Na super. Hab ich's doch gewusst. Verdammter Mist.

*„In welcher Beziehung stehst du zum Opfer?"* Ich überlege, was ich sagen soll. Ich schätze die Situation so ein, dass Schweigen hier nichts bringen wird. Also versuche ich mich so neutral wie nur irgendwie möglich auszudrücken.

„Ich mag sie nicht besonders..." Eine kurze Pause.

*„Was heisst das?"* Am liebsten würde ich meine ganze Wut dieser verdammten Frau gegenüber herauslassen. Einen Rundumschlag ausführen. Dampf ablassen. Seit fast einer Woche kann ich mit niemandem sprechen. Ich will erzählen,

erklären, meinen Gedanken und vor allem meinen Gefühlen Raum geben, sollte mich aber besser zusammenreissen.

„Na ja, sie hat die Familie meines Onkels zerstört. Wir haben in Graubünden im selben Haus gewohnt und sie hat den Betrieb meines Onkels zu Grunde gerichtet und hat nicht zu meiner Cousine geschaut, ist dann mehrmals für längere Zeit einfach verschwunden und hat alle sitzen lassen. Das hat ihr keine Sympathiepunkte eingebracht…" Noch kann ich mich beherrschen. Noch. Ich spüre, dass meine Gefühle schwerer unter Kontrolle zu behalten sind als noch vor wenigen Minuten.

*„Das klingt so, als sei hier noch mehr dahinter."* Er ist gut, das muss ich ihm lassen. Diese Frage hätte aber wohl jeder gestellt. Er kennt aber auch meine Einstellung zu Ingrid, ich hatte ihm mehrmals davon erzählt. Ich überlege kurz. Was hat Mirko ihm gesagt? Er hat ihn als Zeugen einvernommen, das heisst, dass er eigentlich die Wahrheit hätte sagen müssen. Allerdings hat Mirko sicher auch gemerkt, dass ein paar Relativierungen drin liegen. Oder dass zumindest eine Beweisproblematik bei einer Falschaussage besteht. Einen Anhaltspunkt, dass da noch mehr dahinter sein muss, muss Thomas ja aber irgendwoher - und zwar aktenkundig - haben.

„Warum sollte noch mehr dahinterstecken?" Fragen schadet schliesslich nichts. Vielleicht lässt er sich heute darauf ein. Jedenfalls scheint Thomas heute weniger auf Konfrontationskurs zu sein als letztes Mal.

*„Ich habe etwas von der Mafia gehört."* Mein Gott. Er weiss also alles. Dann kommt es gar nicht mehr darauf an, was ich sage.

„Gut. Meine Mutter und ich sollen der Mafia angehören und sie macht meine Mutter fertig, nutzt meinen Onkel wo es nur geht aus. Ich hasse sie dafür. Wirklich!"

70

Ich merke plötzlich, dass ich bei dieser Aussage fast schreie. Es sprudelt urplötzlich nur so aus mir raus, ob ich will oder nicht.

„Dieser Mist läuft seit Jahren so und keiner tut etwas dagegen! Es muss vielleicht einmal etwas passieren, damit man merkt, dass es so nicht mehr weitergehen kann!!"
Er schaut mich verdutzt an. Das klang jetzt aber nicht so, wie ich es ursprünglich gemeint hatte. Das war schon fast so etwas wie ein Geständnis. Thomas bereitet sich auf eine wichtige Frage vor, das sieht man ihm richtiggehend an. Ich muss mich wieder runterbringen, sofort. Aber so einfach ist das nicht. Was habe ich da gerade eben gesagt? Shit...

„Und, hast du geschaut, dass einmal etwas passiert?" Er sieht mich mit einem erwartungsvollen Blick an, etwas Angst ist aber scheinbar auch dabei.

„Nein, ich habe nicht versucht, sie umzubringen!" Ich sollte meine Lautstärke schleunigst nach unten bringen.

„Wäre es dir aber egal gewesen, wenn es passiert?"

„Ich war doch nicht mal da. Ich habe nichts getan!" Er versucht es immer wieder. Will er einen Eventualvorsatz ohne Tatbeteiligung konstruieren oder was? Gibt es so etwas überhaupt? Oder meint er eine Anstiftung? Ich sehe nicht ganz, worauf er hinauswill. Eigentlich ist es auch egal. Viel wichtiger ist, dass ich mich selbst wieder unter Kontrolle bringe.

„Das war nicht die Frage!" das klang wieder weniger nett.

„Dazu sage ich besser nichts."

„Hör mir mal zu: du hast ein Motiv, du hattest die Zeit und die Gelegenheit, kein Alibi. Alle Spuren führen zu dir..."
Das klingt ja genau so wie im Film. Er geht also doch von einer unmittelbaren Täterschaft aus. Auch er ist inzwischen

lauter geworden. Fast schon fordernd. So deutlich hat er noch nie darauf hingewiesen, dass eigentlich nur ich die Täterin sein kann. Er ist auf einmal sehr distanziert.

„Ich weiss, war's aber trotzdem nicht." Er schaut mich wieder an. Ein ganz durchdringender Blick. Dann atmet er tief ein. Er will sein Ziel heute erreichen, er will ein Geständnis. Langsam frage ich mich, wozu er dieses noch will. Wer braucht es denn noch bei dieser Ausgangslage?

*„Wir haben verschiedene Zeugenaussagen, die ganz klar belegen, dass es dir am liebsten wäre, wenn sie tot wäre."*

„Das streite ich ja nicht einmal ab. Es ist so, dass ich diese Frau über alles hasse!" Meine Gefühle fahren wieder einmal Achterbahn. Jetzt habe ich seine vorherige Frage auch beantwortet, auf die ich gerade noch die Antwort erstmals erfolgreich verweigert hatte...

Mir wird die ganze Sache irgendwie zu viel. In meinen Augen bilden sich erste Tränen, mein Herz schlägt, als gäbe es kein Morgen. Ich werde beinahe panisch.

„Ich habe es aber nicht getan." schluchze ich hinterher.

Ich verstecke mein Gesicht hinter meinen Händen. Ich weine, kann nicht anders. Ich zittere am ganzen Körper und bekomme kaum noch Luft. Will hier weg. Sofort. Der ganze Mist soll aufhören. Jetzt.

Aber Weglaufen ist nicht.

*„Du klappst mir aber nicht zusammen?"* fragt Thomas sorgenvoll. Ich kann nicht mehr. Er kommt auf meine Seite des Tisches, nimmt mich kurz in den am Arm und versucht mich so zu beruhigen.

*„Sollen wir wieder eine Pause machen? Willst du eine rauchen gehen?"* Das würde ich wirklich gerne. Auf der einen Seite ist er das Arschloch, das mich anscheinend für Jahre

hinter Gittern sehen will, auf der anderen Seite kümmert er sich rührend um mich und macht sich Sorgen. Das ist verwirrend. Eigentlich kann ich mich glücklich schätzen, dass ich ihn kenne. Aber besser wird es hier dadurch auch nicht.

„Ich habe keine Zigaretten mehr, aber eine Pause wäre gut." Jetzt bin ich also schon so weit, dass ich so etwas keine Viertelstunde mehr durchhalte. So viele Pausen wie mit mir hat er bestimmt noch nie gemacht.

*„Dieses Problem lässt sich lösen."* Er holt drei Päckchen Zigaretten hervor und läutet, damit ein Betreuer kommt. *„Wir haben bei der Staatsanwaltschaft etwas zusammengelegt. Davon weisst du aber nichts, ich weiss auch nichts davon und der Betreuer auch nicht..."* Oh, das hätte ich jetzt nicht erwartet. Die Türe geht auf. *„Können wir für eine halbe Stunde auf den Hof?"* Der Betreuer scheint etwas irritiert zu sein, winkt uns aber zu sich.

Er fragt Thomas: „Soll ich sie fesseln? Wachpersonal haben wir nämlich nicht genug."

*„Nein, das geht so in Ordnung. Ich nehme nicht an, dass sie mich angreift, und auch wenn, käme ich vermutlich zurecht."* Das bezweifle ich nicht. Gegen einen Ex-Polizisten mit dieser Statur wären meine Chancen glaube ich äusserst gering. Nein, sie wären bei Null. Er war Mitglied einer Spezialeinheit und hat eine Nahkampfausbildung. Sportlich ist er immer noch. Also: keine Chance. Selbst wenn ich es schaffen würde ihn irgendwie zu überwältigen, wüsste ich nachher nicht, wohin ich gehen sollte. Der Betreuer führt uns durch verschiedene Gänge und Türen, bis wir auf dem Hof angelangt sind. So flexibel waren die sonst auch nicht. Er schliesst uns ein und sagt, dass er in einer halben Stunde wieder da sei. Ich beginne sofort wieder, meine Runden zu drehen und zünde mir eine Zigarette an. Bewegung tut gut.

*„Und?"* fragt Thomas völlig zusammenhangslos.

„Was und? Danke für die Zigis." Das war jetzt unhöflich.

*„Das habe ich nicht gemeint."* Er macht eine Pause, kommt zu mir, fasst mir mit beiden Händen an die Schultern und schaut mich an.

*„Willst du mir irgendetwas sagen?"* Meine Güte, er hört einfach nicht auf. Ich nehme alle meine Kraft zusammen, damit ich jetzt nicht wieder losstammle wie eine verwirrte, arme Frau.

„Hör mir zu. Ich habe nichts getan. Ehrlich. Zum hundertsten Mal. Wenn ich es getan hätte, würde ich es zugeben. Auch wenn ich Angst vor den Konsequenzen hätte - extreme Angst. Aber wenn ich es getan hätte, würde ich nicht über die Kraft verfügen, hier immer und immer wieder zu lügen, wenn man das so bezeichnen kann."

Jetzt mache ich eine Pause. Ich schaue ihn an, so tief in die Augen wie ich es mit meinen verweinten Augen nur kann.

„Ich weiss, dass du mir nicht glauben kannst. Wenn ich in deiner Position wäre, könnte ich es auch nicht. Das macht es ja so schwierig." Noch eine Pause. „Ich würde jetzt sogar gerne ein falsches Geständnis ablegen, nur damit dieser Druck und deine ewigen Fragen endlich aufhören."

Das war jetzt mein Plädoyer, wenn er mir jetzt nicht glaubt, weiss ich nicht, was ich noch machen soll. Er lässt mich los, dreht sich ab und atmet tief ein. Ich ziehe an der Zigarette. Es beginnt zu regnen. Er soll einfach damit aufhören.

*„Nina, Nina, du machst es mir auch nicht gerade einfach..."* er geht in Richtung des einzigen Unterstandes auf dem Hof, direkt beim Eingang. Ich mache mich ebenfalls auf den Weg. Er lehnt sich gegen die Wand, ich bleibe stehen.

*„Ich würde dir so gerne glauben. Aber alles in mir, jede Faser meines Verstandes, sagt mir, dass es so sein muss,*

*wie es aussieht - bis auf mein Gefühl, das sagt mir etwas Anderes."* Ich beruhige mich etwas. Na wenigstens ein kleines Ziel ist erreicht, wenn man das so sagen kann. Nur reicht sein Gefühl nicht, um mich hier raus zu holen.

„Können wir noch kurz über etwas Anderes sprechen?"

*„Ja sicher. Über was?"*

„Was läuft sonst noch bei der Stawa?"

*„Ist das ein anderes Thema?"* er beginnt zu lachen. Ich entspanne mich langsam, bekomme mich wieder in den Griff.

„Nein, aber es interessiert mich einfach. Die Abwechslung hier ist nicht besonders gross. Ich freue mich über jede Geschichte."

*„Also... Du bist immer noch das Hauptthema, das geht auch gar nicht anders, es ist ja auch erst eine Woche vergangen, seit, na ja, eben seit deiner Verhaftung. Die Mitarbeiter des Sekretariats haben auch schon gefragt, wann Angela deinen Fall zur Anklage bringe, es sei ja so eindeutig. Die Staatsanwälte stehen eher auf der anderen Seite. Vor allem Mirjam kann sich nicht vorstellen, dass du zu so einer Tat fähig sein könntest. Mit ihr habe ich sogar schon eine kurze Einvernahme gemacht, weil ihr euch schon ein Weilchen kennt. Dummerweise musste sie Sachen aussagen, welche ihr nicht sonderlich leicht über die Lippen kamen, eben die Sache mit der Mafia und so. Alex ist da etwas neutraler eingestellt, sie ist und bleibt so wie sie ist, kühl und distanziert. Erika hat ganz grosse Mühe mit der Situation, genauso wie Sebastian. Alle anderen können sich auch kaum vorstellen, dass du das getan haben sollst."* Er hört auf zu erzählen. Ich weiss nicht, ob ich ihm die Frage stellen soll, die mir durch den Kopf geistert, aber ich werde es einmal versuchen.

„Und wie geht es dir? Du musst nicht antworten, wenn du nicht willst."

„Ehrliche Antwort?"

„Wenn schon..." Er dreht noch einmal eine kleine Runde, fast hinaus bis in den Regen, der inzwischen in Strömen fällt.

„Du bescherst mir schlaflose Nächte. Mal abgesehen von unserem kleinen Sohn und seinem etwas grösseren Schwesterchen, welche auch ihren Beitrag leisten. Ich habe es schon als Polizist gehasst, wenn ich Bekannte im Dienst angetroffen habe, aber das hier toppt alles. Bei der Uniform war es eine Sache von ein paar Stunden, hier dauert es viel länger und ich kann nicht ausweichen. Ich muss diese Sache verfolgen, ob ich es will oder nicht. Je nachdem bis zum bitteren Ende. Dabei fühle ich mich gar nicht gut. Ich habe eine gewisse Routine und Distanz, die eignet man sich über die Jahre an und die muss man auch haben. Aber jedes Mal, wenn ich jetzt das Gefängnis hier verlasse, habe ich ein schlechtes Gefühl. Ich sagte es ja bereits letzte Woche, es ist eine ganz beschissene Situation. Darf ich dich fragen, warum du mich ausgesucht hast? Warum nicht einen anderen?"

„Du bist von allen dort derjenige, der mir am sympathischsten ist." Er schaut mich verlegen an.

„Danke fürs Kompliment."

„Dass du schlaflose Nächte wegen mir verbringst wollte ich nicht, aber ich glaube, dass das bei den anderen nicht anders gewesen wäre. Du bist jetzt einfach der Arme, der dran glauben musste." Ich zünde mir noch eine Zigarette an, bevor wir wieder rein müssen.

„In Ruhe lässt du mich aber noch nicht, oder? Auch wenn ich solche Gespräche wie jetzt mit dir geniesse."

„*Fallbezogen gibt's noch keine Ruhe. Wenigstens hast du so etwas Besuch. Obwohl, das wird sich auch bessern. Mirko werde ich ab morgen eine Besuchsbewilligung erteilen. Briefe darfst du natürlich auch schreiben, nur werde ich sie halt lesen müssen...*"

„Danke für die Bewilligung..." Ich könnte ihn umarmen, so schnell geht's von zu Tode betrübt zu himmelhochjauchzend. Ich laufe weiter im Kreis. Immer und immer und immer wieder.

„*Sorry, dass ich so vorgehen muss, aber ich muss diese Fragen stellen...*"

„Ich weiss, das geht schon klar, das ist dein Job. Glaubst du mir jetzt? Gib bitte eine ehrliche Antwort." Er folgt mir, ist mal neben mir, mal hinter mir.

„*Ich habe es dir doch schon gesagt; beruflich kann ich dir nicht glauben, mein Gefühl sagt etwas Anderes. Mehr kann ich nicht sagen. Aber jetzt bist du schon wieder beim alten Thema.*"

„Es lässt mir einfach keine Ruhe." Er lacht. Das weiss er auch.

„*Der Gedanke, der mich aber wirklich beinahe verzweifeln lässt, ist ein anderer...*" Er macht eine lange, lange Pause und überlegt, wie er es am besten formulieren soll. „*Wenn du die Wahrheit sagst, und es wirklich so ist, dass du nichts getan hast, habe ich zurzeit das Problem, dass die Beweise, Aussagen und Indizien vermutlich für eine Verurteilung reichen. Verstehst du, was ich meine? Es kommt gar nicht darauf an, ob ich dir glaube oder nicht, auch wenn ich dir glaube kommst du für ein paar Jahre...*" Er führt den Satz nicht zu Ende. So wollte er ihn wohl nicht formulieren. Es stimmt dummerweise. Im Grunde genommen weiss ich das. Aber ich möchte es nicht wahrhaben. Er sieht mich an.

Seine Augen werden langsam auch etwas nass. Meine Stimmung ist schon längst wieder gekippt.

„Das wäre dann ein Fehlurteil..." Ich stehe mittlerweile im Regen. Was habe ich ihm da bloss angetan? Ich will nicht, dass er meinetwegen schlaflose Nächte verbringt und sich Sorgen macht. Wir schauen eine Weile den fallenden Regentropfen zu.

„Nina..." fängt er wieder an. „Was soll ich tun?" Verzweiflung schwingt mit.

„Wie meinst du das?"

„Ich befinde mich in einem echten Dilemma. Wenn du es nicht warst, gibt es höchstwahrscheinlich ein Fehlurteil. Wenn du es gewesen bist habe ich auch Schwierigkeiten damit, weil ich sozusagen dabei geholfen habe, eine gute Kollegin hinter Gitter zu bringen. Wie zum Teufel soll ich damit umgehen?"

„Ich weiss es leider auch nicht, ich weiss schon lange nicht mehr, was ich überhaupt noch glauben soll oder kann oder woran..." Ich gehe weiter in den Regen hinaus, mittlerweile bin ich schon klitschnass.

„Ich wollte nicht, dass du Probleme damit bekommst. Ich dachte, dass sich das schnell aufklären wird und für beide Seiten einfach so über die Bühne geht. Dass das alles so ausufert konnte ja keiner ahnen. Wenn ich das gewusst hätte, hätte ich darauf bestanden, dass das ein anderer Kanton macht. Wenn ich es aber gewesen wäre, wäre ich selbst schuld. Du machst so oder so alles richtig."

„Komm doch zurück ins Trockene, sonst erkältest du dich noch." Also das ist jetzt wirklich nicht mein grösstes Problem. Ich gehe trotzdem wieder zu ihm hin. Es ist süss, wie er sich um mich sorgt.

*„Bevor der Wärter wiederkommt, würde ich noch gerne etwas von dir wissen."*

„Was denn?"

*„Hältst du es noch ein Bisschen aus?"*

„Meinst du hier, im Gefängnis?"

*„Ja…"*

„Muss ich wohl, habe ja keine grosse Wahl." Er macht schon wieder so eine bedrohliche Pause.

*„Ich meine nur, wenn, weisst du, wenn du… Dann könnte man über Ersatzmassnahmen nachdenken."* Jetzt geht das tatsächlich schon wieder los, auch wenn er es gut mit mir meint.

„Thomas, ich lege kein Geständnis ab. Ich habe - zum tausendsten Mal - nichts getan. Und wenn es sein muss, bleibe ich halt so lange wie nötig hier." Ich beginne wieder zu weinen. Inzwischen bin ich ein emotionales Wrack. Ich setze mich auf den Boden und versenke meinen Kopf in meinen Armen. Diese ewige Weinerei wird mir langsam peinlich.

*„Ich meine es doch nur gut. Das ist alles, was ich für dich tun könnte."*

„Ich weiss, dass du eigentlich nur Gutes für mich willst. Akzeptiere aber bitte, was ich gesagt habe, bitte!"

*„Du siehst miserabel aus, weisst du? Man sieht dir an, dass es dir nicht gut geht. Du bist kein Mensch, der für solche Situationen gemacht ist, wer ist das schon? Und ich mache mir Sorgen, dass etwas passieren könnte."*

„Ich bringe mich schon nicht um, keine Angst. Und Ersatz-massnahmen kommen in so einem Fall sicher nicht in Betracht, glaube ich zumindest." Die halbe Stunde ist fast rum. „Ich hätte da auch noch eine Frage."

*„Ja?"*

„Wie lange dauert das noch mit dem Gutachten?" Ich weiss gar nicht, ob ich die Antwort hören will.

*„Lange... Wie lange kann ich auch nicht genau sagen. Ein paar Monate vermutlich."*

„Shit... Das ist verdammt lange..."

*„Ich weiss. Aber juristisch gesehen haben wir leider Zeit. Ich hoffe aber auch, dass es schneller gehen wird."*

„Und dann?"

*„An das möchte ich lieber nicht denken."* Wir schauen uns beide schweigend an. Die Stille ist bedrückend. Ich sehe, wie auch Thomas mit seinen Emotionen kämpft.

Nur das Prasseln der Regentropfen ist zu hören.

„Lass mich doch bitte einfach hier raus..."

*„Nina, du weisst, dass das nicht geht."*

„Wieso muss das gerade mir passieren? Warum ich? Ich will nicht mehr hierbleiben, bitte, Thomas." Meine Selbstbeherrschung geht wieder verloren, ich spüre warme Tränen zwischen all den kalten Regentropfen meine Wangen herunter kullern. Ich verlange Sachen von ihm, die er unmöglich erfüllen kann. Ich zittere wieder, schluchze vor mich hin und hoffe, aus diesem Albtraum aufzuwachen. Thomas kommt zu mir hin und streckt mir seine Arme entgegen. Er zieht mich hoch und umarmt mich.

„*Schschsch… Ich tue, was ich kann, aber leider liegen da nicht mehr als ein paar unerlaubte Zigaretten drin.*" Ich höre, wie die Türe zum Hof aufgeschlossen wird. Der Betreuer ist wieder da. Das gibt ein Bild ab: Staatsanwalt und Beschuldigte umarmen sich.

„*Komm, gehen wir ins Warme…*" Thomas führt mich hinein. Wir folgen schweigend dem Betreuer bis vor meine Zelle, welche auf dem Weg zwischen Hof und Besuchsraum liegt. Ich hinterlasse eine Spur aus nassen Fussabdrücken auf dem Boden. Vor der Zelle angekommen weiss ich nicht, wie ich mich verabschieden soll. Der Betreuer macht die Türe auf und fordert mich mit einer Geste auf, hineinzugehen. Ich schaue Thomas noch einmal an und sage dann schlussendlich: „Danke fürs Gespräch." Er winkt mir zu.

„*Ich melde mich wieder.*"

## Keine gute Idee

Ich gehe hinein und die Türe fällt hinter mir ins Schloss. Der Schlüssel dreht sich zwei Mal. Dann ist Ruhe. Ich setze mich aufs Bett. Ich weine noch immer. Bin nass bis auf die Knochen. Was soll ich bloss tun? War nicht bloss eine Pause geplant? Egal. Zurück will ich momentan nicht. Das mit dem Gutachten dauert noch Monate. Alles, was ich sage, wird als Schutzbehauptung qualifiziert werden. Auf Dauer wird das hier für mich unerträglich, da hat Thomas Recht. Das weiss ich im Grunde auch. Ich werde für eine versuchte vorsätzliche Tötung verurteilt werden, da ist es ziemlich egal, was das Gutachten sagt. Da kann ich doch genauso gut ein Geständnis ablegen? Ich würde dann in den vorzeitigen Strafvollzug nach Hindelbank verlegt werden. Da wäre es etwas einfacher... Aber das will mein Wille (noch?) nicht zulassen. Ich habe doch nichts getan? Wenn ich wenigstens einen Verteidiger hätte, der sich für mich einsetzt. Aber auch der macht nur das Minimum und lässt sich nicht mehr blicken. Und das alles wegen dieser blöden Frau! Da hätte ich sie genauso gut wirklich umbringen können, dann hätte das Ganze hier wenigstens einen Sinn. Das kann es doch nicht sein! So ein Scheiss kann doch nicht einfach so passieren? Ich mache mich fertig. Ich mache Thomas fertig. Beeinflussen der Situation: unmöglich. Mir wird sowas von übel, wenn ich daran denke, was mir blüht. Ich werde für Jahre hinter Gitter wandern. Für etwas, was ich nicht getan habe.

Das Ganze wird mir wohl endgültig zu viel. Mein Körper stellt auf Rebellion. Ich gehe zum Klo und erbreche. Nachdem mein Magen sich mehr als nur entleert hat lege ich mich aufs Bett. Starre die Decke an. Ich habe mich noch nie so hilflos und ausgeliefert gefühlt.

Bisher hatte ich ein einigermassen gutes Bild von der Justiz. Recht hat selten etwas mit Gerechtigkeit zu tun, das ist mir klar, und sicher, es gibt manchmal Fehlurteile, so tragisch das auch ist. Aber das sind doch eher kleine Fälle, unwichtige sozusagen, auch wenn das eine böse Formulierung ist. Aber doch nicht in einem Fall einer versuchten vorsätzlichen Tötung? Und dann auch noch bei mir?

In mir baut sich nach dem halben psychischen Zusammenbruch langsam eine ziemliche Wut auf. Sowohl Körper als auch Psyche beginnen, Amok zu laufen. Ich versuche, meine Wut loszuwerden. Muss mich abreagieren. Ich weine (wieder oder noch immer?), schlage auf mein Kissen ein, laufe in der Zelle auf und ab und auf und ab. Schreie einmal. Zweimal. Aber alles hilft nichts. Ich muss diese Aggressionen dringend loswerden. Wirklich. Ich rege mich so dermassen über diese verdammte Frau auf! Immer verursacht sie Probleme, und immer nur bei anderen. Ich zittere noch immer am ganzen Körper, dann erbreche ich wieder, würge aber nur noch Schaum hinauf. Nicht angenehm. Nachdem ich eine Zeit lang neben dem WC gelegen habe, schlage ich nochmals auf mein Kissen ein. Solange, bis die Federn fliegen. Schreie. Meine Gefühle übermannen mich vollends. Die Federn fliegen in der ganzen Zelle herum und legen sich wie Schnee über alles. Bleiben an meinen noch immer nassen Kleidern hängen. Am liebsten würde ich noch viel mehr zerstören. Das wäre aber nicht so gut...

Also beschliesse ich, einen Betreuer zu rufen, solange ich mich noch beherrschen kann, denn ich spüre, dass ich die Kontrolle über kurz oder lang völlig verlieren werde. Vielleicht habe ich das schon. Ich drücke auf den Knopf der Gegensprechanlage. Man hört ein Läuten und auf der anderen Seite meldet sich eine Stimme. Ich frage, ob ich nochmal auf den Hof könnte, um meine Aggressionen an einem Ball oder so etwas abzulassen. Das wird verneint. Ich meine dann, dass ich in diesem Fall wohl bald ausrasten werde, obwohl das wohl schon lange geschehen ist. Der andere meint dann nur, dass ich mich kurz hinsetzen und tief durchatmen solle, es würde sich dann schon normalisieren und beendet das Gespräch.

Das war's? Was soll sich denn bitte normalisieren? Hier ist doch schon gar nichts normal! Ich bin stinksauer, wütend, deprimiert, was auch immer, zittere, es riecht stechend nach Erbrochenem; und in meiner Zelle liegen überall Federn... Was ist daran normal? Dass ich schon von ‚meiner Zelle' spreche ist doch nicht normal. Und ich soll mich beruhigen? Ich schreie meine Wut aus mir heraus und schlage auf die Wand ein. Dann auf das Duvet. Das Bett ist auch fast das einzige, was sich hier zerstören lässt. Und das tut gut. Sehr gut. Bald fliegen auch die Federn des Duvets durch die Zelle und bedecken die ganze Einrichtung mit mehreren Zentimetern ‚Schnee'.

Plötzlich höre ich Geräusche. Draussen kommen Schritte näher. Langsam komme ich wieder zu mir. Dass ich meine Zelle auf den Kopf gestellt habe, wird wohl nicht so gut ankommen. Der Schlüssel wird ins Schloss geschoben. Ich zittere noch immer, bin von Schweiss und Regen völlig durchnässt, stinksauer und von Federn bedeckt, aber ich kann wieder denken, zumindest ein bisschen. Bei mir sieht es aus, als hätte eine Bombe eingeschlagen. Der Schlüssel dreht sich das erste Mal.

Das wird wohl Folgen haben. In mir kriecht Angst empor.

Der Schlüssel dreht sich das zweite Mal im Schloss. Am liebsten würde ich fliehen, mich in Luft auflösen, in einer Erdspalte verschwinden, aber ich kann es leider nicht. Ich gehe in die hinterletzte Ecke der Zelle. Ein Adrenalinschub schiesst durch meinen Körper. Die Zellentür geht auf, die letzten Federn in der Luft sinken langsam zu Boden. Zwei gestandene Männer stehen im Türrahmen.

*„Was ist denn hier los?"* Ich kann nichts sagen. Ich stehe in der Ecke und zittere.

*„Ganz ruhig, wir kommen langsam zu Ihnen."* Beide sind ganz ruhig. Ich hingegen kann nicht ruhig bleiben, mein Instinkt sagt mir, dass ich fliehen soll. Und mein Instinkt ist im Augenblick wohl stärker als mein Verstand.

Die beiden kommen langsam auf mich zu. Schritt für Schritt. Ich fühle mich wie ein kleines, in die Enge gedrängtes Beutetier. Alles in mir ist auf Flucht eingestellt. Ich muss hier weg. Die da wollen nichts Gutes. Da geht es mit mir durch. Ich fühle mich wie ferngesteuert und kann mir beinahe selbst zuschauen. Ich weiss zwar, dass alles, was ich jetzt mache, falsch ist, aber ich tue es trotzdem. Ich renne los, auf den ersten Mann zu. Der versucht mich zu packen, was ihm aber nicht gelingt, da ich ihn wegstossen kann. Er fällt aufs Bett - oder das was davon übrig ist. Der zweite erwischt mich am Arm. Ich verliere das Gleichgewicht und falle um. Er muss mich aber wieder loslassen, weil ich falle; gleichzeitig greift er mich aber am Bein. Ich zapple wie wild, trete mehrmals mit voller Kraft in seine Richtung, kann mein Bein schliesslich losreissen und aus der Zelle stolpern. Die Federn hinter mir fliegen wieder in die Höhe. Ich besitze anscheinend Kräfte, von denen ich noch gar nichts wusste. Dann sehe ich einen dritten Mann im Augenwinkel. Er hält irgendetwas in der Hand. Ich versuche abzuhauen, obwohl ich weiss, dass ein paar Meter weiter vorne eine Türe kommt. Ich spüre einen Schmerz im Rücken, dann spannt sich mein ganzer Körper schlagartig an und ich falle wie ein Brett bäuchlings auf den Boden. Autsch!

*„Bleiben Sie liegen und bewegen Sie sich nicht!"* ertönt es von hinten. Meine Scheisse, was war denn das? Ich drehe mich ganz benommen um, um zu schauen, was es war. Da tut es noch einmal ganz höllisch weh. Der Schmerz schiesst durch alle Glieder. Ich kann mich nicht mehr bewegen.

*„Liegen bleiben und nicht bewegen!!"* Oh Scheisse, das war ein Taser. Es ist wirklich unbeschreiblich schmerzhaft. *„Bleiben Sie auf dem Bauch liegen und strecken Sie Ihre*

*Arme seitlich weg, Handflächen nach oben!"* Ich mache lieber was er sagt, ich möchte keinen weiteren Stromstoss.

Ich bewege meine Arme – welche sich hundertmal schwerer als normal anfühlen – langsam auf die Seite und drehe die Handfläche nach oben. Ich höre, wie zwei Personen näherkommen. Erst jetzt denke ich wieder einigermassen klar. Das wird wohl ein ziemliches Nachspiel haben...

Ich werde von rechts und links am Boden fixiert, spüre Knie auf meinem Rücken, mein Kopf wird auf den Boden gedrückt. Starke Hände packen meine Handgelenke und drehen meine Arme auf den Rücken. Handschellen schnappen zu. Ich höre beide Betreuer angestrengt atmen. Sie warten einige Sekunden, während der eine meinen Kopf immer noch auf den Boden drückt. Ich kann mich keinen Millimeter bewegen. Nach kurzer Zeit lässt der Betreuer meinen Kopf los.

Ich werde hochgehoben. Sie sichern mich von beiden Seiten, schieben ihre Hände unter meine auf dem Rücken gefesselten Arme, halten mich an den Oberarmen fest und drücken meinen Oberkörper nach vorne. Es entsteht eine Hebelwirkung, welche extrem starke Schmerzen verursacht. Gegenwehr? Unmöglich.

*"Sind wir jetzt brav?"* Die beiden sind jetzt weder ruhig noch nett; und mein Ausflug ist endgültig vorbei.

„Ja."

*"Gut, wir wollen Ihnen nicht noch mehr Schmerzen zufügen. Wir gehen nun zum Arzt, lassen die Nadeln entfernen und Sie allgemein durchchecken. Alles Weitere wird Ihnen dann wohl der Schichtleiter mitteilen."*

Sie lösen den Griff etwas und schleppen mich mehr oder weniger zum Arzt, laufen geht noch nicht so ganz. Leider funktioniert mein Gehirn dafür wieder umso besser. Es werden wohl ein paar ganz langweilige Tage folgen. Arrest...?

Zwei der Betreuer halten mich fest, während der Dritte die Handschellen auf dem Rücken aufschliesst. Dann werden die Hände vor dem Körper wieder gefesselt. Das Entfernen der Nadeln tut nochmals ziemlich weh. Sie werden einfach herausgezogen. Dann desinfiziert der Arzt es kurz. Es erfolgt noch ein kurzer allgemeiner Check. Anscheinend bin ich gesund und habe von den beiden Stromschlägen keine grösseren Schäden davongetragen. Ein bleibender Eindruck wurde aber hinterlassen.

Anschliessend geht es sofort weiter zum Leiter um mein ,Urteil' entgegen zu nehmen. Ich habe wieder Angst. Anscheinend werde ich noch immer als so gefährlich eingestuft, dass ich Handschellen tragen muss und von zwei Betreuern begleitet werde. Aber diesmal habe ich es ,wenigstens' selbst verbockt. Obwohl man die vorangegangene Woche doch als unverzichtbare Bedingung dafür bezeichnen könnte. Einer meiner Begleiter klopft an die Bürotüre des Leiters. Er telefoniert. Ich werde auf einem Stuhl vor dem Büro platziert. Einer der Betreuer, welcher mich vor wenigen Minuten mit erstaunlich grosser Gewalt zu Boden gedrückt hat, setzt sich neben mich. Er ist wieder völlig entspannt.

*„Und? Wieder etwas beruhigt?"*

„Ja, ich denke schon..." Ich bin wirklich sehr ruhig. Fast schon entspannt. Meine Stresshormone haben sich wohl abgebaut. Es wäre aber sicher besser gewesen, wenn ich dafür einen anderen Weg gefunden hätte.

*„Was war da eben los?"*

„Keine Ahnung. War wohl etwas zu viel für mich."

„*Kann vorkommen. Aber Sie waren leider ausser Kontrolle – da mussten wir etwas härter durchgreifen.*"

„Sorry, ich wollte das wirklich nicht. Irgendwie bin ich wohl durchgedreht."

„*Da sind Sie nicht die Erste. Die Letzte werden Sie auch nicht sein. Auf U-Haft reagieren nun mal nicht alle gleich. Dass Ihr Verhalten noch disziplinarische Massnahmen nach sich ziehen wird, wissen Sie aber?*"

„Ja. Darauf warte ich hier wohl, oder?"

„*Sieht ganz danach aus.*" Er lächelt.

„Warum durfte ich mich nicht auf dem Hof abreagieren, als ich danach gefragt habe?"

„*Es war schon extrem laut bei Ihnen, bevor Sie sich gemeldet haben. Den Zugriff hatten wir schon vorbereitet. Erfahrungsgemäss ist es so, dass sich kaum jemand mehr beruhigt, wenn erste Gegenstände durch die Zelle fliegen. Da wir praktisch schon auf dem Weg waren, sind wir nicht mehr darauf eingegangen.*"

Das erklärt einiges.

„Habe ich Sie verletzt?"

„*Mich nicht, aber unser Kollege lässt sich noch vom Arzt untersuchen. Seine Hand schmerzt und ist angeschwollen. Sie haben ihn wohl getroffen, als Sie sich zappelnd losgerissen haben.*"

„Tut mir leid."

„*Mal sehen, was unser Chef dazu meint. Ich kann aber nur empfehlen, dass Sie sich in den nächsten paar Minuten so ruhig verhalten wie jetzt. Ein erneutes Ausrasten würden Sie wohl längerfristig bereuen.*"

„Keine Angst. Ich bereue die letzte halbe Stunde jetzt schon."

„Sie werden das schon überstehen. Sehen Sie einfach zu, dass es bei diesem einen Zwischenfall bleibt. U-Haft ist schon hart genug, da sollte man sich das Leben nicht noch unnötig schwer machen."

Ich werde in das Büro des diensthabenden Chefs gebeten. Die beiden Betreuer begleiten mich. Mal schauen, was jetzt kommt.

„Guten Tag Frau Eitzner. Nehmen Sie Platz."

Ich setze mich hin. Stehen wäre immer noch recht schwierig. Er kommt ohne grosse Umschweife zur Sache.

„Was ist da vorhin in Ihrer Zelle passiert?"

Wenn ich das nur wüsste. Ich kann es mir beim besten Willen nicht erklären.

„Ich weiss es nicht. Ich bin wohl irgendwie ausgerastet. Es tut mir leid."

So unkontrolliert ich noch vor 20 Minuten war, so ruhig bin ich jetzt. Ich kann völlig sachlich bleiben. Leider ist es dafür wohl zu spät.

„Angriffe auf das Personal können wir hier auf gar keinen Fall dulden."

„Dessen bin ich mir bewusst. Ich wollte Ihre Mitarbeiter nicht angreifen. Schon gar nicht verletzen. Keine Ahnung, was da mit mir los war."

„Wie Sie sicher wissen, stehen mir für solche Fälle einige disziplinarische Massnahmen zur Verfügung. Ich werde davon Gebrauch machen müssen."

Das war mir klar. Fragt sich nur, wie massiv sein Gebrauch ausfallen wird.

*„Bei Übergriffen auf das Personal wird immer ein Arrest verfügt, da wir solche Verhaltensweisen absolut nicht tolerieren können. Sie können sich dazu äussern, wenn Sie wollen."*

Scheisse. Es geht also wirklich in den Bunker. Eine Erklärung meinerseits, dass ich wohl schlichtweg ausgerastet bin, würde wohl herzlich wenig bringen. Ich werde wohl nicht die erste sein, die kurz ausflippt. Dass eine Bestrafung erfolgt, ist da nur logisch. Er führt meine Anhörung sehr routiniert und ruhig durch. Vermutlich erfolgen solche Gespräche häufiger.

„Nein danke. Das, was da vorhin passiert ist, tut mir wirklich unendlich leid."

*„Ich setze die Dauer des Arrests also auf vier Tage fest. Von weiteren disziplinarischen Massnahmen werde ich vorerst absehen. Sollte in Zukunft nochmals etwas Ähnliches vorfallen, würde ich die Konsequenzen dementsprechend ausweiten. Im Wiederholungsfall kommt auch eine Kombination mit anderen Massnahmen in Frage, insbesondere ein Entzug des Fernsehers oder auch ein zusätzlicher Zelleneinschluss – also eine weitere Einzelhaft – während mehrerer Wochen. Der strafrechtliche Weg wird auch in diesem Fall ausdrücklich vorbehalten."*

Er händigt mir eine Verfügung aus. Vier Tage Arrest ist nicht gerade wenig, wenn man bedenkt, dass das Maximum bei zehn Tagen liegt. Er gibt mir einige Sekunden Zeit, um seine Worte sacken zu lassen und die Verfügung durchzulesen.

*„Sie kennen die Regelungen des Arrests?"*

„Ich befürchte ja."

Er lächelt kurz.

*„Sind Sie Raucherin?"*

„Ja."

*„Während des Arrests sind weder Tabakwaren noch Lektüre erlaubt. Kurz gesagt sitzen Sie während 4 Tagen allein in einer leeren Zelle ohne jeglichen Komfort und ohne Unterhaltungsmöglichkeiten. Auf den Hof können Sie erstmals nach Ablauf von 72 Stunden. Verstanden?"*

Ich nicke.

*„Die Rechtsmittel können Sie der Verfügung entnehmen. Falls Sie ein Rechtsmittel ergreifen wollen, können Sie Schreibzeug und Papier bei den Betreuern verlangen. Bitte unterzeichnen Sie ein Exemplar der Verfügung zur Bestätigung Ihrer Kenntnisnahme."*

Nach der Unterzeichnung werde aus dem Büro gebracht. In einem separaten Raum muss ich mich umziehen und in einen hellblauen Trainingsanzug steigen.

Ehe ich richtig darüber nachdenken kann, befinde ich mich in einer von oben bis unten weiss gekachelten Zelle mit Stehklo, kleinem Waschbecken, eingeschweisster Matratze und Militärdecke. Und sonst nichts. Kein Fenster, kein Stuhl, nichts. Nur ein erhöhtes Podest mit Matratze, Decke, sowie ein Lavabo und ein WC. Von der Zellendecke strahlen zwei sich hinter Sicherheitsglas befindliche Neonröhren. Hier muss ich also die nächsten 4 Tage verbringen. Na das habe ich aber wieder toll gemacht...

Ich setze mich auf das Bett. Die Schuhe haben Sie mir wieder weggenommen und zusammen mit den anderen Kleidern in einem Plastikbeutel vor der Zelle deponiert. Ich darf nur Socken tragen. Es ist erstaunlich warm in dieser Zelle. Vielleicht ist es deshalb so warm, weil man hier wohl eher inaktiv ist. Ich lege mich hin. Es dauert Stunden, bis ich wieder richtig bei mir bin. Ich wasche mir kurz mein Gesicht mit kaltem Wasser - warmes habe ich auch gar nicht. Der Rücken schmerzt stark und langsam bekomme ich eine Art Muskelkater. Das liegt wohl daran, dass sich meine Muskeln aufgrund des Tasers derart angespannt haben. Langsam dämmert es mir, dass das hier eine ganz mühsame Geschichte werden könnte. Hoffentlich kann ich aber trotzdem bald in den Gruppenvollzug.

Der Mittag ist wohl schon vorbei. Ich habe keine Ahnung, wie spät es ist. Das werde ich wohl beim Abendessen erfahren. Vier Tage, das sind 96 Stunden. Davon sind vielleicht 5 vergangen. Wenn ich Glück habe. Bleiben noch 91. Was mache ich in dieser Zeit? Wenn ich wirklich etwas gemacht hätte, könnte ich darüber nachdenken, was ich als nächstes tue. Wie ich taktisch vorgehen könnte. Aber so? Vermutlich habe ich in meiner Situation noch die grössere Wahl. Ich kann darüber entscheiden, ob ich die Wahrheit sage oder ob ich ein falsches Geständnis ablege. Die Variante mit dem falschen Geständnis würde paradoxerweise vermutlich zu einem milderen Urteil führen. Aber ich wiederhole mich. Und trotzdem kreisen meine Gedanken immer wieder um diese beiden Varianten. Irgendwann kommt das Abendessen. Ich lasse es links liegen. Ich habe zwar Hunger, aber essen kann ich trotzdem nichts. Es geht wieder so zurück, wie es angekommen ist. Eine gefühlte Ewigkeit später geht das Licht aus. Es muss also 22 Uhr sein. Von zehn Uhr abends bis sechs Uhr morgens wird das Licht gedämpft. Ganz aus ist es nie. Ansonsten wäre man in einer wirklich stockdunklen Zelle.

Ich schlafe kaum, mein Rücken und jeder einzelne Muskel meines Körpers schmerzen. Aber diese Strafe habe ich im Grunde genommen verdient. Ich sollte es mit Fassung tragen. Ich bin ausgerastet. Habe gegen die Regeln verstossen. Habe sozusagen den Tatbestand rechtswidrig und schuldhaft erfüllt und ich muss jetzt die Konsequenzen tragen. Ich würde aber auf eine verminderte Urteilsfähigkeit plädieren. Irgendwann schlafe ich dann trotzdem ein paar Stunden am Stück. Erst als das Frühstück kommt, wache ich auf. Die unglaubliche Monotonie wird nur von den Mahlzeiten unterbrochen. Ich beschliesse, mir als Zwischenziel immer die nächste Mahlzeit zu setzen. Die Tage hier in kleinere Abschnitte zu unterteilen. Es klingt besser, wenn man sich sagen kann, dass es noch vier Stunden bis zum Mittagessen sind, als wenn man sich sagen muss, dass es noch 75 Stunden dauert, bis man hier raus kann.

Dieser Tag – es ist erst der zweite – vergeht auch kaum. Noch sind keine 24 Stunden vergangen. Die Stunden ziehen sich wirklich so lange hin, als wären es Tage... Manchmal finde ich ein Federchen auf dem Boden. Die haben sich wohl in meinen Haaren verfangen und hier wieder die Freiheit gefunden.

Zigaretten wären nicht schlecht. Zum Glück war ich schon vorher ein paar Tage auf Entzug. So ist es jetzt nicht ganz so schlimm. Aber eine zu rauchen wäre schon nicht schlecht, das muss ich sagen. Ich wünsche mir meine Zelle zurück, da ist es wenigstens noch erträglich. Obwohl ich bis gestern diesbezüglich noch anderer Meinung war. Aber es geht tatsächlich noch schlimmer. Hier ist es überhaupt nicht lustig. Zumindest kann ich heute ein wenig essen. Es ist zwar mehr ein Hinunterwürgen, aber immerhin. Die Zeit verbringe ich im Wesentlichen damit, meinen Körper zu begutachten. Sonst habe ich, abgesehen von Kacheln, auch wenig anzuschauen. Ich putze mir die Fingernägel, dann die Zehennägel und inspiziere meine Haare. Federn finde ich keine mehr. Mit einzelnen Haaren beginne ich Zöpfe zu flechten. Auch meine Zähne putze ich unverhältnismässig oft. Ausserdem versuche ich mich einigermassen sportlich zu betätigen, indem ich auf der Bettkante Stepping betreibe und versuche, Liegestützen zu machen. Meine Fitness ist aber nicht die Beste. Von den Schmerzen des Tasers mal abgesehen, die behindern auch. Wenigstens schaffe ich ein paar Situps... Die meiste Zeit verbringe ich aber, indem ich einfach auf dem Rücken liege und die Decke anstarre. Die letzten kleinen Annehmlichkeiten, welche ich noch hatte, sind weg: das Radio und das Fernsehen. Man glaubt gar nicht, wie lange sich die Stunden hinziehen können, wenn man nicht nur wenig, sondern gar keine Beschäftigung hat.

Mir fällt die Geschichte mit meiner ersten Einvernahme ein, an der ich teilgenommen habe. Es war in der ersten Woche bei der Staatsanwaltschaft, als ich Thomas zu einer Einvernahme ins Gefängnis begleiten konnte. Es handelte sich um einen Kosovaren, der zur Überbrückung seiner finanziellen Engpässe Koks verkauft hatte. Eigentlich sollte nur eine Einvernahme zur Person stattfinden, sein Anwalt war nicht dabei. Der Beschuldigte war seit etwa 10 Tagen in U-Haft, zu Hause hatte er Frau und zwei Kinder, welche er mit den Drogenverkäufen über die Runden brachte. Diese wussten aber nichts davon, dachten, er gehe normal zur Arbeit. Diese hatte er aber schon einige Zeit zuvor verloren. Er war ein richtiges Mannsbild. Während der Einvernahme, als er über seine zwei Kinder erzählte, brach er aber in Tränen aus und legte zumindest ein teilweises Geständnis ab. Er wollte heim zu seiner Familie, hatte Sehnsucht nach seinen Kindern und machte sich Sorgen um sie. Nach seinem Geständnis fragte er ganz verzweifelt, ob er nun nach Hause gehen könne. Als wir - oder besser gesagt Thomas - ihm erklärten, dass es nicht ganz so einfach sei und dass man dieses Geständnis noch überprüfen müsse, dass noch immer Kollusionsgefahr bestehe und dass er weiter dableiben müsse, brach die Welt für ihn vollends zusammen.

Dieses Bild wird mir wohl für immer in Erinnerung bleiben. Ich verstehe ihn nun allzu gut.

## Kurze Unterbrechung

Schätzungsweise gegen Mittag geht die Zellentüre auf. Ich staune Bauklötze. Hier tut sich was. Ich werde aus meiner Lethargie gerissen. Was wohl los ist?

*„Der Herr Gerber ist wieder da. Stellen Sie sich bitte an die Wand."* Ich mache lieber, was er mir sagt, aus Fehlern sollte man schliesslich lernen... Ich drehe mich zur Wand und stütze mich mit den Händen ab.

*„Machen Sie einen Schritt zurück, bitte."*

Erst jetzt öffnet er die Türe komplett. Er tritt hinter mich und legt die Handschelle um das rechte Handgelenk. Dann packt er mich am linken Handgelenk und weist mich an, wieder einen Schritt nach vorne zu machen. Er führt beide Hände zum Rücken. Die Handschelle schnappt nun auch um das linke Handgelenk zu. Was soll denn das jetzt? Ich tue jetzt sicher niemandem etwas.

*„Kommen Sie mit!"* Er packt mich am Arm und führt mich erstaunlich ruppig hinaus. Was macht denn Thomas schon wieder hier? Und während der Zeit im Arrest? Und an einem Samstag? Ist das wieder so ein Psychospielchen? Oder macht er sich Sorgen um mich? Diesmal ist der Weg in den Befragungsraum sehr viel weiter als sonst. Ich betrete ihn und blicke in ein sehr schwierig zu beschreibendes Gesicht. Thomas sieht mich wieder einmal fragend an. Schüttelt den Kopf. Schaut mich wieder von oben bis unten an.

*„Hallo Nina. Was sollte denn das?"*

„Was das?" Im Grunde genommen ist mir klar worauf er hinaus will. Er streckt seine Arme in meine Richtung. Der Betreuer setzt mich derweil auf den Stuhl.

*„Na das!"* Ich überlege, was ich ihm antworten soll.

„Ich habe wohl etwas über die Stränge geschlagen." sage ich wie ein kleines Mädchen, das sich vor dem Lehrer verantworten muss. Bevor der Betreuer den Raum verlässt, bittet ihn Thomas darum, die Handfesseln abzunehmen. Der Betreuer verneint dies, das sei Teil des Arrestes. Also bleibe ich so gefesselt vor Thomas sitzen. In Handschellen, blauem Trainingsanzug und Socken. Der Betreuer verlässt den Raum. Es ist beschämend, so dazusitzen. Auch habe ich das Gefühl, durch die Fesselung irgendwie hilflos zu sein. Noch viel mehr als sonst in den letzten Tagen.

*„Etwas über die Stränge geschlagen ist gut. Ich mache mir langsam wirklich Sorgen um dich. Echt."*

„Musst du nicht." Ich mache eine Pause. „Ich hatte mich einen Moment lang nicht im Griff. Dafür büsse ich jetzt. Ist schon okay so." versuche ich ihn zu beruhigen, obwohl ich mich wirklich nicht gut fühle.

*„Aber das ist unmittelbar nach meinem Besuch passiert. Ich war kaum zurück im Büro, da kam per Fax die Verfügung wegen dem hier... Du hast deine Zelle auseinandergenommen und zwei Wärter angegriffen, verdammt noch mal!"*

„Das hat mit deinem Besuch nichts zu tun." Oder vielleicht doch? Ich weiss es nicht. Zumindest nicht nur damit.

Wir schweigen uns an. Er hat den Laptop dabei, also hat er noch etwas vor.

*„Ich habe schon fast ein schlechtes Gewissen jetzt wieder eine Einvernahme zu machen, aber ich benötigte einen Grund, um vorbei kommen zu können."* Er schaut mich noch einmal von oben bis unten an.

*„Hältst du das durch? Du siehst so beschissen aus wie noch nie zuvor."*

„Geht schon, ich habe einfach nicht gut geschlafen." Ich versuche mich halbwegs bequem hinzusetzen, das gelingt aber nur beschränkt. Die Handschellen befinden sich genau auf der Höhe, wo die Rückenlehne endet. Von meiner Lieblingssitzposition, die Unterarme auf dem Tisch und nach vorne gelehnt, ganz zu schweigen.

„Du kannst mit deiner Folter beginnen, wenn du willst."

Er sieht mich mit einem bösen Blick an. Das Wort „Folter" hätte ich vielleicht besser nicht verwendet. Er meint es letztendlich nur gut - hoffentlich.

„Heute wird's bestimmt nicht lang, versprochen. Also..." Es folgt die übliche Belehrung. „Meine erste Frage ist halt doch Standard: Willst du zur letzten Einvernahme noch etwas hinzufügen?"

„Nein."

„Nur so als Hinweis: gestern haben wir vergessen, die Einvernahme abzuschliessen. Das müssen wir heute noch tun. Und die Einvernahme zur Person, okay?"

„Ja."

„Okay, machen wir das schnell. Ich habe noch die Bilder der Videoüberwachung des Bahnhofs sichergestellt." An diese hatte ich bisher gar nicht gedacht. Ich beginne zu hoffen, da kann ich nämlich gar nichts darauf sein.

„Leider sieht man darauf nicht allzu viel. Nur deine Tante, wie sie auf die Gleise fällt."

„Scheisse." Er schaut mich kurz an.

„Das ist aber noch nicht alles." Er macht eine erwartungsvolle Pause, fast so, als würde das, was jetzt kommt, ihn freuen. „Das Restaurant gegenüber hat nämlich auch noch eine Kamera. Und die gesuchte Person ist da durchs Bild

*gelaufen. Die Bilder der Kamera sind zwar nicht der Ham-
mer, aber man sieht eine Person mit eher dunkler Jacke,
welche sich vom Bahnhof entfernt. Willst du dich dazu äussern?"*

„Nein." Ich warte nämlich lieber auf die Fortsetzung.

*„Auf den ersten Blick scheint diese Person nicht deine Sta-
tur zu haben, aber das ist erst ein erster Eindruck. Dazu
wird noch eine Auswertung eingeholt, welche ich auch
schon in Auftrag gegeben habe."* Na immerhin etwas. Aber
mich beschäftigt damit wieder eine andere Sorge.

„Und wie lange dauert das?"

Thomas überlegt. *„Ein paar Wochen vielleicht..."* Ich hatte
gehofft es gehe schneller. Aber da habe ich mich wohl getäuscht. Obwohl das Gutachten noch viel länger dauern
wird.

*„Das ist doch immerhin etwas, was dich entlasten könnte."*
Er macht wieder eine Pause. Dann schaut er mich wieder
durchdringend an, versucht wohl, Distanz zu schaffen.

*„Also, kommen wir wieder zu den anderen Beweisen und
deinem Tagesablauf an besagtem Tag zurück. Kannst du mir
erzählen, was du an diesem Tag genau gemacht hast?"* Bitte
nicht schon wieder. Langsam verstehe ich meine „Kunden",
wenn sie sich über die immer gleichen Fragen aufregen. Ich
seufze und schnaufe einmal tief durch.

„Also: Ich bin morgens aufgestanden, habe geduscht, mich
angezogen, habe einen Kaffee gemacht, bin damit auf den
Balkon, habe ihn getrunken und dazu eine geraucht und bin
anschliessend auf den Zug. Als ich angekommen bin, bin ich
ausgestiegen, direkt zur Stawa gegangen, habe dort bis um
16.50 Uhr gearbeitet und bin dann – auch wieder direkt –

heim. Und dann, an diesem besagten Freitag, ist Daniel gekommen, nachdem ich angekommen war. Und das wär's gewesen." Ich hoffe, dass er mit dieser Antwort zufrieden ist.

*„Wann bist du aufgestanden?"*

„Um sechs Uhr fünfzehn."

*„Und wann bist du auf den Zug?"* Ach, jetzt will er es detaillierter.

„Ich bin um zehn vor Sieben aus dem Haus gegangen und um kurz nach Sieben ist der Zug gefahren."

*„Ist der Zug pünktlich abgefahren und ist er pünktlich angekommen?"*

„Boah, ich glaube, dass er mit einer Minute Verspätung losgefahren ist und drei Minuten zu spät angekommen ist. Aber ganz sicher bin ich mir nicht." Das hätte ich jetzt lieber nicht gesagt, aber das fällt mir natürlich zu spät ein. Ich versuche mich irgendwie bequem hinzusetzen, aber das geht nicht. Die Handschellen schneiden ganz schön ein. Interessanterweise ist es das erste Mal, dass ich bei ihm Handschellen trage. Angesichts des Vorwurfs ist das schon fast eine Leistung. Während ich mir solche unnützen Gedanken mache tippt er eine Frage ein, vermutlich ‚Warum bist du dir nicht sicher' oder so.

*„Warum weisst du das nicht mehr?"*

Na bitte.

„Thomas, ich fahre jeden Morgen mit diesem Zug. Ich schaue nicht immer, ob er auf die Minute genau pünktlich ist. Er kommt, wenn er kommt und ist da, wenn er da ist." Er tippt wieder sehr lange.

*„Wann hast du bei der Staatsanwaltschaft eingestempelt?"*

„Das weiss ich auch nicht mehr so genau. Vermutlich wie immer irgendwann zwischen halb Acht und fünfundzwanzig vor." Na das kann er doch selbst überprüfen.

*„Hat dich jemand am Bahnhof gesehen?"* Was soll ich denn darauf bitte antworten? Ich würde gerne gestikulieren, mehr als ein Schulterzucken bekomme ich aber nicht hin.

„Gesehen hat mich sicher jemand. Aber ich weiss nicht, ob sich jemand an mich erinnern kann."

*„Wie sahen die Leute aus, welche neben dir im Zug gesessen sind?"*

„Ich weiss es nicht mehr, aber die ersten beiden Haltestellen musste ich stehen, weil so viele Leute im Zug waren."

*„Auf welcher Höhe des Zuges bist du eingestiegen?"*

„Ziemlich weit vorne. Wenn ich das mache, muss ich nachher nicht mehr so weit laufen."

*„War der Zug videoüberwacht?"*

„Ich weiss es nicht." Wenigstens versucht er auch in entlastender Hinsicht weiter zu kommen. Er hört auf zu schreiben und sieht mich an.

*„Nina, ich versuche in alle Richtungen zu ermitteln, aber ich weiss nicht, ob das etwas bringt. Ich tue aber alles, was ich kann."* Es klingt fast so, als wolle er sich rechtfertigen. Dann tippt er wieder.

*„Möchtest du noch etwas anfügen?"*

„Nein, ich wüsste nicht, was."

*„Ich kann dir deine Geschichte eben immer noch nicht so richtig glauben."* Ach so... Aber ich möchte trotzdem nichts sagen. Auf ein Geständnis wartet er jedenfalls vergeblich.

*„Das wäre die Einvernahme zur Sache gewesen, fehlt noch die zur Person, aber nur kurz. Kannst du mir etwas über deine Schulzeit erzählen?"*

Er wechselt die Vorlage. Meine Hände schlafen langsam ein und werden kalt.

„Also, ich wurde in Olten geboren, bin aber in Graubünden aufgewachsen. Meinen Vater kenne ich kaum, ich habe ihn mit sechzehn Jahren zum ersten Mal gesehen und seither kaum mehr. Die Primarschule habe ich in meinem Heimatdorf absolviert, die ersten zwei Jahre der Sekundarschule ausserhalb. Mit meiner Klasse hatte ich kein gutes Verhältnis in dieser Zeit, deswegen war ich froh, als ich nach Chur ins Gymnasium konnte. Dort war das Verhältnis unter den Schülern wieder gut. Als ich die Matura in der Tasche hatte, habe ich in Zürich Jus studiert, dann habe ich zwei Praktika gemacht und jetzt bin ich hier." Er schreibt und schreibt und schreibt.

*„Hast du Geschwister?"*

„Nein, aber ich bin zusammen mit meiner Cousine aufgewachsen. Wir wohnten im selben Haus."

*„Freizeit, Hobbies?"*

„Keine grossen. Ich fahre etwas Velo, lese und koche gerne."

*„Das wäre es eigentlich von meiner Seite für heute. Ich drucke alle Einvernahmen aus. Wenn du sie dann bitte unterschreiben würdest."*

„Und wie?" Ich versuche ihm die Handschellen zu zeigen. Er läutet. Als der Betreuer kommt, fragt Thomas noch einmal und die Fesseln werden abgenommen. Geht doch. Der Betreuer verlässt wieder den Raum. Ich lese beide Einvernahmen durch und unterschreibe.

„*Wie lange musst du noch?*"

„Was?"

„*Das Tenue légère hier?*" Du weisst es doch. Es stand in der Verfügung, die du bekommen hast.

„*Noch zweieinhalb oder drei Tage oder so.*" Auf der Einvernahme sehe ich, dass es wohl erst elf Uhr ist. Die Zeit geht einfach nicht rum.

„*Ou Scheisse, das ist hart... Was meint dein Verteidiger dazu?*"

„Den habe ich erst zweimal ganz kurz gesehen..."

„*Nur zweimal?*"

„Er scheint sich für mich nicht besonders zu interessieren."

„*Das ist aber nicht gut. Bei mir hat er sich, bis auf die Akteneinsicht, auch noch nicht gemeldet.*"

„Vielleicht bin ich einfach ein zu eindeutiger Fall. Einer, wo es sich nicht lohnt, viel Zeit zu investieren."

„*Aber brieflich oder per Fax hat er sich schon gemeldet?*"

„Nein, ich bekomme weder die Termine der Einvernahmen noch hat er irgendwann geäussert, dass er bei einer dabei sein möchte. Ich sei ja vom Fach."

„*So geht das aber nicht. Wenn du einen Antrag stellen würdest, könnten wir vielleicht den Verteidiger wechseln. Dort könnten wir ein wenig entgegenkommen. Hättest du da einen bestimmten Wunsch?*"

„Herr Frei wäre vermutlich nicht schlecht. Ich kenne ihn von der Jugendanwaltschaft. Ich stelle glaube ich den Antrag. Mehr als abweisen geht ja nicht."

*„Ich schaue mal, sobald ich den Antrag in den Händen halte. Langsam muss ich los, ich habe noch einiges zu erledigen. Eigentlich habe ich heute ja frei. Geht es bei dir?"*

„Habe ich eine Wahl? Es muss gehen. Ändern kann ich ja nichts. Wann kommst du wieder?"

*„Jetzt dauert es sicher eine Weile. Ich kann nur noch auf die Gutachten warten. Vielleicht wirst du dann noch zum Institut für Rechtsmedizin gebracht wegen der Grösse und dem Gewicht und so. Ich denke, dass ich in zwei, drei Wochen mal wieder reinschneien werde."*

„Erst dann?" Er lacht leise.

*„Dir muss es wirklich sehr schlecht gehen. Wenn du dich schon so fest auf den Besuch vom Staatsanwalt freust ist's nicht mehr gut. Aber nun darf dein Verlobter ja vorbeikommen."* Er läutet. *„Ich verstehe dich aber ein Stück weit. Ich versuche, vorwärts zu machen. Entweder gibt's dann eine schnelle Anklage oder eine Einstellung... Hey, ich wünsch dir noch was."* Der Wärter kommt hinein und Thomas verlässt den Raum. Tritt durch die andere Türe auf den Gang hinaus. Heute hat er das Wort ‚Anklage' zum ersten Mal erwähnt.

*„Stehen Sie bitte an die Wand und nehmen Sie die Hände auf den Rücken."* Die Handschellen werden wieder angelegt. Der Wärter führt mich durch die andere Türe hinaus auf den Gang, mich an den Handschellen festhaltend. Irgendwie erniedrigend...

*„Herr Gerber, ich komme gleich zurück und bringe Sie hinaus, ich muss nur schnell mit ihr in den Bunker. In zwei, drei Minuten bin ich wieder hier."* Ich kann Thomas kaum mehr in die Augen schauen. Er sieht mich jetzt ganz mitleidig an, als wäre er an der ganzen Situation Schuld. Und das ist er nicht. Ich habe ihn ausgesucht, ich habe bestimmt,

dass er diesen Job zu erledigen hat. Ich bin an seiner Situation schuld, nicht umgekehrt. Ich bin dafür verantwortlich, dass er sich fertigmacht und schlecht schläft. Er kann da nichts dafür. Ich muss mir die Vorwürfe machen. Nicht er.

*„Viel Kraft, du schaffst es."* Jetzt versucht er mich noch aufzumuntern. Ich weiss schon, warum ich ihn gewählt habe.

„Das wünsche ich dir auch. Mach dir wegen mir nicht zu viele Sorgen." Ich werde abgeführt. Wieder zurück in den Bunker, wo das Mittagessen ansteht. Jetzt bin ich also mehrere Wochen allein. Hoffentlich kommt mich jemand besuchen. Mirko kommt sicher. Vielleicht kommt auch mein Anwalt einmal vorbei. Sobald ich das Gesuch geschrieben habe ist es hoffentlich Herr Frei. Obwohl ich auch nicht weiss, wie er auf dieses Mandat zu sprechen sein wird. Ich habe ihn schon ein paar Mal gesehen und er ist mir sympathisch, aber wir hatten verschiedene Rollen inne. Ich weiss nicht, wie es ist, wenn er dann mein Verteidiger sein sollte. Besser wird es aber allemal. Ich habe das Gefühl, gar keinen Verteidiger zu haben. Aber das Gesuch kann ich erst in zwei, drei Tagen schreiben, da ich noch so lange hier festsitze.

# Gedanken zur Lage der Nation

Die Zeit vergeht nach wie vor nicht im Geringsten. Wenigstens kann ich jetzt essen. Tagsüber dämmere ich so vor mich hin. In der Nacht eigentlich auch, da ich nicht schlafen kann, wenn ich schon den ganzen Tag so vor mich hinvegetiere. Ich überlege, ob ich einen der Betreuer vielleicht wirklich verletzt habe. Ich glaube nicht, aber ich weiss es nicht. Mittlerweile ist die Hälfte meines Arrests wohl rum. Mein vorgestriger Aggressionsabbau kommt mich teuer zu stehen. War er das Wert? Wohl kaum. Ich bereue mein Ausrasten inzwischen zutiefst. Obwohl ‚bereuen' wohl der falsche Ausdruck ist. Das vernichten des Duvets hat sehr gut getan. Von daher bereue ich es nicht – ich nerve mich eher, dass ich dafür jetzt bestraft werde. Nicht das Zerstören des Duvets tut mir leid, was die Reue ja im Grunde genommen ausmachen würde, sondern ich bereue es in dem Sinne, als ich die Strafe dafür ertragen muss. Mit einer richtigen Reue hat das eigentlich nichts zu tun. Egal. Es wird nichts daran ändern, dass ich weitere 48 Stunden im absoluten Nichts absitzen muss. Ich mache nochmals etwas Sport. Endlich ist dann auch der zweite Tag vorbei.

Der dritte vergeht auch nicht schneller als die anderen beiden. Er scheint sich eher noch länger hinzuziehen. Ich beginne, meine bisherigen Erlebnisse immer und immer wieder gedanklich durchzugehen. Eigentlich ist es schon erstaunlich. Es ist noch keine zwei Wochen her, eher eine, als ich noch ein ganz „normales" Leben führte. Jetzt ist alles anders. Ich bin ein psychisches Wrack, welches im Gefängnis sitzt und darauf hofft, nicht zu Unrecht verurteilt zu werden. Die Strafverfolgung wird von einem Kollegen durchgeführt, welcher deswegen nun ebenfalls schlaflose Nächte verbringt. Das psychische Wrack zieht in Erwägung, ein falsches Geständnis abzulegen, damit der Druck abnimmt. Und es spricht von sich selbst in der dritten Person... Da kann etwas nicht stimmen. Kann ich hier überhaupt noch rauskommen? Diese Situation ist sowas von pervers.

Ich beginne, gedanklich Pros und Kontras zu sammeln. Die Kontras liegen auf der Hand.

Kontra: Ich hatte Kleidung und Waffe mit meiner DNA und Schmauchspuren auf dem Balkon, ich hatte ein Motiv und die Zeit, keine Zeugen, welche bestätigen könnten, dass ich einen Zug später gefahren bin. Zeugen haben eine Person wegrennen sehen, welche eine Jacke trug, welche meiner ähnlich sieht. Das Opfer hat ausgesagt, dass ich es war. Viele wissen, dass ich meine Tante hasse.

Pro: ???

Dass die Person auf dem Video nicht meine Statur hat? Das ist kein wirkliches Pro, das ist ein Zweifel. Ich würde das auf die schlechte Videoqualität schieben, wenn ich Staatsanwalt wäre. Dass der Balkon von aussen zugänglich ist? Ja, aber er liegt im dritten Stock.

Ausstehend: eine Auswertung und ein Gutachten, welche erst in mehreren Wochen oder Monaten erstellt sein werden. Was, wenn diese zu keinem Ergebnis kommen? Auch wenn sich aus dem psychiatrischen Gutachten ergibt, dass meine Tante schizophren ist, muss das nicht heissen, dass ich keinen Tötungsversuch an ihr begangen habe. Die Auswertung des Handys hat anscheinend nichts ergeben, sonst hätte er das schon lange erwähnt. Die konnte aber definitiv nichts bringen. Obwohl ich mich in diesem Punkt offensichtlich auch schon geirrt habe, sonst wäre ich ja nicht hier. Hoffentlich war wenigstens der Zug videoüberwacht. Dann könnte man aber immer noch das Argument bringen, dass ich mit dem nächsten Zug wieder zurückgefahren bin und dann gleich wieder in die andere Richtung. Zeitlich würde das reichen. Und ein bissiger Staatsanwalt würde dieses Argument bringen. Und Thomas nimmt seinen Job ernst. Die anderen Staatsanwälte auch. Bekannte hin oder her. Also müsste ich auf die Aussage hoffen, dass alles nur inszeniert war. Und diese müsste vom „Opfer" selbst stammen. Das kann ich ganz sicher vergessen. Wenn nicht ein Wunder geschieht, werde ich verurteilt. So sieht's aus...

Ich sitze noch immer meinen Arrest ab und weine innerlich vor mich hin, in Selbstmitleid versinkend. So hatte ich mir das nicht vorgestellt. Es ist schrecklich. Ich dachte immer, dass es als Unschuldige in U-Haft einfacher ist, da man weiss, dass man nichts getan hat. Ich hätte aber nie gedacht, dass das möglicherweise viel belastender ist. Wenn man schuldig ist, kann man sich immerhin sagen, dass es halt dumm gelaufen ist. Man beantragt den vorzeitigen Strafvollzug und sitzt seine Strafe ab. Wenn man eine Straftat begeht, ist man sich des Risikos, erwischt werden zu können, bewusst. Bei mir wär's jedenfalls so. Vielleicht von sehr impulsiven Taten abgesehen.

Ich aber habe die Wahl, bei der Wahrheit zu bleiben und damit möglicherweise über ein Jahr in U-Haft zu verbringen, oder ein falsches Geständnis abzulegen und zu wissen, dass ich jahrelang eine Strafe verbüssen werde, obwohl ich nichts getan habe. Dabei werde ich wohl auch ohne Geständnis verurteilt werden. Mit einem falschen Geständnis könnte ich aber in den vorzeitigen Vollzug, der in der Regel wesentlich angenehmer ist. Diese Wahl zu haben ist schrecklich. Auch beginne ich, das Vertrauen in die Justiz zu verlieren. Ich muss zwar zugeben, dass diese Story verdammt gut inszeniert ist, aber ich dachte auch immer, dass man die „Wahrheit" findet. Dass man im Zweifel eher zehn Schuldige freispricht, als einen Unschuldigen zu verurteilen. Gut, so ist es sicher nicht. Das Sicherheitsbedürfnis der Gesellschaft steht mittlerweile vermutlich über den Freiheitsrechten des Einzelnen. Aber bei mir gibt es kaum Zweifel an meiner Schuld. Ich weiss, dass es anders ist, als es aussieht. Mit dieser Ansicht stehe ich leider ziemlich alleine da. Diese Gedanken haben mich schon hierhin gebracht, also sollte ich sie wieder abstellen; ich will nicht noch einmal ausrasten.

Unerwartet öffnet sich die Tür. Ich darf auf den Hof! EMRK sei Dank. Das geniesse ich richtig. Ich ziehe zwar wieder alleine meine Runden unter dem Natodraht, aber wenigstens bekomme ich ein wenig Bewegung. Die Sonne scheint, es ist warm, im Grunde genommen ein herrlicher Tag. Etwas Tageslicht zu sehen tut gut. Ich bleibe stehen, schliesse die Augen und schaue zur Sonne. Herrlich, wenn Sonnenstrahlen aufs Gesicht treffen. Es hellt die Stimmung etwas auf. Ich setze mich an die Mauer und tanke noch kurz etwas Tageslicht. Leider ist diese Stunde viel zu schnell wieder vorbei. Ich werde zurückgeführt; muss die Schuhe vor der Türe ausziehen und diese karge Zelle noch einmal betreten. Es bleibt mir für die letzten Stunden also wieder nichts Anderes übrig, als in meine Gedankenwelt zu versinken. Was machen die Leute bei der Stawa? Was macht Thomas? Ist er mit meinem Fall beschäftigt oder widmet er sich anderem? Der grosse Stress ist bei meinem wohl vorüber. Es ist wohl so, dass er sich mittlerweile den kleineren Sachen widmet. Bei mir kann man warten.

Hat schon jemand angefangen, die Anklage zu schreiben? Wer wird diese überhaupt vertreten? Daniel wird es wohl nicht sein, er vertritt keine Fälle vor Gericht. Also wird es entweder Angela oder Gregor sein. Ich hoffe, dass es nicht Gregor sein wird. Er mag mich nicht. Und ich mag ihn nicht. Das beruht auf Gegenseitigkeit. Bei Angela bin ich mir nicht sicher, wie es ausgehen könnte. Ich mag sie als Privatperson wirklich und sie mag mich soweit ich weiss auch, aber als Anklägerin kennt sie kein Pardon. Sie hat zwar durchaus Verständnis für die Lage ihrer ‚Kunden' und kann sich, soweit man das überhaupt kann, in sie hineinversetzen. Was die juristische Seite anbelangt, versucht sie aber immer, alles herauszuholen, was das Gesetz und die Praxis hergeben. Wenn ich aber wählen könnte, wäre mir Angela lieber.

Ausserdem hat Thomas bereits einmal kurz ihren Namen erwähnt. Vieles spricht also für sie. Meine Ex-Chefin wird mich also vermutlich anklagen.

Noch absurder wird die Situation, wenn man sich die Tat von ‚aussen' ansieht. Dann entsteht ein tolles Bild von mir. Ich habe meine angeheiratete Tante hierhin gelockt, habe eine Waffe besorgt, sie angeschossen und unter den Zug gestossen und bin dann ganz normal zur Arbeit - bei der Behörde, die für die Verfolgung der Tat zuständig ist. Eiskalt. Halleluja.

Die letzte Zeit im Bunker vergeht anscheinend gar nicht mehr. Dass ich mir das hier wirklich selbst eingebrockt habe, ist mir jetzt eigentlich egal. Ich will nur noch hier raus. Ich versuche mir die Zeit damit zu vertreiben, im Kreis zu laufen und an eine schöne Sache zu denken. Klappt aber nicht. Meistens liege ich auf dem Bett oder sitze auf der Decke am Boden und bete, dass die Zeit hier endlich vorbei sein möge. Es macht anscheinend doch einen gewaltigen Unterschied, ob man vier, sechs oder im schlimmsten Fall gar zehn Tage Arrest aufgebrummt bekommt. Jeder weitere Tag scheint nur noch halb so schnell zu vergehen wie der vorherige. Und der erste wollte schon gar nicht vergehen. Ich habe aber festgestellt, dass sich auch ‚gar nicht' offenbar steigern lässt. Nach nicht enden wollenden, weiteren Stunden und einer weiteren fast schlaflosen Nacht werde ich abgeholt und wieder zu meiner Zelle geführt. Ich bin fast schon erleichtert, dass ich meine weitere Zeit hier verbringen „darf". Die Zelle sieht immer noch gleich aus, wie zu dem Zeitpunkt, als ich hier rausgeholt wurde. Ich muss sie also zuerst aufräumen, bevor ich wieder „einziehen" kann. Nach zwei Stunden ist diese Arbeit endlich erledigt. All diese Federchen einzusammeln dauert. Die Kosten für Duvet und Kissen inklusive Bezüge bleiben an mir hängen. Mich kümmert das momentan wenig. Die Beamten erstatten keine Anzeige gegen mich. Das freut mich dafür umso mehr.

Nach dem Mittag kommt ein Betreuer mit Briefen vorbei. Drei Leute haben mir geschrieben! Mirko, Mirjam und Erika. Natürlich wurden alle Briefe geöffnet, aber das ist mir jetzt egal... Mirjam und Erika fragen, wie es geht und dass ihnen die ganze Geschichte leid tut und dass sie glauben, dass ich das nicht gewesen bin. Sie wünschen mir viel Kraft um das ganze durchzustehen. Mirko hat einen ganz klassischen Liebesbrief geschrieben und wünscht mir viel Geduld und dass er hoffe, bald vorbei kommen zu können. Ich beginne zu weinen, als ich den Brief lese. Diesmal vor Rührung. Ich vermisse ihn wirklich. Bevor ich mich aber an die Beantwortung der Briefe setze, muss ich zuerst das Gesuch um Verteidigerwechsel stellen. Das ist schnell gemacht und auch die Antworten an die Schreiberlinge sind wie im Flug verfasst; auch wenn es mir schwerfällt, nicht über das mir vorgeworfene Delikt zu schreiben. Das darf ich ja nicht.

Ansonsten versuche ich mich mit Fernsehen und Sport abzulenken, soweit mir das möglich ist. Die Zeit geht wieder rum.

Endlich darf Mirko mich besuchen kommen. Bereits am Morgen bin ich nervös. Ich sehe ihn endlich wieder. Ich weiss leider nicht, was er über die ganze Sache denkt, aber ich freue mich unglaublich, ihn zu sehen. Um zwei Uhr nachmittags werde ich abgeholt und in Richtung Einvernahmeräume geführt. Diesmal geht es aber eine Türe weiter als sonst. Der Betreuer öffnet die Türe. Ich sehe Mirko hinter einer Trennscheibe sitzen. Muss das denn sein? Hinter ihm steht Thomas. Muss er das hier denn wirklich mit anhören? Ich hatte mich auf ein einigermassen privates Gespräch gefreut – wohl zu früh. Thomas wird meinen Besuch schnell beenden, falls wir auf die Tat zu sprechen kommen sollten. Ich setze mich hin und lege meine Hand auf die Scheibe. So bin ich Mirko so nah wie möglich. Er legt seine Hand ebenfalls an die Scheibe.

*„Hallo Schatz. Wie geht es dir?"*

„Hi. Geht schon. Könnte besser sein. Schön, bist du hier."

Es ist so schön, seine Stimme zu hören und seine Nähe zu spüren. Das gibt mir sofort Halt.

*„Ich habe erst vor ein paar Tagen eine Besuchsbewilligung bekommen und weil man sich anmelden muss, hat es ein wenig gedauert."*

„Ist schon okay, Hauptsache, du bist jetzt da. Wie geht es dir?"

*„Na ja, es geht. Ist komisch ohne dich. Ich weiss ja, dass du nichts getan hast und trotzdem bist du hier und nicht zu Hause."*

„Und sonst?" Es ist mir völlig egal was er erzählt. Hauptsache, ich weiss wieder mehr oder weniger, was draussen vor sich geht und wie es Mirko geht.

*„Im Geschäft ist es momentan ziemlich schräg. Alle reden nur noch über dich. Über die Beweise, über Aussagen. Spekulieren und meinen, dass du es gewesen sein müsstest."*

„Was sagen sie denn?"

Thomas räuspert sich im Hintergrund. Ich schaue zu ihm.

Thomas: *„Bitte, nicht in diese Richtung weiterreden."*

„Über was sollen wir denn sonst reden Thomas?" Mirko hat doch gar nichts gesagt, was irgendwie mit dieser verdammten Sache zu tun hat.

Thomas: *„Über was immer ihr wollt, aber nicht über das!"*

Thomas wird den Besuch abbrechen, wenn wir wieder darauf zu sprechen kommen sollten, da bin ich mir sicher. Ich schaue Mirko an. Keine Ahnung, über was ich sprechen sollte.

*„Kann ich irgendetwas für dich tun Schatz?"*

„Ich weiss es nicht, ehrlich. Ich will einfach nur wieder zu dir nach Hause. Will endlich hier raus. Ich weiss nicht was hier läuft, aber so wie es aussieht, ist es einfach nicht. Ich habe nichts getan."

*„Ich weiss. Ich kann da aber leider nichts machen... Schatz, ich liebe dich, ich tue alles für dich, was ich kann."* Er macht eine kurze Pause. *„Spätestens in ein paar Wochen hat sich alles aufgeklärt, glaub mir. Dann sind wir wieder zusammen und können in aller Ruhe unsere Hochzeit planen. Du musst nur noch ein paar Wochen hier aushalten – höchstens. Dann bist du wieder daheim und ich koche etwas Feines für dich. Das schaffst du schon."*

„Das wäre wirklich super. Ich glaube aber langsam nicht mehr daran. Die werden mich für Jahre wegsperren, wenn es so weitergeht, weisst du? Und ich kann nichts dagegen machen. Sie machen mit mir, was sie wollen."

*„Keine Angst, das passiert sicher nicht. Irgendwann wird sich alles aufklären. Sie können doch gar nichts gegen dich in der Hand haben, was denn auch, wenn du nichts gemacht hast. Die paar Kleider, die sie von zu Hause mitgenommen haben, können doch nicht wirklich etwas ergeben haben."*

Hat er denn wirklich keine Ahnung, was alles gegen mich vorliegt? Wie es um mich aussieht?

„Das waren doch nicht nur Kleider! Da war..."

Thomas fällt mir ins Wort.

Thomas: *„Nicht über den Fall sprechen! Hör sofort damit auf oder ich muss euer Gespräch hier und jetzt abbrechen!"*

Das war mit Sicherheit seine letzte Warnung.

Thomas: „*Weitere Informationen erhältst du von Ninas An-walt, wen du willst.*" Mein Anwalt darf Mirko also mehr sagen als ich? Was ist denn das für eine Logik?

Ich muss Mirko irgendwie sagen, dass mir das Wasser bis zum Hals steht. Eigentlich ertrinke ich doch bereits... Ich möchte jedenfalls nicht, dass er sich falsche Hoffnungen macht.

„Schatzi, du hast keine Ahnung. Aber so einfach ist es nicht. Ich werde verurteilt werden, wenn kein Wunder passiert... Das gibt mindestens fünf Jahre. Eher mehr. Ehrlich."

Mirko sagt eine ganze Weile nichts mehr. Sieht mich ganz entgeistert an. Ihm wird anscheinend klar, dass es nicht gut um mich aussieht und wohl schwere Zeiten auf uns zukommen. Gleichzeitig macht es den Eindruck, als stelle er sich gerade sehr viele Fragen.

„*Ich werde deinen Anwalt anrufen. Halt einfach durch. Ich versuche dir zu helfen, wo ich nur kann. Kann ich dir irgendwas vorbeibringen?*"

„Frische Kleider, Zigaretten und Unterwäsche. Wenn es geht, wäre auch eine Spielkonsole mit ein paar Games super. Viel mehr gibt es da nicht. Alles andere kannst du mir eh nicht bringen. Ein Telefon und mein Laptop liegen wohl nicht drin."

Mirko lächelt. Tut so, als sei mit ihm alles okay. Ist es aber nicht.

„*Kaum. Ist bei dir sonst alles in Ordnung?*"

„Eigentlich nicht. Ich war gerade vier Tage im Bunker weil ich am Freitag irgendwie durchgedreht bin. Das kann man wohl nicht als alles in Ordnung bezeichnen." Ich muss das irgendwie loswerden, muss es jemandem erzählen. Ich muss mit jemandem sprechen. Am besten über alles. Und Mirko ist der einzige, der zur Verfügung steht.

*„Was?!?"*

„Am Freitag musste ich Frust loswerden, da bin ich durchgedreht und habe meine Zelle, oder wenigstens das Kissen und das Duvet, zerstört. Ich wollte mit jemandem - mit dir - sprechen, aber es war einfach niemand da. Weisst du, ich weiss ziemlich genau, wie es derzeit um mich steht. Du kannst mir glauben, es sieht nicht gut aus. Ich habe nichts Unrechtes getan und wenn ich daran denke, dass ich trotzdem für Jahre eingesperrt werden werde, ist das nicht ganz so einfach zu verarbeiten." Ich schaue zu Thomas, der uns genau zuhört. „Mehr kann ich nicht sagen. Ich meine, warum es so schlecht um mich aussieht. Wende dich an meinen Anwalt, er kann dir anscheinend mehr sagen, als ich es hier darf. Wenn ich etwas sage, bricht Thomas unser Gespräch wohl hier und jetzt ab."

Er nickt kurz im Hintergrund. Presst die Lippen zusammen.

„Aber wenn ich sage, dass es nicht gut aussieht, ist es so. Und ich habe wirklich Angst, dass meine ganze Zukunft am Arsch ist und dass du mich dann verlassen könntest, dass ich plötzlich ganz allein bin, weisst du?"

*„Ich werde das ganz sicher nicht tun... Was zum Teufel ist denn los?"*

Mirko blickt völlig verwirrt in Thomas' Richtung.

Thomas: *„Ich kann nichts sagen. Frag Ninas Anwalt. Aber Unrecht hat deine Verlobte mit der Einschätzung der Situation nicht."*

Mirko sieht Thomas bitterböse an, wendet sich dann aber wieder an mich.

*„Wie immer es aussieht. Ich werde immer zu dir halten und dir helfen. Ich frage deinen Anwalt. Beim nächsten Besuch weiss ich mehr. Wein doch nicht! Schschsch…"*

Unser Gespräch verlagert sich auf völlig irrelevantes Zeug. Wir reden noch eine Zeit lang über den intakten Teil der Familie und wie es diesen geht. Mein zukünftiger Schwager sei in die Ferien gefahren und habe nun Schwierigkeiten, die Kinder zu beschäftigen. Seine Eltern würden mich auch gerne besuchen. Er gehe regelmässig joggen und die Rundenzeiten seien inzwischen besser geworden. Wir reden über völligen Nonsens. Aber es tut gut, dass für einmal niemand etwas von mir will. Dass ich einfach nur reden kann, ohne über jedes Wort nachdenken zu müssen. Liebe und Verständnis zu spüren. Da meldet sich Thomas plötzlich zu Wort.

Thomas: *„Kommt ihr langsam zum Ende?"* Thomas macht zwei Schritte zu Mirko und zeigt in Richtung Türe.

Ich merke, dass die halbe Stunde schon seit ein paar Minuten vorbei ist. Mirko muss gehen.

„Schon jetzt?"

Thomas: *„Sorry Nina, die Besuchszeit ist vorbei. Mirko, kommst du bitte?"*

„Bitte geh nicht. Ich will nicht, dass du schon gehen musst. Ich möchte dir noch so viel erzählen."

Mirko: *„Schatz, das glaube ich dir. Aber über das, was wir besprechen wollen, können wir sowieso nicht reden. Ich glaube an dich, liebe dich über alles und werde immer zu dir halten. Denk einfach daran."*

Ich wende mich flehend an Thomas: „Nur noch 10 Minuten, bitte."

Es fällt Thomas offensichtlich schwer, Mirkos Besuch und damit auch unser Gespräch zu beenden. Er presst die Lippen nochmals zusammen.

*„Sorry Nina, die Zeit ist wirklich um, wir sind schon fünf Minuten drüber. Mehr kann ich euch nicht geben. Mirko, kommst du bitte?"*

Mirko: *„Nina, ich liebe dich und komme sobald ich kann wieder."*

Er dreht sich um und sie verlassen den Raum. Ich bleibe noch ein paar Minuten allein zurück. Es war herrlich, wieder mit Mirko sprechen zu können, aber jetzt muss ich wieder eine ganze Woche bis zum nächsten Besuch warten. Ich weiss nicht, ob ich nun deprimiert oder glücklich bin. Jedenfalls freue ich mich auf den nächsten Besuch.

Der Betreuer bringt mich zurück in meine Zelle. Endlich konnte ich wieder einigermassen frei sprechen. Mal schauen, wie es weitergeht.

# Schräg für beide

Vier Tage später – welche wieder so langsam wir zuvor vegehen, bekomme ich Post. Mein Gesuch um Verteidigerwechsel wurde gutgeheissen. Das gibt es eigentlich kaum, da das Vertrauensverhältnis von beiden Seiten gestört sein muss. Da haben sie fast etwas erfinden müssen, um einen neuen Anwalt einsetzen zu können. Merci beaucoup! Es gibt anscheinend doch noch gute Nachrichten auf dieser Welt. Frei wurde als neuer Verteidiger eingesetzt. Ich atme ein wenig auf. Er hat auch gleich einen kurzen Brief dazu geschrieben, dass er in etwa drei Tagen vorbeikomme, um ein Gespräch mit mir zu führen. Er müsse aber zuerst die Akten studieren und sich ein Bild über den Fall machen. Wenigstens höre ich endlich einmal etwas von meinem Verteidiger. Ich habe das Gefühl, dass es langsam aufwärts geht.

Zwei Wochen sind jetzt rum. Ich werde verlegt. Meine neue Zelle befindet sich einen Stock weiter oben, sieht aber genau gleich aus. Wenigstens bringt der Umzug aber ein wenig Abwechslung in meinen Alltag. 12 Plätze hat es hier für Frauen. Tagsüber werden die Zellen jetzt für einige Stunden aufgeschlossen, so dass man sich mit den anderen unterhalten kann. Scheinbar sind zurzeit alle mit Arbeit beschäftigt. Ich habe leider noch keine, die ist für Untersuchungshäftlinge meistens Mangelware und heiss begehrt. Ich bin tagsüber also immer noch allein. Wenigstens hat Mirko eine PS4 und einige Spiele vorbeibringen können, so dass ich mich damit beschäftigen kann. Trotzdem wäre ein regelmässiger Gesprächspartner bitter nötig. Daher hoffe ich, nur heute allein zu bleiben. Wenigstens schreiben Erika und Mirjam immer noch. Aber auch da kann ich nicht über das schreiben, was mir so fest am Herzen liegen würde.

Am ersten Tag nach dem Umzug, bevor die Zellen aufgeschlossen werden, kommt Herr Frei vorbei. Er hat seinen Besuch einen Tag vorher angekündigt. So konnte ich mich in der Nacht davor wenigstens darauf einstellen und mir meine Gedanken dazu machen. Das habe ich auch getan. Das tue ich doch schon seit zwei Wochen pausenlos. Wie sieht er diesen Fall? Meint er, dass ich schuldig bin? Wozu wird er mir raten? Diese Fragen sind insbesondere interessant, weil er sozusagen als neutrale Person mit juristischem Hintergrund in diesen Fall kommt – oder anders gesagt, als eine Art Richter. So wie er die Sache im Moment sieht wird es auch ein Richter sehen. Das macht mir Angst. Wenn er mir dazu rät, ein „Geständnis" abzulegen, werde ich das vermutlich auch tun. Ich hatte in den letzten beiden Wochen mehr als genug Zeit, über die verschiedenen Varianten nachzudenken. Ein Geständnis zum jetzigen Zeitpunkt wird die Haft für mich erleichtern, führt aber nicht zwangsläufig dazu, dass ich auch verurteilt werde. Ich weiss dann nur nicht, was ich an einer allfälligen Hauptverhandlung machen sollte...

Ich werde also zu Herrn Frei geführt. Als ich den Raum betrete, versuche ich sein Gesicht zu lesen, kann es aber nicht deuten. Er reicht mir die Hand.

„Grüezi Frau Eitzner." Ich begrüsse ihn ebenfalls. „Es ist doch ein wenig ungewohnt, Sie in dieser Rolle zu sehen."

„Das ist keine Rolle. Bei der Jugendanwaltschaft war es eine Rolle, das hier ist aber keine." Er lächelt.

„Man könnte es durchaus als Beschuldigtenrolle bezeichnen..." Okay, da hat er recht. Ich setze mich hin und schaue ihn an. Seinen typischen, trockenen Humor hat er behalten.

„Haben Sie die Akten gelesen?" Er nickt. „Und, was meinen Sie?" Er schaut mich kurz an. Dann blickt er wieder auf seine Notizen. Es ist das erste Mal, dass ich mit dem Fragen beginne. Er hat ausserdem als Erster nicht gefragt, wie es mir geht.

*„Wie soll ich das bloss formulieren? Da haben Sie wohl einen schönen Scheiss gemacht, um es auf den Punkt zu bringen."* Er geht also auch davon aus, dass ich es getan habe. Erwartet habe ich eigentlich nichts Anderes.

*„Ich habe zwar von meinem Kollegen gehört, dass Sie behaupten, nichts getan zu haben. Dasselbe sagt auch Herr Gerber, aber wenn ich mir die Akte so anschaue, die bisherigen Ermittlungen und deren Resultate, sieht es anders aus."* Er macht eine Pause. Sollte ich jetzt etwas sagen? Zum Glück fährt er fort.

*„Wenn Sie bei Ihrer Version bleiben sieht es nach momentaner Aktenlage stark nach Verurteilung aus, also so Handgelenk mal Pi sprechen wir hier von sechs bis sieben Jahren. Mit Geständnis würden wir uns so bei fünfeinhalb bewegen. Darüber müssen wir noch dringend sprechen."* Er macht wieder eine Pause. Jetzt sollte ich vielleicht wirklich etwas sagen.

Ich weiss, dass ich mir einen recht radikalen und offenen Anwalt ausgesucht habe, der ganz klar sagt, was Sache ist. Das wollte ich ja auch so. Diesen Fall aber in dieser Klarheit vorgetragen zu bekommen, ist hart. Ich überwinde mich trotzdem zu einer Äusserung.

„Ich weiss, dass es nicht gerade rosig für mich aussieht. Aber das, was ich in den Einvernahmen ausgesagt habe, stimmt so. Ich habe keine Straftat begangen und das Verfahren ist für mich schwierig zu ertragen. Ich gehe daran zu Grunde. Und ich möchte gar nicht an meine Zukunft denken. Ich habe Sie ausgewählt, weil sie offen und direkt sagen, was Sie denken. Das habe ich bei unserem Fall bei der Juga gesehen. Ich weiss, wie Sie arbeiten und finde diese Vorgehensweise gut. Deswegen würde ich auch gerne wissen, was Sie vorschlagen. Soll ich ein Geständnis ablegen für eine Tat, welche ich nicht begangen habe und darauf hoffen, dass sich das ganze aufklärt? Oder soll ich bei der

Wahrheit bleiben und mich hier fertigmachen, weil ich ganz genau weiss, wie es um mich steht? Ich bin leider nicht mehr so ganz objektiv." Das war jetzt ein ganzer Roman. Er überlegt kurz.

*„Objektivität kann man ab diesem Zeitpunkt vergessen, ab welchem man selbst in einen Fall verstrickt ist... Sie sagen also, dass Sie nichts weiter getan haben, als ganz normal zur Arbeit zu gehen."* Das war keine Frage, sondern eine Feststellung. *„Gehen wir einmal davon aus, dass das stimmt. Alle bisherigen Ermittlungsergebnisse sprechen gegen Sie, gegen Ihre Version, das ist Fakt. Wenn ich jetzt Richter wäre, würde ich Sie verurteilen, ohne mit der Wimper zu zucken; ich bin auch der Meinung, dass dies bei der jetzigen Aktenlage geschehen wird. Wie Sie wissen, ist ein Geständnis immer strafmildernd. Jedenfalls theoretisch. Je früher das Geständnis im Verfahren erfolgt desto lieber wird es gesehen. Wenn das Geständnis erst zum Zeitpunkt erfolgt, wenn der Beschuldigte sieht, dass es aussichtslos ist, hat es weniger Gewicht in der Strafzumessung. Das wissen Sie ja aber eigentlich."*

Er macht wieder eine Denkpause.

*„Jetzt haben Sie das Problem, dass Sie ja eigentlich alles wissen, um diese Frage beantworten zu können. Also entweder klammern Sie sich an den einen Strohhalm und hoffen, dass Sie aus dieser Sache noch irgendwie einigermassen ungeschoren davonkommen. Oder Sie legen in einem ziemlich frühen Stadium ein Geständnis ab, weil Sie glauben, dass sie aus dieser Geschichte nicht mehr rauskommen. Das in der Hoffnung, dass Sie so noch am besten wegkommen. Jetzt - vor den Gutachten - würde ein Geständnis noch etwas bringen. Nach den Gutachtensergebnissen wäre ein Geständnis - je nach Aussage der Gutachten – nur noch ein taktischer Schachzug. Was die Gutachten aussagen werden, wissen wir aber noch nicht."* Er schaut mich an, als wolle er etwas von mir hören.

„Das weiss ich ja. Aber wenn ich jetzt ein Geständnis ablege erzielt dieses ja eine gewisse Wirkung. Dann ist es je nachdem egal, was die Gutachten dann noch sagen."

*„Das ist eben das Problem... Aber wenn Sie's nicht gewesen sind, würde ich dazu raten, bei der Wahrheit zu bleiben, wenn Sie es hier noch aushalten. Die andere Variante ist auch nicht viel angenehmer. Sie wären ja trotzdem eingesperrt. Es gäbe Vollzugserleichterungen; Normalvollzug halt. Wie geht es Ihnen eigentlich?"* Er ist tatsächlich der erste, der erst später danach fragt als gleich bei der Begrüssung.

„Nicht so gut. Ich mache mich hier selbst fertig. Wenn man weiss, dass nichts an den Vorwürfen dran ist, ist es glaube ich noch schwieriger zu ertragen, als wenn man es gewesen ist. Wie lange meinen Sie, dass das hier noch dauert?" Bitte sag mir etwas, das ich hören will...

*„Puh, das ist schwierig zu prognostizieren. Ich denke, dass es sicher noch ein halbes Jahr bis zur Hauptverhandlung dauert. Und weil wir in diesem Fall nicht über Ersatzmassnahmen nachdenken müssen, werden Sie diese Zeit wohl hier verbringen müssen."* Er klingt ja noch pessimistischer als Thomas.

*„Auf jeden Fall müssen wir jetzt auf die Gutachten warten und schauen, was diese aussagen. Aber DNA ist immer ein sehr guter Beweis, deswegen sollten Sie nicht zu viel von den Gutachten erwarten. Eine längere Einvernahme mit dem Opfer soll es in nächster Zeit auch noch geben. Ich werde dort das Beste versuchen. Vielleicht lassen sich Zweifel begründen. Ich werde Sie sicher über die Ergebnisse informieren."* Das klingt nicht sehr gut, aber er will mir sicher keine falschen Hoffnungen machen.

*„Haben Sie noch Kontakt nach draussen?"*

„Nur mit meinem Verlobten und zwei Kolleginnen von der Staatsanwaltschaft. Aber mit ihnen darf ich ja nicht über das schreiben, was mir so unglaublich wichtig wäre."

*„Leider kann ich zurzeit nichts sagen oder unternehmen, was besser klingen würde als ‚warten'. Nach unserem Fall bei der Juga können Sie sich jetzt aber bestimmt viel besser vorstellen, wie es auf der anderen Seite aussieht. Vermutlich besser, als Ihnen lieb ist."* Ein kurzes Lächeln huscht über sein Gesicht.

„Das ist so. Und genau das macht mir auch Angst. Ich kenne das System. Bisher hatte ich immer einigermassen Vertrauen in die Justiz, aber dieses nimmt rapide ab. Dass es Fehlurteile und ungerechtfertigte Strafbefehle gibt, gab und auch in Zukunft geben wird, ist mir klar, aber das so etwas in diesem Ausmass passieren kann, habe ich nicht gedacht."

*„Dass man weiss, wie es abläuft, ist der Segen und der Fluch der Juristen, zumindest derer, die im Strafrecht tätig sind. Und das Schlimmste ist, dass man weiss, dass man es nicht ändern kann. Damit muss man sich aber abfinden, besonders als Verteidiger, noch mehr als Beschuldigte. So, ich sollte mich wieder auf den Weg machen. Falls sich Neuigkeiten ergeben, sende ich Ihnen ein Fax. Auch falls es noch eine Einvernahme mit Ihnen geben sollte, werde ich hier sein. Nur weil Sie Juristin sind ist das kein Grund, dass man nicht anwesend sein sollte, so wie das mein Kollege gemeint hat. Das grenzt ganz stark an eine Pflichtverletzung und ist nicht zu entschuldigen."*

„Dass Sie sich meiner angenommen haben, ist toll. Ich wünsche Ihnen noch einen schönen Tag. Danke vielmals, dass Sie meinen Fall übernommen haben." Er läutet. Wir verabschieden uns. Ich habe endlich einen Verteidiger!

# Es geht langsam aufwärts

Als ich in der Zelle zurück bin, weiss ich nicht, ob ich mich besser oder schlechter fühlen soll. Vermutlich sollte ich mich besser fühlen. Ich habe einen Verteidiger, der sich für mich einsetzt und mir sagt, was Sache ist. Andererseits sind es genau seine Aussagen, welche mich entmutigen. Er würde mich verurteilen und es dauere sicher noch sechs Monate bis zur Verhandlung (wenn denn die Gutachten bis dann da sind). Aber sein Satz, dass man genau wisse, dass man nichts an der Sache ändern könne, sollte ich mir zu Herzen nehmen. Ich sollte mich damit abfinden und das Beste aus der Sache machen. Ich kann sowieso nichts an der Situation ändern, also sollte man doch versuchen, ihr noch alles Positive, was da ist, abzugewinnen. Ein Geständnis werde ich nicht ablegen. Also bleibt alles so, wie es im jetzigen Zeitpunkt ist. Basta. Ich kann abwarten und der Dinge harren, die da kommen werden, was immer sie auch sind. Es hat gar keinen Sinn mehr, sich verrückt zu machen, weil man nichts ändern kann. Diese Erkenntnis hilft mir weiter. Zumindest bis zur nächsten Einvernahme. Also beschliesse ich jetzt, so viel Nutzen aus meiner „Haftzeit" zu ziehen, wie nur möglich ist.

Am nächsten Tag bestelle ich ein paar Bücher aus der Gefängnisbibliothek und bitte Mirko in einem Brief, mir ein paar interessante Bücher originalverpackt mitzubringen. Mit Lesen und Zeichnen, Briefe schreiben, Gamen und Fernsehen bringe ich die nächsten 3 Wochen sozusagen unfallfrei hinter mich. Mirko kommt einmal in der Woche vorbei. Leider haben wir noch immer nicht wirklich Gesprächsthemen, welche die ganze Zeit füllen. Es ist wirklich schön, ihn ab und zu zu sehen, aber nach seinen Besuchen fühle ich mich immer schlecht. Ich möchte wieder zu ihm, nach Hause. Jedes Mal rede ich mir dann ein, dass ich mich mit der jetzigen Situation abfinden muss, was ja auch stimmt.

Ich arrangiere mich also mit dem, was ich habe. Auch kann ich endlich mit meinen ‚Mitbewohnerinnen' reden, die meisten sind aber bereits wieder nach kurzer Zeit weg. Werden entweder entlassen, was meistens der Fall ist, oder sie werden verlegt. Zumindest kann ich mich aber immer wieder mit Leuten unterhalten, wenn nicht sprachliche Barrieren im Weg stehen.

Nach diesen 3 Wochen bekomme ich endlich einen Job, der mich ein paar Stunden pro Tag beschäftigt. Ich reinige die Gänge auf „meinem" Stock und verteile die eingehende Post. So bringe ich die Zeit rum und verdiene noch ein wenig dazu. Na ja, ein fürstliches Gehalt ist es nicht gerade, aber besser als nichts. Meistens wird dieses Geld in Briefmarken und Süssigkeiten investiert. Und natürlich in Zigaretten. Da habe ich mittlerweile endlich das Einteilen im Griff. Auch rauche ich in letzter Zeit wieder viel weniger. Meine Gesundheit wird es mir hoffentlich danken.

Ich besorge mir auch Schreibzeug und beginne, eine Geschichte zu schreiben. Kurze Zeit später merke ich aber, dass das von Hand gar nicht so einfach ist. Wenn die Story nicht mehr weiter geht, kann man nicht einfach den Text markieren und Delete drücken. Entweder beginne ich, die Seite neu zu schreiben oder ich radiere alles aus. Nach einiger Zeit sind viele Radiergummi-Krümel über den Boden verteilt, die Geschichte aber noch keinen Millimeter weiter. Es fällt mir einfach nichts ein. Ich war noch nie eine gute Geschichtenschreiberin. In der Schule konnte ich gut Aufsätze schreiben. Wenn das Thema vorgegeben ist, klappt's. Wenn ich aber selbst etwas schreiben muss, hapert's meistens. Kurzgeschichten im Umfang von wenigen Seiten sind kein Problem. Ich möchte aber lieber ein Projekt, das mich längerfristig beschäftigt. Angesichts dessen, dass ich weniger Besuch bekomme als je zuvor und immer einsamer werde, wäre etwas, in das man sich vertiefen kann, mehr denn je nötig.

Irgendwann bekomme ich ein Buch in die Finger, in welchem Zitate geschrieben stehen. Ich beginne, diejenigen, welche mir gefallen, abzuschreiben und einigermassen kunstvoll auszumalen oder zu verzieren. Das wird zumindest nicht so schnell langweilig und baut mich ein wenig auf.

Dann, ich hatte schon fast nicht mehr daran geglaubt, kommt doch noch eine Frau in den Gruppenvollzug, die länger als eine Woche bleibt. Ich kann sogar problemlos mit ihr sprechen, da sie ebenfalls Schweizerin ist. Auch wenn es eigennützig ist: ich hoffe, dass sie lange hier bleibt. Denn ihre Gesellschaft führt dazu, dass die Tage plötzlich viel schneller vergehen. Wir haben einen guten Draht zueinander, was bei den anderen Frauen hier bisher nicht der Fall war. Nur schon mein Beruf führte zu einem interessanten Misstrauen. Ich hatte sogar schon angefangen zu erzählen, dass ich im Verkauf tätig sei.

Wir können miteinander reden, können einander erzählen, was uns bewegt. Endlich fühle ich mich nicht mehr ganz so verlassen wie bisher. Ehrlich gesagt nutze ich sie ein wenig für meine Zwecke aus. Ich erzähle und erzähle. Glücklicherweise ist sie eine gute Zuhörerin.

Sie heisst Jessica, ist 24 Jahre alt und wegen umfangreichen Betrügereien hier. Das erzählt sie mir zumindest. Der Staatsanwalt habe ihr erzählt, dass sie in Haft komme, weil sie noch vieles vertuschen könne. Das sei aber nicht wahr. Sie habe doch alles zugegeben. Und dabei sei es doch gar nicht so schlimm, das, was sie gemacht habe. Sie habe ja nur Geld von Leuten genommen, die viel zu viel davon hätten. Sie hätte sich ihren Lebensunterhalt irgendwie finanzieren müssen. Dazu habe sie fiktive, wertvolle Weine über Internetplattformen verkauft. Sie habe viele verschieden Identitäten kreiert, welche sie dazu benutzt habe. Verschickt habe sie dann billige Ware. Jedenfalls sei man ihr dann auf die Schliche gekommen. Genaues erzählt sie nicht, oder vermeidet, Auskunft zu geben, wenn ich nachfrage. Da steckt also noch mehr dahinter, denke ich mir zumindest. Nur wegen ein paar "Internetbetrügereien" wäre sie nicht schon länger als zwei Wochen hier. Ausserdem sollte ich mich mit meiner Geschichte zu meinem Aufenthalt hier nicht allzu laut beschweren. Eine gewisse Naivität ist bei ihr aber schon vorhanden. Sich nur Gedanken zu erfundenen Identitäten zu machen ohne darüber nachzudenken, was mit der eigenen IP-Adresse passiert, reicht jedenfalls nicht aus. Aber was soll's? Ich habe endlich eine Gesprächspartnerin. Es reicht vollkommen aus, mit jemandem reden zu können. Stundenlang und ohne sich darüber Gedanken machen zu müssen, ob das Gespräch unterbrochen wird, wenn man Etwas über diesen besagten, persönlichen schwarzen Freitag sagt. Auch finde ich ihre Geschichte durchaus interessant und es tut auch gut, jemandem einfach nur zuzuhören.

# Einsicht

Am Montag der vierten Woche nach Frei (also in der sechsten Woche insgesamt) kommt ein Fax, dass am Donnerstag eine Einvernahme stattfinden werde. Das macht mich dann doch wieder nervös. Gibt es neue Erkenntnisse? Wenn ja, welche? Es bleibt nichts Anderes übrig, als abzuwarten. Das ist aber leichter gesagt als getan. Ich mache mich zwei Tage lang beinahe verrückt. Ich habe wochenlang nichts mehr gehört. Herr Frei hat mitgeteilt, dass ich mir keine allzu grossen Hoffnungen machen solle. Das hilft mir allerdings nicht wirklich weiter. Seit mehreren Wochen hat keine Befragung mehr stattgefunden. In der Zwischenzeit müssen neue Ergebnisse vorliegen. Ist das Gutachten schon da? Was sagt es aus?

Am Donnerstagnachmittag, nach einer sehr kurzen Nacht meinerseits, werde ich wieder in den Einvernahmeraum gebracht. Ich habe höchstens eine Stunde geschlafen. Bin nervös. Aufgeregt. Habe Angst. Wenn sich heute nichts ergibt, was für mich spricht, ist es wohl vorbei. Wenn Herr Frei aber schon sagt, dass ich mir keine Hoffnungen machen solle, ist es wohl aus. Ich werde sicher in Haft bleiben. Und heute werde ich das wieder vor Augen geführt bekommen. Ich hatte es einigermassen verdrängt. Ich trete in den Raum. Thomas und eine andere Person sind da, aber Frei ist nirgends zu sehen. Thomas und ich begrüssen uns. Ich schaue die junge Frau neben ihm verwundert an.

*„Das ist übrigens Frau Meier, unsere neue Auditorin. Ist es okay, wenn sie heute hier dabei ist?"* Ach du heilige Scheisse, das ist schon meine Nachfolgerin! Ist wirklich schon so viel Zeit vergangen? Und etwas pervers ist diese Situation ja auch. Vor kurzer Zeit war ich in ihrer Position. Sie hat wohl viel von mir gehört, was auch immer. Hat die Akten gelesen, Gerüchte gehört. Ich möchte gerne wissen, was sie von mir denkt. Fragen kann ich sie aber schlecht.

„Äääähm, ja, das geht in Ordnung." stottere ich dahin.

*„Ich weiss, dass das merkwürdig für dich sein muss, aber du bist ein so schönes Anschauungsobjekt, wenn ich das so sagen darf."* meint Thomas mit einem breiten Grinsen. Du darfst das, aber einem anderen würde ich diese Formulierung wohl eher übel nehmen. Thomas ist anscheinend ziemlich gut gelaunt. Ich entspanne mich ein wenig. Wird wohl doch nicht so schlimm werden, wenn er so gut aufgelegt ist.

*„Es ist die erste Einvernahme, an der sie teilnimmt. Herr Frei kommt übrigens noch, er hat nur wie immer etwas Verspätung."* Okay... Mir schiesst spontan wieder meine erste Einvernahme mit Thomas ins Bewusstsein; als das kosovarische Mannsbild zusammenbrach.

„Gibt's was Neues?" frage ich in meiner Ungeduld nach.

*„Dazu kommen wir, wenn Herr Frei hier ist. Unbegründet bin ich aber schon nicht gekommen."* sagt er plötzlich erstaunlich barsch. Vorhin war er doch noch fröhlich?

*„Wie geht's dir? Der Stimmung in deinen Briefen folgend geht es dir etwas besser..."* Stimmt, diese liest er ja auch noch.

„Es geht mir besser. Ich habe mich mit der Situation abgefunden, sie ist so, wie sie ist. Auf solche Erfahrungen wie den Arrest am Anfang kann ich jedenfalls verzichten."

Frei wird hereingeführt. Er entschuldigt sich für die Verspätung und setzt sich ungefähr einen halben Meter seitlich von mir entfernt auf den für ihn vorgesehenen Stuhl. Die neue Auditorin ist sichtlich nervös. Das war ich aber auch, als ich Thomas ins Untersuchungsgefängnis begleitet hatte. Es ist ein ganz komisches Gefühl. Sie sitzt ganz an der Ecke des winzigen Tisches. Für so viele Personen ist dieser Raum eindeutig nicht gebaut. Noch ein Dolmetscher und die Sardinenbüchse wäre überfüllt.

Nach der Belehrung, welche mir schon zum Hals raushängt und der üblichen Frage, ob ich etwas zur letzten Einvernahme hinzufügen möchte, kommt er endlich zur Sache.

*„So Nina, das Gutachten zum Video liegt uns vor. Das sagt aus, dass die Person, welche davonrennt, ungefähr 170 cm gross ist, weiblich und circa 70 kg schwer. Was sagst du dazu?"* Was soll ich dazu sagen? Dass diese Beschreibung auf mich passen könnte?

„Nichts."

*„Wie gross bist du?"*

„Ein Meter 66."

*„Und wie schwer?"*

„Ungefähr 70 Kilo."

*„Also treffen diese Merkmale ungefähr auf dich zu?"* Das weiss er doch.

„Wohl schon, ich war es aber nicht. Ausserdem trifft diese Beschreibung noch auf Hunderte andere zu." Er sieht mich an. Lange. Sehr lange. Was ist denn mit ihm los?

*„Okay, wie du meinst."* Er macht eine Pause und schreibt es auf. Meine Nachfolgerin scheint sich nicht wohl zu fühlen in ihrer Haut. Ich schaue zur Seite was mein Anwalt macht. Er schreibt mit und scheint sich seine Gedanken zu machen. Was ist hier los? Es herrscht eine ganz merkwürdige Atmosphäre.

*„Kommen wir nochmals auf das Opfer zu sprechen. Wie würdest du es beschreiben?"* Was soll denn das werden? Wenn ich nur wüsste, worauf er hinauswill.

„Schizophren?"

*„Kannst du das genauer ausführen?"*

„Na ja, sie fühlt sich von der Mafia verfolgt und ich soll der Mafia angehören. In ihrer Gedankenwelt bin ich kriminell und versuche sie umzubringen, genau wie meine Mutter. Wir sollen sogar schon Auftragskiller auf sie angesetzt haben. Genaueres weiss ich eigentlich nicht, ich habe sie schon seit Jahren, fast schon ein Jahrzehnt, nicht mehr gesehen. Nur immer ganz kurz, wenn ich bei meiner Mutter zu Besuch war, und dann ist sie immer gleich verschwunden, wenn sie mich gesehen hat."

*„Das kurze Vorab-Gutachten liegt uns seit Montag eben auch vor."* Oh mein Gott! Bitte, bitte, bitte mal etwas Gutes. Er atmet tief durch und blickt kurz auf den Laptop, beisst sich auf die Unterlippe und sieht mich dann fast schon mitleidig an. Also wird wohl nichts Vorteilhaftes über seine Lippen kommen. Lässt mich mein Anwalt einfach so ins offene Messer laufen? Wohl kaum.

*„Daraus geht zusammenfassend hervor, dass sie zwar wirklich schizophren ist, dass dies aber Ihre Glaubhaftigkeit nicht zwingend einschränkt. Es könnte zwar zu merkwürdigen Aussagen kommen, wie der Gutachter ausführt, so zum Beispiel, dass du zur Mafia gehören würdest. Das bedeute aber nicht, dass die anderen Aussagen nicht stimmen würden oder dass sie Personen, z.B. die Täterschaft, nicht erkennen würde."*

Habe ich das jetzt richtig interpretiert? Das bedeutet, dass man ihr durchaus glauben kann? Das heisst, falls sie jetzt auch noch sagt, dass ich es gewesen sei, dass dann... Scheisse. Mir wird schlecht. Ganz extrem schlecht. Mein Magen beginnt sich zu drehen. Ich erbreche bald.

*„Was sagst du dazu?"*

Ich kann nichts mehr sagen. Es geht einfach nicht. Ich lege meinen Kopf in meine Hände, schaue weg. Ein kalter

Schauer zieht über meinen Rücken. Mein ganzer Körper rebelliert. Ich kann mir wieder beinahe von oben zuschauen. Körper und Geist scheinen sich zu trennen. Nicht, dass ich das Gefühl habe, zu sterben, aber ich könnte gleich das Bewusstsein verlieren. Glücklicherweise normalisiert sich mein Empfinden schnell wieder etwas. Ich sehe kurz verzweifelt zu Thomas.

Die Auditorin sieht Thomas fragend an. Er schaut mir, erstaunlicherweise immer noch mit einem eher mitleidigen Blick, in die Augen. *„Nina, ich schreibe ab jetzt nicht mehr mit... Ich möchte dir nur sagen, dass jetzt vielleicht ein guter Zeitpunkt für ein Geständnis gekommen ist. Möglicherweise ist es auch der Letztmögliche, bei welchem es noch einigermassen ehrlich aussieht... Ich möchte dir wirklich nur helfen. Du kommst aus dieser Geschichte kaum mehr raus. Rette alles, was noch zu retten ist, bitte! Hol noch das Bisschen raus, was möglich ist."*

Er hat sich also doch festgelegt und sich damit abgefunden. Gut für ihn. Es freut mich wirklich, dass er anscheinend kein Problem damit hat. Aber was soll ich bloss machen? Ich kann einfach nicht „gestehen".

*„Wenn du willst kannst du dich auch noch mit Herrn Frei besprechen."* Ich blicke ratlos zu ihm. Er zuckt mit den Schultern.

*„Meine Meinung kennen Sie im Prinzip."* meint er kurz und knapp. Meine Entscheidung also. Herr Frei reicht mir seinen Kugelschreiber, warum weiss ich nicht. Ich beginne mit diesem zwischen meinen Fingern zu spielen. Ich zittere noch immer. Überlege. In Thomas Blick ist eine Art Unsicherheit erkennbar. Vielleicht sollte ich endlich etwas sagen.

*„Das kann alles nicht sein... Ich habe echt nichts getan. Ich kann doch nichts gestehen, was ich nicht getan habe?"*

*„Ist das nicht Selbstschutz? Versuchst du nicht etwas zu verdrängen, um dich selbst zu schützen? Du weisst, was auf dich zukommen wird, was dich erwartet. Die Anklage, die Verhandlung, das Urteil und die bekannten Gesichter. Und alles, was danach kommt. Aber das Schlimmste durchlebst du doch jetzt. Und ich weiss, dass die U-Haft viele fast in den Wahnsinn treibt. Es ist nicht einfach, das kann ich mir vorstellen. Auch ich hätte Angst vor der Zukunft. Es kann aber eigentlich nur leichter für dich werden, als es jetzt ist. Überleg einfach, was besser für dich ist.“*

Er versucht auf eine eigentlich ganz nette Art und Weise eine Brücke für mich zu bauen.

„Und was ist, wenn ich ein Geständnis ablege?“ Die Auditorin horcht auf. Thomas nicht gross.

*„Was erwartest du? Mehr als der Vorzeitige liegt nicht drin. Die Verhandlung findet vielleicht noch etwas früher statt. Ein möglicher Strafrabatt liegt nicht in unserer Hand.“*

„Wer hat den Fall? Wer wird mich anklagen?“ Ich weiss nicht genau, warum mir die Antwort auf diese Frage wichtig ist. Aber für mich hat es irgendwie eine immense Bedeutung, wer mich schlussendlich von Seiten Stawa hinter Gitter bringt.

*„Angela hat ihn übernommen.“* Zum Glück sie. Mit Gregor hätte ich echt Mühe gehabt.

„Was will sie beantragen?“

*„Das weiss ich nicht.“*

„So ganz inoffiziell meine ich.“ Lässt er sich wohl dazu hinreissen? Mein Anwalt redet von sechs bis sieben Jahren, wohlverstanden für einen Versuch. Da könnte man die Strafe noch mildern. Und geredet wird darüber von Anfang an. Juristen sind auch nur Menschen. Die meisten jedenfalls, bei allen bin ich mir nicht sicher. Man macht sich von Anfang an Gedanken. Spricht innerlich ein Urteil und beginnt erst dann, es zu begründen. Zumindest bei mir funktioniert das so. Wenn die Begründung stimmig ist, hat man richtig entschieden. Wenn es an der Begründung hakt, sollte man vielleicht noch einmal darüber nachdenken. Also hat Angela schon ihre Meinung. Und Thomas kennt sie. Ganz sicher.

*„Willst du es wirklich wissen?"* Er sieht mich ganz verzweifelt an, so, als solle ich bitte verneinen. Mein Kopf nickt aber, obwohl ich selber nicht weiss, ob ich es wirklich wissen will.

*„Also, sie überlegt etwas zwischen sechs und acht Jahren zu beantragen, je nachdem, ob ein Geständnis abgelegt wird oder nicht. Aber von mir weisst du es nicht..."* Ich zucke zusammen. Er spricht auch von so einem hohen Strafmass. Bevor ich richtig nachdenken kann, rutscht mir ein „So viel?" über die Lippen.

*„Sie begründet es so – Herr Frei, hören Sie mal bitte weg – dass die Tatausführung sozusagen doppelt gemoppelt war. Zuerst schiessen, dann unter den Zug stossen, irgendetwas davon wird sie dann schon umbringen. Aus diesem Grund sei auch nicht unter die Mindeststrafandrohung zu gehen. Dass der Erfolg - also der Tod deiner Tante - nicht eingetreten ist, sei ein reiner Zufall gewesen. Der Zug hat sie nur knapp verfehlt, der Schuss ging nicht weit daneben."*

*„Da hat sie recht."* murmelt Frei von hinten.

*„Und? Willst du etwas sagen?"* hakt Thomas nach.

„Ich kann nicht. Ich habe nichts getan, also kann ich auch nichts zugeben. Meine Zukunft ist so oder so am Arsch, da kommt es auf zwei Jahre mehr oder weniger doch gar nicht mehr an." Er tippt wieder. Ich glaube selbst nicht, was ich da gerade gesagt habe. Zwei Jahre mehr bedeuten de facto mindestens 16 Monate mehr an einem Ort wie diesem. Wenn ich sehe, wie es mir nach so kurzer Zeit hier geht, möchte ich gar nicht wissen, wie es in dem Zeitpunkt aussieht, wenn ich mir sagen muss, dass ich mit einem Geständnis wohl schon wieder draussen wäre. Noch ist aber kein Urteil rechtskräftig.

*„Ich habe jetzt ‚Ich möchte mich nicht dazu äussern, ich habe nichts getan' ins Protokoll geschrieben, ist das gut?"* Ich nicke.

*„So, dann kommen wir noch zum letzten Punkt für heute."* War's das denn noch nicht? *„Ich konnte mittlerweile zwei Einvernahmen mit dem Opfer durchführen."*

Sie hat es also schon gesagt. Dass ich es war, meine ich. Das ist mein Todesstoss. Der Strohhalm hält wohl nicht mehr. Er reisst, ich werde davon geschwemmt, durch Stromschnellen gespült und am Ende kläglich untergehen. Darum hat er mir vorhin die beiden Schubser in Richtung Geständnis gegeben.

*„Dein Anwalt war auch dabei. Und so, wie ich dich schon die ganze Zeit gefragt habe, kannst du vermutlich erahnen, was sie gesagt hat: dass du – ganz sicher du – sie unter den Zug gestossen und sie zu erschiessen versucht hättest. Sie sei einer SMS gefolgt, welche du ihr gesendet hättest, darum sei sie hier gewesen. Als sie dich gesehen habe, hättest du auch schon aus wenigen Metern Entfernung auf sie geschossen, seist dann auf sie zugegangen und hättest sie geschubst. Sie habe das Gleichgewicht verloren und sei auf die Gleise gestürzt. Im letzten Moment habe sie sich vor dem einfahrenden Zug in Sicherheit bringen können. Sie konnte die Kleider, welche du anhattest beziehungsweise die Kleider, welche in deiner Wohnung gefunden wurden, ganz genau beschreiben, ebenso die genaue Abfolge und der zeitliche Ablauf, wie er auch vom Video bestätigt wird."* Er macht eine Pause und sieht mich an. Er macht

überhaupt keinen Druck mehr, klingt eher so, als würde er seinen Job hier nur widerwillig machen. Ich zittere noch immer und spiele weiter ganz nervös mit dem Kugelschreiber, wenn ich mich nicht daran festhalte. Irgendwie beruhigend. Vielleicht war das Freis Intention. Einer Raucherin sollte man bei Nervosität etwas in die Hand geben. Er als Raucher kann mir da wohl nachfühlen.

*„Sorry Nina, aber ich muss fragen: Was sagst du dazu?"*

„Nichts, oder eben immer das Gleiche: ich war das nicht. Ich kann nichts Anderes sagen."

Ich kann gar nicht beschreiben, was sich in meinem Kopf abspielt. Meine kleine, noch existierende Welt, welche durch einen einzigen Strohhalm gehalten wurde, bricht also endgültig zusammen. Die letzten fünf oder zehn Minuten haben alles zerstört. Ich dachte zwar, dass ich mich in den letzten Wochen mit meiner Lage arrangiert hätte. Darin hatte ich mich aber offensichtlich getäuscht. Ich habe mich an die letzte Hoffnung geklammert - und diese ist jetzt weg. Es gibt keinen Ausweg mehr. Alle Beweise sind erhoben und alle Indizien liegen vor. Alle sprechen gegen mich.

*„Herr Frei, haben Sie Ergänzungsfragen?"*

*„Ja. Könnten Sie meine Mandantin bitte noch einmal fragen, ob sie sich ihre Ausführungen nicht noch einmal überlegen will? Sie kann ihre Situation nur noch verbessern."* Er sieht mich an und meint, dass ich die Frage, oder besser gesagt, was er damit sagen will, wohl verstanden hätte. Frei sieht also auch keine Möglichkeit mehr, mich hier herauszuholen. Da hat er Recht. Also sollte ich meine Taktik wohl vielleicht doch ändern. Ich schaue zu ihm hin.

*„Sehen Sie sich doch an. Geben Sie sich einen Ruck. Sie gehen hier zu Grunde."* fügt er noch an. Er hat Recht. Ich sollte mir nichts vormachen. Ob begangen oder nicht, es gibt wohl keine Alternative mehr. Ich raffe meinen ganzen

Mut zusammen. Atme durch. Überlegen darf ich jetzt nicht mehr.

„Okay, ich hab's getan. Ich habe sie angeschossen und unter den einfahrenden Zug gestossen." Es herrscht allgemeines Erstaunen.

*„Wen?"* fragt Thomas halb geschockt nach.

„Na, Ingrid Eitzner." Ich hasse es, ihren Namen aussprechen zu müssen.

*„Warum?"*

„Ich mag sie nicht, mehr sage ich dazu nicht." Dazu darf ich ganz sicher nichts mehr sagen, wenigstens bekomme ich das noch hin.

*„Wo hattest du die Waffe her?"* Soweit hatte ich noch gar nicht überlegt. Ich habe meine Story doch erst gerade geändert.

„Ähm, ich habe sie auf der Strasse in Basel gekauft. In Kleinbasel bei so einem Ostblocktypen."

*„Wann?"*

„Ungefähr drei Wochen früher." Wieso so früh? Etwas später wäre wohl besser gewesen. Zu spät, gesagt ist gesagt.

*„Wie viel hast du bezahlt?"* Boa hey, ich weiss das doch nicht. Vielleicht hätte ich mich besser auf diese Eventualität vorbereiten sollen. Zeit hätte ich schliesslich genug gehabt.

„1'500 CHF." Er kommt mit Schreiben schon fast nicht mehr hinterher.

*„Was für eine Waffe war es?"*

„Ich weiss es nicht. Es war aber eine Pistole, kein Revolver."

*„Wo hast du die Munition besorgt?"*

„Auch von diesem Mann. Da war ein volles Magazin dabei."
Ich erfinde wild irgendeine Geschichte. Hoffentlich zieht das. Nur nichts Überprüfbares oder zu Genaues sagen.

*„Hast du Schiessen geübt?"*

„Nein. Das am Bahnhof war der erste Schuss."

*„Wie häufig hast du auf das Opfer geschossen?"*

„Nur einmal."

*„Was hast du anschliessend mit der Waffe getan?"*

„Ich habe sie auf dem Weg zur Arbeit bei einem abgelegenen Parkplatz in einer Hecke versteckt, zusammen mit den Kleidern, auf dem Heimweg habe ich die Sachen wieder abgeholt und bei mir zu Hause auf dem Balkon versteckt."

*„Warum auf dem Balkon?"*

„Ich wollte sie am Wochenende endgültig entsorgen. Es sollte nur eine Art Zwischenlager sein."

*„Wo wolltest du sie entsorgen?"*

„In der Aare." Ich lüge, was mein Hirn auch immer hergibt.

*„Und wo genau hast du es auf dem Balkon versteckt?"* Das weiss ich nicht. Das wurde noch nie erwähnt. Was soll ich jetzt sagen? Er überprüft doch tatsächlich meine Angaben. Das ist aber vorbildlich, eigentlich. Aber jetzt geht auf einmal mein „Geständnis" flöten.

„Unter dem Deckel des Grills." ist das Einzige, was mir einfällt. Das ist doch auch das einzig taugliche Versteck. Alle Anwesenden schauen sich erstaunt an. Das war wohl die falsche Antwort.

„*Es wurde aber nicht dort gefunden. Das kannst du jetzt aber auch noch sagen.*" Würde ich ja, wenn ich könnte. Ich zucke mit den Schultern. Mir fällt kein anderes Versteck auf unserem Balkon ein.

„Ich kann mich nicht mehr erinnern." Die dümmste Antwort, die es gibt. Thomas schreibt, dann überlegt er, was er sagen soll, schreibt aber nichts weiter auf.

„*Du warst es wirklich nicht, oder? Du hast die ganze Zeit die Wahrheit gesagt, oder?*" Ich nicke. Er schüttelt den Kopf. „*Scheisse... Das kann's doch echt nicht sein.*" Er schweigt ein paar Sekunden. Auch Herr Frei scheint etwas sprachlos zu sein.

„*Was soll ich mit dem Protokoll machen?*" Dass er sich diese Frage überhaupt stellt. Will er es tatsächlich fälschen oder was? Er, der immer so korrekt ist?

„So lassen." sagen ich und Frei im selben Augenblick.

„*Da haben Sie aber gute Arbeit geleistet, Herr Gerber.*" meint Frei. „*Täterwissen hat meine Mandantin offenbar nicht.*" Er kann sich ein kleines Grinsen nicht verkneifen. Nur ändern wird sich durch mein fehlendes Täterwissen wohl nichts.

„*Das stimmt wohl...*" sagt Thomas. Auch er scheint mit dem Ergebnis für sein Seelenheil nicht unzufrieden zu sein.

„*Kleine Zweifel sind wohl da.*" meint Frei weiter. „*Fragt sich nur, ob das Gericht diese Aussage als taktisch ganz geschicktes Manöver einstuft oder diese Story glaubt. Ich glaube meiner Mandantin, das Gericht wohl eher nicht. Die anderen Beweise sind zu erdrückend. Aber auf diese Taktik wäre ich nicht gekommen."*

Jetzt nimmt er mir die ganze Freude, welche sich entwickelt hatte, doch gleich wieder. Obwohl ich doch bereits zum selben Schluss gekommen war.

Thomas: *„Ich hoffe das Beste. Haben Sie noch weitere Fragen?"*

Frei: *„Nein."*

Thomas: *„Dann schliessen wir hier ab, ausser dass du noch Fragen hättest."* meint Thomas mit Blick zur neuen Volontärin. Sie scheint etwas verwirrt und verneint.

Frei: *„Der Antrag auf den Vorzeitigen kommt trotzdem, Herr Gerber. Wissen Sie schon, wie es weitergeht?"*

Thomas: *„Noch nicht genau. Wir warten noch das ausführliche psychiatrische Gutachten ab und dann gibt es noch die Schlusseinvernahme durch Frau Simoncetti. Und dann voraussichtlich die Anklage. Im Zweifel, wenn da noch Zweifel sind, wird halt angeklagt... Wie ich mit meinen neuen Eindrücken umgehe, muss ich auch noch schauen."*

Jetzt hat Thomas wieder zu beissen, ganz eindeutig. Für ihn ist es ein auf und ab, genau wie für mich. Eigentlich wollte ich es ihm leichter machen. Das habe ich wohl nicht geschafft. Ich möchte aber viel lieber noch etwas ganz Anderes wissen.

„Wo war das Zeug jetzt eigentlich versteckt?" Die Einvernahme wird ausgedruckt.

Thomas: *„Im Blumentrog und in eurem riesigen Blumentopf, alles vergraben."*

Gut zu wissen. Mal sehen wie es weitergeht. Mit dieser Variante hatte ich nicht gerechnet. Ich habe jedenfalls nicht daran gedacht, dass man meinem Geständnis nicht glauben könnte. Zum Glück wusste ich nicht alles. Wenn das die Absicht von Frei war, war es genial. Chapeau! Vermutlich wird mir das aber herzlich wenig nützen.

Thomas scheint nicht mehr sehr gesprächig zu sein. Nach der Unterzeichnung des Protokolls verschwinden beide recht schnell, während Frei noch bleibt.

*„Frau Eitzner, das hat mich jetzt doch erstaunt…"* Mehr sagt er nicht. Auch er scheint verwirrt zu sein. *„Das klang nach ehrlichem Unwissen. Vielleicht habe ich mich in meiner Einschätzung geirrt, und das kommt doch eher selten vor."* Also glaubt er mir jetzt!? Ich würde mir das wünschen.

*„Ich hoffe, das hilft. Aber wie bereits vorher erwähnt, könnte das Gericht dieses Vorgehen als ganz geschickten Schachzug werten, um ein ‚in dubio'-Urteil zu erwirken. Hoffen wir das Beste."*

„Haben Sie mir absichtlich nicht gesagt, wo die Sachen versteckt waren, damit mein Geständnis auffliegt?" frage ich, da ich durchaus noch wissen möchte, ob das wirklich nicht so von ihm geplant war.

*„Nein, ich dachte, dass Sie es wissen, weil Sie die Täterin sind. Jetzt habe ich meine Zweifel und kann nur hoffen, dass es nicht zu einem massiven Fehlurteil kommt."* Damit beenden auch wir unser Gespräch. Ausser Warten bleibt nichts mehr übrig. Vielleicht gibt es noch eine zusätzliche Einvernahme, dann noch die Schlusseinvernahme, und dann, ja dann wahrscheinlich die Verhandlung. Herr Frei verabschiedet sich und ich werde wieder in meine Zelle geführt. Ich setze mich auf mein Bett. Irgendwie bin ich erleichtert. Ich habe zwar gelogen, aber wahrscheinlich war es die beste aller Varianten. Trotzdem frage ich mich, ob es etwas hilft. Wie wird das Gericht meine Geschichte beurteilen? Wird es mir glauben? Wahrscheinlich nicht. Die In-

dizien sind zu erdrückend. Mir bleibt aber nichts weiter übrig, als abzuwarten, Tee zu trinken und der Dinge zu harren, die da kommen werden. Ich habe jedenfalls alle Möglichkeiten ausgeschöpft.

# Reise ins Bernische

Ein paar Tage später bekomme ich eine Kopie des Antrags von Herrn Frei auf den vorzeitigen Strafvollzug. Das Bild, welches ein neutraler Betrachter von mir bekommen wird, wird doch auch immer schräger werden. Da streitet eine Beschuldigte wochenlang ab, etwas mit einem Verbrechen zu tun zu haben, legt dann unerwartet ein Geständnis ab, welches falsch sein könnte und will dann in den vorzeitigen Strafvollzug. Alle Indizien, bis auf das möglicherweise falsche Geständnis, sprechen gegen sie. Also ist das Urteil klar – und das Geständnis mit falschen Details gespickt, um Zweifel zu wecken. Dass ich Thomas und Herrn Frei da auf meiner Seite habe, hilft leider auch nichts.

Eine Woche vergeht, ohne dass etwas passiert. Mirko hat mich einmal besucht, aber es mangelte an Gesprächsthemen. Die Zukunft unserer Beziehung ist mehr als ungewiss. Ich werde verurteilt werden. Wie unsere Zukunft da aussehen soll, weiss ich nicht. Frei hat ihm gesagt, dass ich ein Geständnis abgelegt habe. Auch weiss Mirko inzwischen, dass ich aller Voraussicht in den vorzeitigen Strafvollzug verlegt werde. Von meiner Seite aus gab es ansonsten leider wenig zu berichten, da mein Leben doch eher ereignislos verläuft. Zum Glück informiert ihn Frei, soweit er kann. So bleibt auch er auf dem Laufenden.

Nach dieser Woche bekomme ich aber Post. Der Antrag auf den vorzeitigen Strafvollzug wurde bewilligt. Also scheinen alle wichtigen Beweise erhoben zu sein. Der Nachteil an der ganzen Sache ist aber, dass ich nach Hindelbank muss. Also hat Mirko mehr Zeit, um mich zu besuchen, muss aber eine längere Anreise hinter sich bringen. Der Bewilligung liegt noch ein Schreiben von Herrn Frei bei, dass nach Erhalt des Gutachtens Anklage erhoben werden wird, wenn das Gutachten nicht völlig anders als das Vorabgutachten ausfalle, was sicher nicht zu erwarten sei.

Ich werde schon am nächsten Tag verlegt, also packe ich meine Sachen zusammen. Es ist doch einiges zusammen gekommen in dieser Zeit. Es ist interessant, wie man sich überall so häuslich wie möglich einrichtet, auch wenn man sich absolut nicht zu Hause fühlt. Ich habe viel gezeichnet, obwohl ich völlig untalentiert bin. Aber mit so viel Zeit habe sogar ich ein paar ansehnliche Werke zustande gebracht. Inzwischen hängen auch ein paar Fotos an der Wand. Ich habe mich ebenfalls wieder im Schreiben versucht. Ich dachte, darin sei ich als Juristin, bei welcher die Sprache sozusagen das Arbeitswerkzeug ist, gut. Allerdings scheint es mir an Fantasie zu mangeln. Mir fiel immer wieder die Folge bei ‚two and a half men' ein, wo Alan im Café sitzt und beginnt, ein Drehbuch zu schreiben. Er schreibt also etwas auf und dann kommt immer wieder der Satz ‚Dann, plötzlich, ein greller Blitz am Himmel - ein flammender Meteor...' oder so ähnlich. Schreiben verläuft bei mir anscheinend ähnlich. Ich hänge alles ab und packe es in Kisten. Zwei Kisten und einen Sack voller Kleider stehen kurze Zeit später für den Umzug bereit. Ich verabschiede mich von Jessica. Vielleicht sehen wir uns bald in Hindelbank wieder. Die Wahrscheinlichkeit dafür ist nicht einmal so klein.

Am nächsten Tag geht es in einem Gefängnis-Bus in den Kanton Bern. Es handelt sich um einen umgebauten VW-Bus mit vier kleinen Zellen und getönten Scheiben. Ich werde in eine der Zellen verfrachtet und eingesperrt. Dann werden mir die Handschellen abgenommen. Mein Gepäck landet in einer zweiten Zelle. Es ist schön, endlich einmal aus diesem Gebäude zu kommen. Das erste Mal seit Monaten. Eigentlich kann es nur besser werden, egal, wie sich die Situation jetzt verändert. Etwas anderes als die grauen Mauern und Natodraht zu sehen, tut jedenfalls gut. Und etwas Abwechslung sowieso. Die Fahrt dauert etwa eine Stunde. Schon von Weitem sieht man das herrschaftliche, alte Gebäude der Anstalt Hindelbank. Der Bus fährt auf den Hof. Ich werde wieder gefesselt und von einer auffallend netten Frau abgeholt. Nach einer kurzen Sicherheitskontrolle von mir und meinem Gepäck werde ich über einen grossen Hof zum eigentlichen Gefängnistrakt gebracht. Er besteht aus drei miteinander verbundenen, zweistöckigen Gebäuden. Ich werde im mittleren Gebäude im Erdgeschoss in eine Zelle geführt und dort fürs erste eingeschlossen. Ausserdem wird mir das Anstaltsreglement ausgehändigt. Ich lese mir die Informationen durch. Als erstes fällt auf, dass es hier schon viel lockerer zu- und hergeht. Ich bin in einer Wohngruppe mit 23 anderen Frauen untergebracht. Wenn man nicht arbeitet, kann man sich innerhalb dieser Wohngruppe frei bewegen und auch nach draussen gehen. Die Zelle ist nur von neun Uhr abends bis um 6.30 Uhr verschlossen. Ich richte mich ein, so gut es geht. Endlich sehe ich auch wieder einmal etwas Grünes, also weiter als bis zur nächsten Mauer ein paar Meter weiter - und ich kann hier sogar das Fenster ganz öffnen. Ich kann gar nicht beschreiben, wie gut das tut. Auch wenn immer noch Gitterstäbe vor dem Fenster sind, welche ganz klar mitteilen, wo man sich befindet. Das Gebäude ist alt, hat aber durchaus Charme. Die Zelle ist aber ziemlich klein, es ist enger als im Untersuchungsgefängnis. Dadurch, dass man sich aber relativ frei bewegen kann, sollte das nicht allzu schlimm werden. Gleich am Eingang links neben der Tür ist das WC, ein kleines Waschbecken und ein Spiegel. Dann steht da ein blauer Schrank und gleich dahinter das Bett, welches an die Mauer grenzt. Auf der rechten Zellenseite hat es einen an der Wand befestigten, schmalen Tisch mit einem Stuhl. Rechts an der Wand ist auch der Fernseher befestigt. Das war's dann auch schon. Mir erscheint es aber schon wieder merkwürdig, dass die Zelle auch von innen eine Türklinke hat. Ich fühle mich tatsächlich so, als hätte ich ein Stück Freiheit zurück gewonnen. Ich packe meine Kisten aus, beziehe das Bett, verstaue die Wäsche im Schrank, lege die Bücher aufs Holzregal über dem Bett und hänge ein paar Fotos an der Pinnwand auf. Auch den sich im Wäschesack befindlichen blauen Vorhang hänge ich vor das Fenster. Nach kurzer Zeit fühlt es sich fast schon wohnlich an. Auch wenn die Zelle enger

ist, hat sie doch mehr Stauraum als die im Untersuchungsgefängnis.

Kaum eingerichtet, werde ich für das Eintrittsgespräch abgeholt. Nach einer Woche könne und müsse ich in der Küche
mit der Arbeit beginnen. Ich solle aber zuerst einmal ankommen und mich hier ein wenig einleben. Eventuell stehe
ja ein längerer Aufenthalt bevor. Daran hatte ich bisher
noch gar nicht gedacht. Daran, dass ich mir gerade mein
Daheim für die nächsten Jahre eingerichtet haben könnte.
Momentan erscheint diese Vorstellung aber nicht einmal so
schlimm. Ich bin nur froh, das Untersuchungsgefängnis hinter mir gelassen zu haben. Alles andere ist zurzeit nicht
wirklich prioritär. Ich werde zurück in meine Wohngruppe
geführt. Zum ersten Mal seit Wochen werde nicht bis zu
meiner Zelle begleitet, sondern hinter dem Eingang der
Wohngruppe stehen gelassen. Über alles Weitere würden
mich meine Mitbewohnerinnen informieren, hat es geheis-
sen. Also stehe ich da auf ziemlich verlorenem Posten an
der Türe, wo man mich abgeladen hat.

Ich gehe an meiner Zelle vorbei den Gang entlang nach
vorne und erreiche einen Aufenthaltsraum. Dort sitzen zwei
Frauen am Tisch und unterhalten sich. Mit einem leisen
„Hallo" betrete ich den Raum. Ich werde sofort herzlich begrüsst und gebeten, mich doch auch an den Tisch zu setzen.
Ich sei also „die Neue"... Die Atmosphäre ist hier ganz anders als die der letzten Wochen, viel weniger distanziert
und misstrauisch. Weniger bedrückend. Die beiden Frauen
heissen Sandra und Michelle. Sie erzählen, dass sie beide
schon länger hier seien, beide aber „frei" hätten, da an ihrem Arbeitsplatz zwei Tage lang umgebaut werde. So könnten sie mir aber erzählen, wie alles hier abläuft und wo was
zu finden ist. Sandra ist wegen mehreren Betrugsfällen hier.
Michelle wegen einer schweren Körperverletzung. Das
würde man ihr gar nicht zutrauen, so klein und zierlich, wie
sie ist. Ich schäme mich fast, ihnen zu sagen, weswegen ich
hier bin. Die Story mit der unschuldig in U-Haft sitzenden

Frau klingt auch nicht besonders toll. Sie scheinen aber kein Problem damit zu haben und kennen die Geschichte sogar schon aus der Zeitung. Die beiden zeigen mir alles und gehen mit mir auf den Hof. Von dort aus sehe ich endlich wieder einmal den freien Himmel, ohne Gitter oder Draht dazwischen. Ich muss schon überlegen, wann ich diesen zum letzten Mal gesehen habe. Das dürften jetzt gut und gern acht Wochen sein. Zwei Monate. Eigentlich ist das eine kurze Zeit für ein Verfahren nach einem Tötungsversuch. Trotzdem scheint es schon ewig her zu sein. Wir gehen eine Weile über den Hof. Das tut unglaublich gut. Hier hat es Pflanzen und wenigstens ein Bisschen Aussicht. Vieles blüht. Alles ist grün. Die letzten Wochen waren grau in grau mit wenigen Farbtupfern im Gang. Ich kauere mich nieder und berühre das Gras. Komisch, dass etwas, was man sonst in Freiheit wohl nicht tun würde, auf einmal ganz merkwürdige, schwierig zu umschreibende Emotionen hervorruft.

Ich unterhalte mich noch den ganzen Nachmittag mit Sandra und Michelle. Diese Abwechslung und etwas Natur waren bitter nötig. Ich fühle mich zum ersten Mal seit langem merklich besser.

Auch das Abendessen wird zusammen im Gemeinschaftsraum eingenommen. Es ist fast schon gesellig. Kurz vor neun Uhr abends kommt eine Betreuerin und weist uns an, in unsere Zellen zurückzukehren.

Der Einschluss mit dem zweimaligen Drehen des Schlüssels im Schloss erinnert mich dann schmerzlich daran, dass ich immer noch eingesperrt bin. Trotzdem fühle ich mich hier schon fast frei. Ich kann mich tagsüber frei bewegen, kann auf den Hof ins Grüne, sehe Pflanzen und einen Himmel ohne Gitterstäbe davor. Auch wenn es hier Einschränkungen gibt, nehme ich diese nicht als so einengend wahr wie im Untersuchungsgefängnis. Nur der Zaun um den Hof und das

Gitter vor dem Fenster signalisieren klar und unmissverständlich, dass mir immer noch sehr enge Grenzen gesteckt sind.

Die Zeit in Hindelbank vergeht irgendwie recht schnell. Nach der ersten Woche kann ich in der Küche arbeiten, bin also beinahe die Hälfte des Tages beschäftigt. Ausserdem gefällt mir die Arbeit in der Küche wirklich gut. Es ist etwas ganz Anderes als daheim für ein paar Gäste zu kochen, aber man kann wirklich viel lernen. Viel wichtiger ist es aber, dass ich beschäftigt und damit abgelenkt bin. Nach zwei Wochen kommt Mirko mich das erste Mal besuchen. Endlich habe ich mehr als eine halbe Stunde Zeit, mir alles von der Seele zu reden, was mich bedrückt. Die Besuche waren zwar nicht mehr überwacht, aber die Zeit war immer sehr knapp. Jetzt darf er zwei Stunden bleiben. Auch die Briefe werden nicht mehr gelesen. Ich geniesse die Vorteile des Normalvollzugs... Auch das eine oder andere Telefonat liegt drin, Mirko hat mir eine Telefonkarte mitgebracht, so können wir wenigstens regelmässig miteinander sprechen. Er glaubt mir uneingeschränkt, macht sich aber grosse Sorgen wegen des Verfahrens. Das ist bei mir nicht anders. Es lässt sich hier im Bernischen zwar relativ gut aushalten, aber mehrere Jahre möchte ich trotzdem nicht hier verbringen.

So vergeht die Zeit... Zwei Monate bin ich jetzt schon in Hindelbank, mittlerweile ist es Ende Juni. Ich überlege, ob ich einen Antrag auf Entlassung aus der U-Haft stellen soll. Das kann ich auch, wenn ich im vorzeitigen Strafvollzug befinde. Ich bin ja noch nicht verurteilt. Die Fluchtgefahr würde sicher bejaht werden. So ganz kann ich diese Einschätzung nicht bestreiten. Ich weiss nicht, was ich tun würde, wenn man mich jetzt einfach vor die Türe stellen würde. Ob mit oder ohne Ersatzmassnahmen. Sollte ich mich dann dem wirklich erheblichen Risiko aussetzen, unschuldig für allermindestens fünf Jahre weggesperrt zu werden? Keine prickelnde Option. Mich für sage und schreibe

15-20 Jahre ins Ausland absetzen bis die Vollstreckungsverjährung eingetreten ist? Auch nicht viel besser. Ich weiss es wirklich nicht. Zum Glück muss ich mir darüber nicht auch noch den Kopf zerbrechen.

Trotzdem mache ich mir immerzu Gedanken, was wäre, wenn ich noch mehrere Jahre hier verbringen müsste. Der Gedanke daran löst ein beklemmendes Gefühl aus. Ich habe richtiggehend Angst davor. In sechs Jahren wäre ich nach einer bedingten Entlassung 35 Jahre alt. Diese Jahre bis dahin dienen doch gerade dazu, sich einen beruflichen Status und die notwendige Erfahrung anzueignen. Diese würde mir fehlen. Ich hätte zwar noch ein abgeschlossenes Studium und drei – respektive zweieinhalb – Praktika. Eine daran anschliessende lange Haftstrafe macht sich dann aber vermutlich nicht so gut. Wie soll es dann weitergehen? Keine Ahnung. Im schlimmsten Fall habe ich ja noch etwa sechs Jahre, um auch dafür eine Lösung zu finden.

Frei schickt alle zwei Wochen einen Brief, in dem steht, dass leider noch nichts Weiteres im Verfahren geschehen sei und dass er sich melde, sobald das Gutachten da sei. In Hindelbank bin ich mittlerweile schon fast zur Rechtsberatung der Insassinnen avanciert. Obwohl ich als Rechtsberatung herzlich wenig bringe. Was soll ich denn sagen? Bei allen anderen ist es ein normaler Strafvollzug. Meine Geschichte hat sich schnell herumgesprochen. Die inhaftierte Juristin, welche bei der Stawa gearbeitet hat und am Arbeitsplatz verhaftet wurde, scheint viel Gesprächsstoff herzugeben. Die Reaktionen auf mich reichen von grosser Skepsis bis zu gewaltigem Interesse. Auch hat sich inzwischen ein Alltag entwickeln können. Die alles beherrschende Langeweile ist einer fast normalen Arbeitstätigkeit gewichen, welche eine Tagesstruktur gibt. Diese Tagesstruktur ist Gold wert. Der geregelte Tagesablauf bewahrt mich davor, mich vollends verrückt zu machen. Auch scheint mein Leben durch die Arbeit wieder Sinn zu haben. Ich fühle mich

viel besser als in den ersten paar Wochen im Untersuchungsgefängnis, bin nicht mehr so unausgeglichen und gestresst.
Auch habe ich das Lesen wiederentdeckt. Ich verbringe
abends Stunden damit, in die Fantasiewelten der bedruck-
ten Seiten einzutauchen und mich so wenigstens gedanklich
aus diesen Mauern hier zu verabschieden. Trotzdem wird
man bei allem und immer kontrolliert. Und diese Kontrolle
wird mir eines Abends zum Verhängnis.

Es ist ein Mittwoch, als ich ganz normal in der Küche arbeite. Als wir Feierabend machen wollen fehlt plötzlich ein
Messer. Ich hatte vor etwa einer Stunde ein Rüstmesser genommen und für dieses unterschrieben. Keine Ahnung, wohin es verschwunden ist. Also gibt es so lange keinen Feierabend, bis das Messer gefunden ist. Meine Kolleginnen sind
davon nicht sehr begeistert. Unser Küchenchef noch viel
weniger. Es darf aber niemand die Küche verlassen, bis das
Messer gefunden ist. Wir stellen uns in einer Reihe auf und
warten auf die Betreuerinnen. Bevor wir mit der Suche los-
legen können werden wir aus Sicherheitsgründen durchsucht. Vor wenigen Wochen war schon einmal ein Messer
weg. Nach wenigen Minuten wurde es in einer Schublade
gefunden. Die für das Messer verantwortliche Kollegin be-
kam trotzdem eine Disziplinarmassnahme aufgebrummt. In
dieser Hinsicht herrschen hier sehr strenge Regeln. Messer
sind sofort nach Gebrauch zurückzubringen. Da ich für das
kleine Rüstmesser verantwortlich war, werde wohl auch ich
irgendwelche Folgen zu vergewärtigen haben. Nachdem
alle durchsucht worden sind, beginnen wir zu suchen. In den
Schubladen findet sich das Messer diesmal nicht. Nach über
einer halben Stunde findet eine Kollegin es hinter einem der
Kanister mit den Chemikalien für die Abwaschmaschine. Das
Messer ist wohl irgendwie hinter die Abwaschmaschine gefallen. Dabei hätte ich es nicht einmal in die Maschine legen
dürfen. Das Messer wird an seinen Platz in den verschliess-
baren Schrank gelegt. Endlich gibt es Feierabend. Wir werden auf die Abteilung gebracht. Noch habe ich nichts von

Disziplinarmassnahmen zu hören bekommen. Vielleicht habe ich für einmal Glück.

Am nächsten Morgen mache ich mich für die Arbeit bereit. Da ich diese Woche keinen Morgendienst habe, beginnt diese erst um 07.30 Uhr. Nach dem Frühstück und dem Zellenaufschluss werde ich wie gewohnt von einer Betreuerin abgeholt, aber heute nicht wie üblich zur Küche geführt.

„Wo geht's denn heute hin?"

*„Zur Chefin. Sie haben gestern offenbar ein Messer in der Küche nicht ordnungsgemäss zurückgebracht."*

Okay, also kommt da doch noch was. Die Betreuerin bringt mich zum Büro der Gefängnisleiterin. Sie ist offenbar eine Frühaufsteherin, ist schon bei der Arbeit.

*„Guten Morgen Frau Eitzner. Setzen Sie sich doch."*

„Guten Morgen." Ich setze mich auf den Stuhl. Ich bezweifle, dass es ein guter Morgen wird.

*„Sie wissen, warum Sie zu mir gebracht worden sind? Es geht um das verschwundene Messer von gestern Abend. Wie mir berichtet wurde, haben Sie ein Messer, für welches Sie bei der Entnahme aus dem Schrank unterzeichnet haben, nicht wieder zurückgelegt."*

„Das stimmt wohl. Irgendwie ist es hinter den Geschirrspüler geraten."

*„In Sachen Messer, also potentiell gefährlichen Waffen, verstehen wir hier keinen Spass. Es ist absolut notwendig, dass die bestehenden Regeln bezüglich der Messer beachtet werden."*

„Ich weiss."

Sie blättert sich meine Akte durch.

„*Haben Sie bei uns schon einmal Bekanntschaft mit Diszip-linarmassnahmen gemacht?*"

„Hier nicht."

„*Aber?*"

„Im Untersuchungsgefängnis." Ich denke nur sehr ungern daran zurück. Die Haare auf meinen Armen stellen sich auf. Inzwischen hat sie anscheinend gefunden, wonach sie gesucht hat.

„*Anscheinend haben Sie dort schon einmal einen Arrest verfügt bekommen?*" Sie scheint darüber erstaunt zu sein.

Schon einmal? Will sie mich wegen eines vergessenen Messers wirklich in die Arrestzelle stecken?

„Ja... Bitte sehen Sie wenigstens davon ab." Ich schicke ein kurzes Stossgebet zum Himmel.

Sie lächelt kurz.

„*Keine Angst. Damit Sie im Bunker landen braucht es etwas mehr als ein verlegtes Messer.*"

Gott sei Dank. Ich entspanne mich augenblicklich wieder. Sie liest sich die Verfügung des Untersuchungsgefängnisses durch. Ein leises „oh" ist zu hören. „*Mit der gleichen Aktion wie dort würden Sie das allerdings auch hier schaffen.*"

Sie schaut mich an, als ob sie die Erklärung dafür erwartet.

„Ich weiss, dass das damals keine Glanzleistung gewesen ist..."

„*So kann man das auch sagen.*"

„Wird auch nicht wieder vorkommen."

*„Das hoffe ich doch. Ohne kleinen Denkzettel kommen Sie mir wegen gestern aber auch nicht davon."* Sie denkt einige Sekunden nach. *„Sie werden das Wochenende im Zelleneinschluss verbringen. Können Sie damit leben?"*

*„Sicher."* Zwei Tage in meiner Zelle werde ich wohl problemlos überstehen.

*„Ich werde Ihnen die Verfügung noch zukommen lassen. Sie können nun zurück an die Arbeit. Passen Sie in Zukunft aber auf die Messer auf."* meint sie mit einem verschmitzten Lächeln.

*„Das werde ich, keine Angst."*

*„Bei wiederholten Verstössen könnte es auch sein, dass wir Ihnen eine andere Arbeit zuteilen müssen."*

Bis Freitagabend arbeite ich normal weiter. Ich sage den Mitinsassinnen meiner Abteilung, dass ich das Wochenende in der Zelle verbringen müsse. Sie informieren mich, dass das praktisch die Standardstrafe für jeden ersten Regelverstoss sei. Einige von ihnen haben auch schon Bekanntschaft damit gemacht. Die Zeit vom Zelleneinschluss am Freitagabend bis Montagmorgen verbringe ich also in Einzelhaft in meiner Zelle. Ganz so spurlos wie gedacht geht das dann doch nicht an mir vorbei. Ich hatte mich anscheinend doch schon an die ‚Freiheiten' in Hindelbank gewöhnt. Den plötzlichen Einschluss für mehrere Tage empfinde ich dann doch als Strafe. Aber auch diese Tage gehen vorbei. Ich frage mich allerdings, wie ich den Zelleneinschluss in U-Haft, also die normale U-Haft, schon beinahe als angenehm empfinden konnte. Bereits am Montag hat mich aber der Alltagstrott wieder.

Knapp zwei Wochen später, als ich schon gar nicht mehr damit gerechnet hätte, bekomme ich Post von der Staatsanwaltschaft. Es ist der Zuführungsauftrag für die Schlusseinvernahme. Diese soll in anderthalb Wochen bei der

Staatsanwaltschaft stattfinden. Also ist das Gutachten da. Dass die Einvernahme aber erst in anderthalb Wochen stattfinden soll, bedeutet nichts Gutes. Wären erhebliche Zweifel an der Aussage meiner Tante aufgekommen, würde die Einvernahme vermutlich früher stattfinden, da sie mich aus der Haft - auch aus einem vorzeitigen Strafvollzug - entlassen müssten. An ein Gutachten zu meinen Gunsten glaubte ich allerdings schon länger nicht mehr. Oder klammere ich mich wieder unbewusst an den nächsten Strohhalm? Gleichzeitig mit dem Zuführungsauftrag teilt mir Herr Frei auch noch mit, dass der den Fall in Bezug auf die Taktik und die neuen Erkenntnisse mit mir besprechen werde. Die Zuführung sei deshalb schon auf 10.00 Uhr geplant, die Einvernahme erst um 14.00 Uhr, das sei so mit der Staatsanwaltschaft besprochen worden. Es werde Anklage erhoben werden. Nur damit ich mir keine falschen Hoffnungen machen würde. Damit habe ich aber schon gerechnet, insoweit bin ich mittlerweile zur Realistin geworden. Ich würde aber schon gerne wissen, was Frei da mit mir so dringend besprechen will. Abwarten... ein Anruf bringt nichts.

## Wiedersehen bei der Stawa

**Z**ehn Tage später geht die Reise um 6.00 Uhr morgens los. An Schlafen war nicht zu denken. Ich mache mir wieder meine Gedanken. In den letzten Wochen und Monaten konnte ich ein Wenig abschalten und mein Leben normalisierte sich, so weit es konnte. Es kehrte ein Alltagstrott ein. Der Stress liess nach, aber die anstehende Einvernahme hat alles wieder nach oben geholt.

Über die Planung der Zuführungen kann man teilweise nur staunen. Ich weiss nicht, was derjenige, der das plant, sich dabei denkt, aber viel kann das nicht sein. Der muss seine Stelle im Lotto gewonnen haben. Dies hat dummerweise zur Folge, dass ich bereits um halb acht auf dem Polizeiposten ankomme. Es bleiben also noch über zwei Stunden, bis ich weiter transportiert werde. Also werde ich in die gleiche Tageszelle wie ganz zu Beginn dieser Odyssee verfrachtet. Die Zelle ist noch immer nicht einladender als bei meinem ersten Aufenthalt. Im Gegenteil scheint sie in der Zwischenzeit noch geschrumpft zu sein. Ich setze mich hin und stelle mich auf zwei einsame Stunden ein. Das Warten gibt leider wieder Zeit, um nachzudenken und sich verrückt zu machen. Alle Erinnerungen an meine Festnahme schiessen schlagartig ins Bewusstsein. Wie wird es in nachher sein? Ich kenne dort alle. Wie werden sie reagieren? Wer wird dort sein? Ich habe etwas Angst, mir wie im Zoo vorzukommen... Nach einer halben Stunde öffnet sich unerwartet die Zellentür. Juri vom Nachtdienst steht da. Das glaube ich fast nicht.

*„Hallo Nina. Was machst du denn wieder hier?"* fragt er, wie wenn er von nichts wüsste.

„Zuführung zur Schlusseinvernahme..."

*„Ich weiss, hab's draussen am Brett gesehen. Mein Nachtdienst ist gerade zu Ende und ich wollte fragen, ob wir zusammen eine rauchen gehen wollen. Für meinen Chef geht*

*das in Ordnung.*" meint er mit einem breiten Grinsen. Seine gute Laune ist beinahe ansteckend.

„Gerne. Hier ist es nicht gerade so schön, dass man länger als unbedingt notwendig bleiben will."

*„Auf diese muss ich heute aber leider bestehen.*" Er zeigt auf die Handschellen an seinem Gürtel. Wieso denn jetzt? Das letzte Mal war der Tatvorwurf doch derselbe? Wie sage ich immer so schön: egal.

„Damit kann ich leben." Ich strecke ihm meine Hände entgegen und die Handschellen schnappen wieder einmal zu. Wir laufen zum Ausgang.

*„Geht es immer noch um die gleiche Geschichte?"*

„Ja, leider."

*„Eine üble Sache... Was ist da noch gelaufen?"* Wie zum Teufel soll ich ihm das jetzt erklären? Das Buschtelefon läuft sicher auch bei der Polizei, also weiss er es bestimmt.

„Es ist immer noch das Gleiche. Ich soll immer noch probiert haben, meine Tante umzubringen und ich habe es immer noch nicht getan. Dummerweise spricht alles, wirklich alles, gegen mich."

*„Haben sie dich bis jetzt in Haft behalten?"* er scheint überrascht zu sein.

„Mhm. Ich bin jetzt in Hindelbank im Vorzeitigen. Ansonsten hätte ich mich schon bei dir gemeldet, ich hatte es ja schliesslich versprochen." Ehrlich gesagt hätte ich das vergessen. Wir sind draussen angekommen. Er reicht mir eine Zigarette und gibt mir Feuer. Wir stellen uns neben den Eingang hin.

*„Krass. Im vorzeitigen Vollzug? Und du hast wirklich nichts damit zu tun?"* Ich schüttle den Kopf.

*„Wann war das noch mal?"*

„Vor beinahe fünf Monaten." Er überlegt, was er sagen soll.

*„Aber so ganz ohne Hinweise auf deine Täterschaft hätten sie dich ja nicht da behalten?"*

„Die Beweise und Indizien sind ja vorhanden. Ich werde auch ziemlich sicher verurteilt und für ein paar Jahre versorgt werden." Ich beginne schon wieder zu zittern. Meine Stimme versagt. Diese Vorstellung kann und will ich nicht ertragen.

*„Sicher? Jetzt verarschst du mich aber."*

„Schön wär's... Gibt es hier dazu keine Gerüchte?"

*„Nicht gross. Zu Anfang hat man schon darüber gesprochen, aber mittlerweile erfährt man nicht mehr viel. Die Stawa macht dicht. Die Gerüchte sind dann im Sande verlaufen. Bis ich heute per Zufall deinen Namen am Brett mit den belegten Zellen gesehen habe. Zuerst wollte ich es nicht glauben, habe gedacht, dass du schon lange wieder draussen bist. Aber so etwas..."*

„Na ja, mal sehen, was bei der Einvernahme heraus kommt. Mein Anwalt hat mir zwar bereits mitgeteilt, dass es eine Anklage geben wird. Und so wie die Beweislage ist, würde ich mich selbst auch verurteilen, wenn ich meine Richterin wäre."

*„Sieht es so schlimm aus?"*

„Mhm." Wir rauchen die Zigarette schweigend zu Ende. Die Leute, die vorbeilaufen, schauen mich blöd an. Ich fühle mich wie ein zur Schau gestelltes Ausstellungsobjekt. Aber ich würde es auch machen. Auch schauen, wer dort steht, mich fragen, was wohl geschehen ist. Es sieht vermutlich auch völlig unauffällig aus, da ich jedes Mal, wenn ich an der Zigarette ziehen will, mit beiden Armen zum Mund muss. Auf einmal läuft ein Kollege an mir vorbei. Er arbeitet gleich nebenan. Er schaut mich ganz entgeistert an, weiss nicht, ob er mich kennt oder ob er sich irrt. Ohne etwas zu sagen betritt er das Gebäude.

*„So, ich sollte langsam nach Hause. Ist es okay, wenn ich dich wieder hineinbringe?"* Ich nicke. Er packt mich am Arm und führt mich zurück.

*„Hey, ich wünsche dir trotzdem alles Gute. Melde dich, wenn du weisst, wie es ausgeht oder wenn du wieder draussen bist."*

„Das mache ich. Vielleicht gibt es die Meldung, dass ich draussen bin, halt erst in vier oder fünf Jahren oder so."

*„Nur nicht so pessimistisch. Viel Glück auf jeden Fall."*

„Dankeschön, auch für das nette Gespräch." Er nimmt die Handschellen ab und macht die Türe zu. Ich warte noch weitere anderthalb Stunden, immer überlegend, was wohl noch in der Schlusseinvernahme kommen wird.

Ich habe - wieder einmal - Angst. Ich weiss zwar, was kommen wird, aber diese Worte dann hören zu müssen, ist nicht das Gleiche, wie nur zu wissen, dass sie eben kommen. ‚Wir werden Anklage wegen versuchter vorsätzlicher Tötung an die Fünferkammer des Strafgerichts erheben' – so wird es wohl lauten, und: ‚Bis zur Verhandlung werden Sie zumindest in Sicherheitshaft bleiben. Wann die Verhandlung stattfindet, entscheidet dann das Gericht'. Bei solchen Sätzen zog mir schon als Auditorin ein kalter Schauer über den Rücken, und das, obwohl ich eigentlich unbeteiligt war. Nicht, dass ich solche Sätze tagtäglich gehört hätte. Es waren drei Fälle. Alle drei im selben Verfahren. Ich war die Protokollführerin und hatte die Gelegenheit, in die Gesichter der Beschuldigten zu schauen, während Angela die entsprechenden Passagen vorlas. Ich habe mich dann immer gefragt, wie sich der Beschuldigte wohl fühlen muss. Nun werde ich es wohl oder übel am eigenen Leib erfahren. Meine Nervosität steigt. Es wird mir auch wieder unwohl. Was diese kleinen, verdammten Zellen doch für eine Wirkung bei mir entfalten...

Die Türe öffnet sich und ich werde in einen dieser kleinen Transportbusse im Keller geführt. Ich werde auf dem Rücksitz angeschnallt. Die Fahrt dauert nicht lange. Zum Glück, denn die Handschellen schneiden diesmal ganz schön fest in die Haut. Der Bus hält unten beim Gefängniseingang, dort, wo sie mich auch abgeholt hatten. Der Weg führt die Strasse entlang und eine Treppe nach oben bis zum Polizeiposten. Herr Frei ist ganz unerwartet schon da. Für einmal ist er pünktlich. Er begrüsst mich freundlich und wir werden in ein Büro des Polizeipostens geführt. Ein Polizist bleibt in einer Ecke des Büros stehen und passt auf, dass ich nicht abhaue. Das wurde zu Beginn des Verfahrens noch nicht so streng gehandhabt. Bevor wir uns hinsetzen, werden mir Gott sei Dank die Handschellen abgenommen. Ich reibe mir die Handgelenke, um die Durchblutung etwas anzukurbeln.

*„So, Frau Eitzner. Wie geht's uns denn?"*

„Eigentlich gut, aber ich bin doch etwas nervös."

*„Wieso denn? Das Verfahrensende kommt scheinbar doch schneller als erwartet."*

„Schon... Das ist auch gut. Aber wenn Sie Taktiken besprechen wollen, hat das vermutlich eher Schlechtes zu bedeuten."

*„Grundlos will ich das schon nicht besprechen, aber wegen der Befragung sollten Sie sich nicht zu viele Sorgen machen. Sie wissen doch, dass alles Wesentliche meistens vor der letzten Einvernahme passiert."* Er macht eine Pause. *„Grundsätzlich geht es heute um die Frage, ob Sie bei Ihrer Geständnisversion bleiben wollen und dabei riskieren, dass Ihre Wissenslücke als Täuschungsmanöver gewertet wird,*

*oder ob Sie die Tat, wie schon zu Beginn, ganz abstreiten wollen."* Er gibt mir Zeit um zu überlegen und fährt mit etwas weniger Wichtigem fort.

*"Wie Sie wissen, führt Frau Simoncetti die Einvernahme durch. Ich war noch nie bei ihr und weiss daher auch nicht, wie sie so ist. Da haben Sie wohl grössere Erfahrungswerte."*

"So wie ich sie einschätze, kann sie ziemlich hartnäckig sein."

*"Das können Sie ja auch gut, ich durfte das ja auch bereits erfahren."* rutscht es Frei raus. Er macht offensichtlich eine Anspielung auf den Fall bei der Juga. Sein 17-jähriger Mandant hatte sich nach einigen, ziemlich detaillierten Fragen in Widersprüche verwickelt. Nach einigem Herumhacken auf diesen gestand er schliesslich.

"He! Soll ich das jetzt als Kompliment oder als Beleidigung auffassen?" Er lacht.

*"Als Kompliment. Sie machen Ihre Arbeit, für die wenige Erfahrung die Sie haben, sehr gut. Sie waren auch immer korrekt im Umgang. Und eine gewisse ,Ekelhaftigkeit', oder wie Sie das selber nennen wollen, ist in diesem Beruf durchaus von Vorteil. Wenn man nicht auf dieser Seite sitzen muss, wo Sie sich derzeit befinden."* Wie witzig... Aber ein Kompliment tut auch mal gut.

*"Sie kennen Frau Simoncetti?"*

"Ja, aber eher als Chefin, nicht als Person, welche mich anklagen wird."

*"Muss merkwürdig sein."*

"Mehr als das. Als Anklägerin kenne ich sie nur von drei Schlusseinvernahmen, wo ich als Protokollführerin dabei war. Und bei diesen hätte ich nicht auf dem Stuhl der Beschuldigten sitzen wollen."

*„Da haben Sie diesmal keine grosse Wahl."* Ein ganz kleines Lächeln huscht über sein Gesicht.

„Ich weiss. Was sagt eigentlich das Gutachten aus? Dieses müsste inzwischen erstellt sein, oder?"

*„Das Gleiche wie das Vorabgutachten. Der Gutachter bestätigt zwar, dass ihre Tante schizophren ist, sagt aber auch, dass ihre Aussagen durchaus als glaubhaft qualifiziert werden können – bis auf solche kleinen Sachen, wie dass sie der Mafia angehören oder ähnlich. Da lässt sich nichts machen. Deswegen habe ich Ihnen auch mitgeteilt, dass es zur Anklage kommen wird. Was vermutlich auch sonst geschehen wäre."*

„Was würden Sie denn machen? Ein Geständnis ablegen oder bei der Wahrheit bleiben?"

*„Ich würde bei der Wahrheit bleiben und sagen, dass der Druck in der U-Haft zu gross geworden sei und Sie deswegen versucht haben, durch ein Geständnis rauszukommen. Das stimmt ja auch."* Da hat er Recht. Die Theorie, dass die U-Haft die Geständnisbereitschaft erhöhen soll, wurde also wieder einmal bestätigt.

*„Beide Versionen führen aber so gut wie sicher zu einem Urteil gegen Sie – und das strafmildernde Element des Geständnisses ist wieder futsch. Obwohl das Geständnis ohnehin etwas spät gekommen wäre. Sie müssten aber nichts zugeben, was Sie nicht begangen haben."*

„Okay, dann werde ich das wohl so tun."

*„Es könnte dann aber eine recht mühsame Schlusseinvernahme werden, da die Staatsanwältin sicher darauf hinweisen und mehrmals nachfragen wird."*

„Da muss ich einfach durch." Leichter gesagt als getan.

*„Die Aussage könnten Sie natürlich auch verweigern. Aber das ist nicht ihr Stil, oder?"* Ich schüttle den Kopf. *„Was ich aber empfehlen würde, ist, dass Sie alle Aussagen zu einem allfälligen Motiv verweigern. Damit können Sie sich höchstens selbst ein Ei legen."* Meint er jetzt, dass ich mich in einen Mord reinreiten könnte? Das wäre wohl das einzige ‚Ei', welches ich mir noch legen könnte.

Herr Frei schaut zum Polizisten. *„Rauchen Sie?"* fragt er ihn. Er bejaht.

*„Können wir schnell eine rauchen gehen?"* Ich bin nicht das einzige Suchtpaket hier.

*„Ich schaue schnell, ob noch ein Kollege hier ist, der uns begleiten könnte."* Er öffnet die Türe, schaut nach draussen, murmelt kurz etwas und kommt zu mir.

*„Okay, aber nur gefesselt."* Na gut, ich strecke ihm meine Arme entgegen. Zu viert geht es vor die Türe, vor den Haupteingang. Wir bleiben aber direkt beim Eingang stehen, so dass man uns von oben nicht sieht. Herr Frei spendiert mir eine Zigarette.

*„So, dann geht es jetzt dem Ende entgegen..."* meint er beiläufig.

„Zum Glück, egal, wie es ausgeht. Ich möchte langsam aber schon, dass es endlich vorbei ist."

*„Und wie ist das Gefühl, auf der anderen Seite stehen zu müssen?"*

„Nicht gut. Ich habe mich zwar immer gefragt, wie es für denjenigen ist, der vis-à-vis des Tisches sitzt, aber in dieser Art und Weise hätte ich das nicht erfahren müssen."

*„Es ist aber sicher eine nützliche Erfahrung, wenn man nachher weiter in diesem Bereich tätig ist."*

„Mit Betonung auf ‚wenn'. Ich werde doch nie mehr einen solchen Job bekommen. Und selbst wenn, hätte diese nützliche Erfahrung etwas kürzer ausfallen können. Das hätte für einen genügenden Einblick allemal gereicht." Alle drei beginnen zu lachen. Ich weiss zwar nicht, wie das jetzt rübergekommen ist, aber es muss lustig geklungen haben.

*„Die Hoffnung stirbt zuletzt. Noch ist nichts entschieden, kein Urteil gesprochen, nichts rechtskräftig. Im schlimmsten Fall geht es bis vors Bundesgericht."* Jetzt schmunzle ich. Dieser Gedanke ist eigentlich absurd.

„Bis dahin sind die vier bis fünf Jahre ohnehin rum und ich wäre wieder draussen." Na ja, ganz so lange dauert es sicher nicht. Zwei Jahre könnten es aber schon sein.

*„Stimmt schon. Aber es macht doch einen Unterschied, ob Sie als Verurteilte oder Unschuldige draussen sind."* Stimmt. Andrerseits ist eingesperrt erst mal eingesperrt. Aber es gäbe sicher eine schöne Haftentschädigung.

*„Schauen wir einmal, wie es heute läuft."* Wir gehen wieder zurück. Frei meint, dass er dann um 14.00 Uhr wieder da ist. Ich werde in die Postenzelle gebracht. Nach kurzer Zeit wird ein Mittagessen geliefert. Ich kann aber nichts essen, da mich der heutige Tag emotional wohl mehr mitnimmt, als ich zugeben möchte. Wenigstens sind die Polizisten hier nett. Ich werde nach dem nicht gegessenen Essen noch einmal nach draussen gebracht, wo ich nochmal meine Nikotinsucht befriedigen kann. Zum Glück begegne ich keinem, den ich kenne. Ich will nicht zur Einvernahme. Ich will ihnen nicht begegnen. Irgendwie schäme ich mich, möchte nicht als Ausstellungsobjekt enden. Andrerseits weiss ich, dass ich nichts getan habe. Ich brauche mich für nichts zu schämen. Ich kann mir auch nicht erklären, warum

ich mir wie ausgestellt vorkomme. Die meisten meiner Bekannten hier werden wohl eher Mitleid haben. Ich glaube eigentlich nicht, dass sie ihre schadenfreudige Ader ausleben wollen. Aber dieses Wissen hilft mir nicht weiter. Ich komme mir trotzdem wie im Zoo vor.

Da läuft mir doch noch Thomas entgegen. Ich freue mich trotz allem sehr, ihn zu sehen. Auch wir haben uns seit Monaten nicht gesehen. Ihm huscht ein Lächeln übers Gesicht, welches sich aber schnell in eine absolut ernste Miene verwandelt.

„Hallo Thomas."

*„Hallo Nina."*

„Wie geht's?"

*„Noch gut."* Oh oh. Was soll das denn heissen?

„Bist du nachher auch dabei?"

*„Ja, aber nur als Protokollführer."* Mann, ist der kurz angebunden. Liegt da was im Busch?

„Ist was?" Er murkst irgendwie rum.

*„Nicht direkt, aber mir geht es momentan nicht so gut. Wirst es dann noch sehen."*

„Was soll das heissen?"

*„Ach nichts. Wir sehen uns ja gleich, tschüss."* Damit verschwindet er.

Ich werde noch für etwa 20 Minuten in die Zelle verfrachtet und mache mich dort verrückt. Was wollte er mir da sagen? Wollte er mir überhaupt etwas sagen? Was ist mit ihm los?

Irgendetwas muss mit der Einvernahme sein. Er hat sie sicher gesehen und konnte noch Fragen einbringen. Was kann denn jetzt noch kommen? Vermutlich ist es nichts.

Ich werde ins benachbarte Gebäude geführt und dann nach rechts in Richtung von Angelas Büro. Alle Türen sind geschlossen. War sicher eine Anweisung, damit ich mich nicht so blossgestellt fühle. Auch wenn Einvernahmen anstehen, sind ansonsten alle Türen offen. Andrerseits kann ich mir vorstellen, dass alle Mitarbeiter nachher andauernd an ihren PCs im internen System hängen und die Einvernahme fleissig mitlesen sobald sie wieder zwischengespeichert wird. Oder auch nicht. Ich sollte nicht immer Schlechtes über die Menschen denken. Allerdings haben wir es bei der Juga auch häufig so gemacht, wenigstens die Auditoren. Von daher ist die Idee mit den geschlossenen Türen nett, aber ich befinde mich nicht weniger auf dem Präsentierteller. Aber es ist mir trotzdem lieber, als dass ich an allen vorbeilaufen muss. Als ich ins Büro trete sind Thomas, Angela und die meine Nachfolgerin da. Angela reicht mir die Hand und beginnt ohne grosse Umschweife:

*„Frau Eitzner, Grüezi. Macht es Ihnen etwas aus, wenn unsere Auditorin teilnimmt?"* Oh Shit, sie hat auf ganz professionell umgeschaltet. Seit wann siezt sie mich? Man merkt ihr nicht einmal an, dass wir uns kennen. Irgendwie bewundernswert. Ob es im Inneren auch so aussieht?

„Nein, das macht mir nichts aus." Ich setze mich hin. Thomas scheint sich auch wieder etwas gefangen zu haben.

*„Wir warten noch auf Ihren Verteidiger."* Der Polizist verzieht sich nach hinten, ohne mir die Handschellen abzunehmen.

„Wär's vielleicht möglich?" Ich strecke Angela meine Arme entgegen. Sie schüttelt den Kopf und beisst sich auf die Unterlippe. Was zum Teufel soll denn das? Ich sehe Thomas an. Er vermeidet den Blickkontakt und versteckt sich hinter dem Bildschirm. Angela setzt sich hin. Sie hat mich – ausser beim Bewerbungsgespräch – noch nie gesiezt. Das macht mich nervös. Vermutlich möchte sie als Anklägerin Distanz schaffen. Das muss schon sein. Sonst kann man mit der Situation glaube ich nicht umgehen. Aber warum ich in Handschellen hier sitzen muss, sehe ich nicht ein. Soll der Druck noch einmal erhöht werden? Wenn das der Plan ist, geht er auf. Aber was wäre der tiefere Sinn dahinter? Sie hat doch überhaupt keinen Grund dazu? Diese Massnahme ist doch nie und nimmer angemessen. Ein Polizist steht hinten und sichert ab. Schon das ist ungewöhnlich. Ich bin glaube ich nicht besonders gewalttätig. Mal abgesehen vom Vorwurf im Verfahren und meinem Ausraster am Ende der ersten Woche in U-Haft. Wenn man das betrachtet, bin ich es wohl doch. Jedenfalls hat es keinen Sinn, zu viel darüber nachzudenken. Alle warten schweigend. Angelas Mimik ist nicht zu deuten. Sie blättert die Akten anscheinend ziellos durch. Thomas scheint hinter dem Bildschirm verschwunden zu sein. Es ist absolut still. Manchmal hört man draussen ein Telefon klingeln. Jemand läuft an der Türe vorbei. Die Auditorin starrt mich an. Mittlerweile scheint sie etwas routinierter zu sein, wirkt weniger nervös als zu Beginn. Es ist schon merkwürdig. Vor nicht allzu langer Zeit habe ich hier noch gearbeitet. Mir gegenüber sitzt doch eigentlich meine Chefin, neben ihr ein Kollege. Dann wäre da noch meine Nachfolgerin. Strange. Es ist doch alles anders, als es scheint.

Unendlich scheinende zehn Minuten später trifft auch Frei ein. Wie immer mit Verspätung. Alle begrüssen sich, Frei setzt sich nach hinten und es kann losgehen. Nach den anfänglichen Standardfragen geht es aber schnell richtig los:

*„Frau Eitzner, ich werde Ihnen noch einmal die einzelnen Beweise vorhalten. Sie können sich dann - wenn Sie wollen - noch einmal dazu äussern. Also: wir hätten da eine Waffe, eine Jacke und Handschuhe. An den Handschuhen und an der Jacke ist Ihre DNA sichergestellt worden. An beiden hat*

*es Schmauchspuren von der Schussabgabe. Die Kugel aus dieser Waffe, einer Glock 25, ist nicht weit von den Schienen im Bahnhof sichergestellt worden. An dieser Kugel befindet sich das Blut des Opfers und die Kugel wurde mit dieser Waffe abgefeuert. Die Waffe, die Jacke und die Handschuhe wurden auf Ihrem Balkon gefunden, dies einen Tag nach der Tat. Wie äussern Sie sich hierzu?"*

Sie spricht klar und deutlich. Und mit einer unglaublichen Bestimmtheit. Keine zittrige Stimme, keine Unsicherheit, kein Zweifel. Nur schon die in den letzten Sätzen genannten Beweise werden mich für längere Zeit hinter schwedische Gardinen bringen. Und Angela trägt mir das mit einer wirklich bewundernswerten Distanz vor. Ich könnte das nicht.

„Ich habe nichts getan. Jemand will mir etwas anhängen."
Ich versuche meine Stimme so gut es geht unter Kontrolle zu halten. Sie schaut kurz erstaunt.

*„Beim letzten Mal haben Sie gesagt, dass Sie es gewesen seien."* Keine Frage, eine Feststellung.

„Ja, ich weiss, aber ich wollte aus der Haft. Ich wollte da raus, darum habe ich ein falsches Geständnis abgelegt. Ich wollte diesen Psychoterror um jeden Preis beenden."

Ich versuche, die Ratschläge meines Anwalts so gut es geht zu befolgen. Dabei wäre es aber sehr hilfreich zu wissen, worauf das Gegenüber hinaus will. Thomas konnte ich noch ziemlich gut einschätzen, aber bei Angela, welche mich anscheinend nicht mehr kennen will, schaffe ich das nicht. Vermutlich geht es aber einzig und allein noch darum, dass ich zu allem noch etwas sagen kann.

*„Und warum haben Sie Ihre Meinung jetzt geändert?"*

„Ich will einfach nichts eingestehen, was ich nicht getan habe."

*„Warum haben Sie es dann letztes Mal getan?"* Das habe ich doch gerade gesagt!

„Ich habe keinen Ausweg mehr gesehen und habe mir gedacht, dass ich so am besten wegkomme. Dass diese ewigen Fragen endlich aufhören."

*„Vorher haben Sie gerade gesagt, dass Sie – Ihrer Aussage folgend – ein falsches Geständnis abgelegt haben, um aus der Haft entlassen zu werden. Sie als ausgebildete Juristin wissen aber ganz genau, dass man nicht aus der Haft entlassen wird, wenn man ein Tötungsdelikt – oder auch nur einen Versuch davon – eingesteht. Oder?"*

„So war das nicht gemeint..."

*„Wie denn?"* Sie nervt, hakt extrem nach. Aber wieso?

„Ich habe das so gemeint, dass ich meine Situation verbessern wollte. Dass ich weg aus der U-Haft, in den vorzeitigen Vollzug kann. Ich weiss, dass es dort angenehmer ist."

Thomas tippt sich die Finger wund.

*„Den vorzeitigen Vollzug hätten Sie auch ohne Geständnis beantragen können."*

„Ich weiss." Ich rede mich um Kopf und Kragen. Die Chancen auf den vorzeitigen Strafvollzug liegen ohne Geständnis aber erfahrungsgemäss ziemlich nah bei Null.

*„Sie wollten Ihre Situation also verbessern. Inwiefern?"*

„Dass ich einen angenehmeren Vollzug habe. Dass es Erleichterungen gibt. So habe ich das gemeint."

*„Sie ziehen ihr Geständnis also wieder zurück?"* Na ja, eine Aussage zurückziehen ist eigentlich so nicht möglich.

„Ja."

*„Ein Geständnis verbessert die Situation aber auch. Zumindest kann es einen Einfluss auf die Strafzumessung haben."*

„Ich weiss, ich kann aber nichts zugeben, was ich nicht getan habe."

*„Einmal haben Sie das aber bereits getan... Und Sie wissen auch, dass man ein abgelegtes Geständnis nicht einfach so wieder zurückziehen kann. Zumindest nicht, ohne einen ganz schalen Beigeschmack zu hinterlassen. Was meinen Sie dazu?"* Was ist denn bitte ihr Ziel? Will sie mir helfen oder in die Pfanne hauen?

„Ich möchte mich dazu nicht mehr weiter äussern." Ich breche das lieber ab bevor ich ein Eigentor schiesse, wenn ich das nicht schon getan habe.

*„Gut, kommen wir also zum nächsten Thema: Wir haben sechs Aussagen, dass eine Person in einer braunen Jacke davon gerannt ist, nachdem Ihre Tante auf den Gleisen gelegen ist."*

„Kann sein, aber ich war nicht die Person in der braunen Jacke." Nur nicht aufregen, ganz ruhig bleiben. Bisher klappt das erstaunlich gut.

*„Okay. Dann hätten wir auch noch ein Video mit einer Person in einer braunen Jacke. Gemäss Gutachten hat die Person auf dem Video ungefähr dieselbe Grösse und dasselbe Gewicht wie Sie. Die Jacke, welche auf Ihrem Balkon gefunden wurde, stimmt mit der auf dem Video überein."*

„Das war ich aber nicht." Sie bohrt nicht weiter... interessant. Es ist aber auch nicht wirklich notwendig.

*„Gut. Zu guter Letzt hätten wir dann auch noch die Aussagen des Opfers, welches ganz klar Sie als Täterin benennt. Welches ganz klar aussagt, dass Sie es angeschossen und unter den Zug geschubst hätten."*

Wie kann Ingrid nur das mit mir machen?

„Diese verdammte Frau! Sie lügt! Ich war das nicht, verdammt noch mal!"

Meine Emotionen fahren wieder hoch. Bitte nicht. Ich kann mich aber nicht dagegen wehren.

„Ich hasse diese Frau, ich hasse sie wirklich abgrundtief, aber ich habe nicht versucht, sie umzubringen. Es wäre schön, wäre sie tot, echt! Sie hat meine ganze Familie zerstört, meine Mutter, meine Cousine, sie hätte den Tod dafür verdient!"

Das war jetzt wirklich Scheisse. So schnell bringt man mich also auf die Palme. Man braucht nur diese Frau zu erwähnen. Thomas zuckt zusammen, schreibt aber alles fleissig auf. Angela scheint weiter ein Eisblock zu sein. Das hätte ich doch lieber nicht gesagt. Herr Frei räuspert sich im Hintergrund. Soviel zum Befolgen der Ratschläge, keine Aussage zum Motiv zu machen... Meine letzten Sätze gehen wohl ganz gewaltig nach hinten los.

„Wollen Sie den letzten Satz noch etwas ausführen?" Sie schaut mich ausdruckslos an.

„Nein, ich habe nichts getan, auch wenn ich sie hasse."

„Kennen Sie die Handynummer 073 952 23 25?" Das ist jetzt aber ein Themawechsel.

„Nein." Ich werde augenblicklich wieder ruhiger.

„Von dieser Nummer wurde ein SMS an das Opfer gesendet, welche es hierhin gelockt hat."

„Ich kenne diese Nummer nicht. Ich habe keine SMS geschrieben. Das ist auch nicht meine Nummer."

*„Das wissen wir. Jedenfalls ist diese Nummer nicht auf Ih-
ren Namen registriert. Wir haben die Nummer überprüft.
Sie stammt von einer uralten, nicht registrierten SIM-
Karte. Mit Ihrer Nummer stimmt sie nicht überein. Wir haben auch Ihr beschlagnahmtes Handy ausgewertet, ohne Ergebnis. Theoretisch könnten Sie aber auch noch eine zweite
SIM-Karte und ein zweites Handy besitzen."*

Wenigstens etwas.

*„Ausserdem gibt es noch diverse Aussagen verschiedenster
Personen, welche Ihr Verhältnis zum Opfer als sehr
schlecht beschreiben."*

„Ich habe ja nie abgestritten, dass wir uns nicht besonders
gut verstehen."

*„Wollen Sie noch etwas anfügen?"* War das bereits die
ganze Schlusseinvernahme?

„Nein."

Angela macht eine Pause und denkt nach. Presst die Lippen
zusammen. Sie sieht Thomas an und zeigt kurz auf seinen
Bildschirm. Es soll also in die gezeigte Richtung gehen. Er
löscht wohl einen vorbereiteten Teil der Einvernahme und
schaut zum ersten Mal in meine Richtung. Seine Augen glän-
zen, aber nicht vor Freude. Zum ersten Mal scheint auch er
nervös zu sein.

*„Haben Sie Ergänzungsfragen?"* fragt sie noch in Richtung
Frei. Er schüttelt den Kopf. Auch ihm scheint Übles zu
schwanen, er macht für seine Verhältnisse jedenfalls einen
ganz unruhigen Eindruck.

*„Also, die Ermittlungen sind von unserer Seite aus abge-
schlossen. Wir werden Anklage an das Fünfergericht erheben, und zwar wegen versuchten Mordes."* Sie atmet tief

durch. Zum ersten Mal huscht so etwas wie eine Emotion über ihr Gesicht.

Habe ich das jetzt richtig gehört? Mord?

„Mord?"

*„Ja. Willst du dich dazu äussern?"*

Ich bin sprachlos. Mord? Mir wird fast schwarz vor Augen. Das kann sie doch nicht mit mir machen...

„Das geht doch nicht, ich habe nichts getan! Wieso glaubt mir niemand?" schreie ich.

Ich stehe auf und schlage mit beiden Händen auf das Pult, dabei schlagen die Handschellen auf und lassen eine Kerbe zurück. Der Stuhl fliegt nach hinten weg. Ich mache einen Schritt in ihre Richtung. Der Polizist ist blitzartig bei mir und hält mich fest, auch Thomas steht bereits.

*„Hinsetzen!"* kommt es ziemlich scharf von Angela. Herr Frei stellt den Stuhl zurück. Ich setze mich hin und schaue sie verzweifelt an. Der Polizist hält mich weiter an Schulter und Arm fest.

*„Wir qualifizieren diese Handlung als versuchten Mord. Es sind Mordmerkmale erfüllt. Nur weil wir das aber so anklagen, muss das noch nicht bedeuten, dass das Gericht es auch so qualifiziert."*

Ich weiss nicht, was ich noch sagen kann. Ich hatte ja mit vielem gerechnet. Aber dass aus einer versuchten vorsätzlichen Tötung nun ein versuchter Mord wird? Damit erhöht sich auch der theoretisch mögliche Strafrahmen beträchtlich. Ich bin psychisch am Ende.

„Mord... Die Mindeststrafdrohung für das vollendete Delikt beträgt da 10 Jahre. Und es geht bis lebenslänglich." Bis lebenslänglich... Ich verzweifle gerade. Ab jetzt sprechen

wir eher über eine zwei- als über eine einstellige Freiheitsstrafe.

„Das ist so." sagt sie ganz trocken hinterher. „Das musst du
aber je nachdem auf die eigene Kappe nehmen." Wenigstens hat sie mich ein-, zweimal geduzt.

„Ich war es aber nicht. Echt." Thomas schreibt nicht mehr
mit, er druckt bereits die Einvernahme aus. Der Polizist
lässt mich los und tritt einen Schritt nach hinten.

„Dass das stimmen könnte habe ich von verschiedenen Seiten gehört. Aber es ist so eindeutig, dass wir es einfach so
anklagen müssen. Ich kann das unmöglich einstellen. Wenn
man den Fall so anschaut, sind auch eindeutig Mordmerkmale erfüllt. Das ist einfach so."

„Was glaubst du persönlich? Oder Sie? Oder wie auch immer..."

„Grundsätzlich glaube ich den Einschätzungen meiner Kollegen schon. Aber es sieht nach Aktenlage wirklich so aus,
als wärst du es gewesen. Aus diesem Grund werde ich auch
eine Anklage wie jede andere schreiben und diese auch wie
jede andere vor Gericht vertreten. Es gibt in diesem Punkt
keinen Unterschied zu anderen Fällen, das bin ich den anderen auch schuldig. Das Gericht soll dann entscheiden."
Sie macht eine längere Pause. „Aber auch ich habe meine
Zweifel, kenne dich ja auch schon ein Weilchen."

„Mord ist schon heftig." kommt der Kommentar von hinten.
„Aber Ihr letzter Satz klang schon ziemlich nach Rache. Das
wird Ihnen möglicherweise zum Verhängnis. Ich hatte doch
gesagt, dass Sie die Klappe halten sollten." Wenn das nur
immer so einfach wäre. Die Kraft der Emotionen wird teilweise einfach unterschätzt. Sich in solchen Situationen so
beherrschen zu können, ist eine Kunst. Jedenfalls für mich.
Und Frei analysiert alles wie immer mit kühlem Verstand
und bringt das Resultat in direkten Sätzen zum Ausdruck.

Ich hätte die Klappe halten sollen, ganz einfach. Vielleicht wäre es aber auch dann zu einer Mordanklage gekommen. Das wissen wohl nur Angela und Thomas.

„Was willst du denn beantragen?" frage ich sie schon fast flehend. Ich weiss, dass sie sich schon Gedanken dazu gemacht hat. Das macht man sich schon zu Beginn des Verfahrens. Ob sie es aber sagen wird? Wohl eher nicht.

*„Bist du sicher, dass du es wissen willst?"* Diese Frage hatte Thomas ja auch schon gestellt. Aber erfahren werde ich es ja sowieso. Spätestens anlässlich der Verhandlung.

„Bei einem Strafrahmen von sechs Monaten bis lebenslänglich würde mich das schon interessieren."

*„Ich denke hier an einen Antrag von ungefähr elf Jahren. Einerseits ist es fast schon ein doppelter Tötungsversuch, Schiessen und Stossen, andererseits ist das Opfer nicht so schwer verletzt. Dass man aber unter den untersten Rahmen des vollendeten Delikts gehen sollte, sehe ich nicht ein. Wenn man weiss, dass du seit Jahren in der Deutschschweiz wohnst, sie eine halbe Ewigkeit nicht gesehen hast, sie dann auf diese Art und Weise hierhin lockst und sie dann so hinterhältig um die Ecke zu bringen versuchst, ist das schon ziemlich skrupellos."*

So hatte ich das noch nicht gesehen. Das stimmt schon, wenn man es so anschaut. Eine so ehrliche Antwort habe ich nicht erwartet. Sie scheint wohl doch nicht so viel Distanz zu haben, wie es zu Beginn den Anschein hatte. Ihre Worte muss ich jetzt aber erst mal verarbeiten. Elf Jahre wären eine verdammt lange Zeit... Immerhin lässt sie mir jetzt die Handschellen abnehmen.

„Wofür waren die eigentlich?"

*„Ich hatte etwas Angst vor deiner Reaktion auf eine allfällige Mordanklage. Deine kleine Eskapade in der U-Haft hat*

*mich dazu gebracht. Nicht völlig unbegründet, wie sich gezeigt hat. Eine bleibende Erinnerung an dich hast du auf meinem Pult ja hinterlassen. Nun bist du ja aber wieder einigermassen ruhig."*

Es folgt eine kurze Pause. Ich überfliege das Protokoll kurz. Mein Ausraster ist leider drin. Auch der Satz über das *gewünschte* Ableben steht haarklein so im Protokoll. Leider.

*„Darf ich dir einen Kaffee anbieten? Ein ganz normaler 08/15-Fall bist du eben trotzdem nicht."*

Ich nicke. Sie verlässt den Raum. Dass sie dabei nicht gegen eine Mauer aus Angestellten vor der Tür rennt, erstaunt mich schon fast. Ich schaue zu Thomas. Der hat bisher noch kein Wort gesagt und sitzt immer noch hinter dem PC.

„Hey Thomas. Wie geht's?"

Ich bin schon wieder erstaunlich gefasst. Bin von mir selber überrascht. Es ist wohl vorbei. Ändern kann ich nichts mehr. Aber der Grundsatz, dass alles bereits vor der Schlusseinvernahme gelaufen ist, trifft in meinem Fall nicht zu. Die Verfahrensnummer GB 14 112/TG hätte also doch von Beginn weg gepasst.

*„Ich weiss nicht. Ich fühle mich irgendwie schuldig, habe Zweifel an meiner Arbeit."*

„Diese musst du ganz sicher nicht haben. Du hast alles getan, was du konntest. Du bist ganz sicher nicht schuld an diesem... ja, wie soll ich es nennen... Desaster? Dir mache ich als letztes einen Vorwurf. Du kannst nichts dafür."

*„Sicher?"*

„Ganz sicher." Ich weiss nicht, wer momentan schlechter ausschaut. Ich bin zu meinem Erstaunen völlig ruhig und entspannt. „Hat dich die Mordanklage so bedrückt?"

Er nickt. In diesem Moment kommt Angela mit dem Kaffee zurück.

*„Mit viel Milch, oder?"* Die hat aber ein Gedächtnis. Auch für Frei ist ein Kaffee dabei. Wir setzen und hinten an den Tisch zu Frei. Nur die Auditorin scheint nicht so ganz ins Bild zu passen. Frei hat inzwischen die Einvernahme unterschrieben. Allzu lang ist sie ja nicht ausgefallen. Wenn er das tut, kann ich das wohl auch. Ich unterzeichne sie und lege sie auf das Pult.

*„Und wie geht's dir, wenn wir schon beim Thema sind?"* fragt Thomas zurück.

„Ich kann es dir beim besten Willen nicht sagen. Weiss nicht. Ich habe ja gewusst, dass es zu einer Anklage kommen wird, aber wegen versuchten Mordes? Ich weiss auch so ungefähr, wie es um mich steht, und wie das im Normalfall endet. Aber ich glaube irgendwie immer noch, dass sich das aufklärt. Oder ich hoffe es. Ich muss es hoffen."

Ich mache eine Pause. Es herrscht absolute Ruhe.

„Die Vorstellung, dass ich für ungefähr sechs Jahre für etwas ins Gefängnis muss, was ich nicht getan habe, ist trotzdem nicht gerade schön."

*„Wenn es stimmt, dass du nichts getan hast, muss diese Vorstellung unerträglich sein. Und dann sind die sechs Jahre auch noch optimistisch gerechnet."* fügt Angela an.

„Das ist mit einer bedingten Entlassung nach zwei Dritteln gerechnet, und ohne Anrechnung der U-Haft, aber ja…"

Thomas meldet sich jetzt doch noch zu Wort: *„Das ist eben genau das Problem, welches ich auch habe. Die Vorstellung, dass ich eine Unschuldige für mehrere Jahre in den Knast gebracht habe, ist auch nicht schöner. Wie Angela das sieht, weiss ich nicht."*

*„Ganz genau so. Dein Verteidiger ist wohl der Einzige, der bei dieser Konstellation gut wegkommt."* Er lächelt. Da hat sie nicht Unrecht. Er ist der einzige, welcher seine Arbeit ohne Konflikt machen kann. Es ist aber schön zu wissen, dass ich meine Bekannten sozusagen gedanklich auf meiner Seite habe.

*„Nina, es gäbe da noch ein paar Leute, welche gerne mit dir sprechen würden. Du musst aber nicht, wenn du nicht willst. Wir könnten das aber schnell und ganz inoffiziell arrangieren."*

*„Wer denn?"*

*„Erika, Mirjam, zwei Staatsanwälte und die beiden Polizisten von nebenan. Je 10 Minuten könnten wir investieren bevor du zurück musst. Das würde eine Stunde für dich ergeben. Diese Zeit bleibt uns noch knapp. Alternativ müsste ich dich in der Zelle auf dem Polizeiposten auf den Transport warten lassen."*

Angelas Angebot mit den Gesprächen schlage ich natürlich nicht aus. Obwohl ich mir noch immer unschlüssig bin, ob ich es wirklich will. Herr Frei verabschiedet sich derweil und verspricht, mich vor der Hauptverhandlung noch einmal zu besuchen, um es nochmal zu besprechen. Ich soll mir auch meine Gedanken dazu machen. Die Auditorin und Thomas gehen auch. Thomas verspricht, an die Hauptverhandlung zu kommen. Das sollte wohl eine Aufmunterung sein.

*„Ich gehe schnell Erika holen. Der nette Polizist bleibt aber die ganze Zeit hier. Es käme nicht so gut an, wenn du aus meinem Büro abhauen würdest."*

Kurze Zeit später betritt Erika ganz schüchtern das Büro.

*„Hey Nina. Wie geht's?"*

„Geht so. Schön, dich wiederzusehen."

*„Ich habe es mitgelesen, es tut mir so leid für dich. Aber etwas laut bist du schon geworden."*

„Echt?"

In dieser Art und Weise eines Frage- und Antwortspiels ohne wirkliche Tiefe geht das Gespräch weiter, über die Erfahrungen im Gefängnis über die Gerüchte bei der Stawa und wer welche Ansicht hat und so weiter und so fort. Ich bin den Tränen nah. Es ist schön, die bekannten Gesichter wieder zu sehen. Mit all den Leuten zu reden, die mir ans Herz gewachsen sind. Auf der anderen Seite ist es aber auch schwierig, da man sich fast schon rechtfertigen muss. Nach 10 Minuten bringt Angela Mirjam vorbei. Sie steht schon mit Tränen in den Augen vor der Türe, also kann man sich vorstellen, wie das ganze Gespräch verläuft. Wir hatten hier die engste Freundschaft. Zum Abschied umarmen wir uns noch kurz. Der erste Staatsanwalt versucht, mich aufzubauen und mich wieder „tränenfrei" zu bekommen. Dies schafft er auch, der zweite macht seine Arbeit aber gleich wieder zunichte. Seine immer aufgestellte Art ist zwar eine schöne Sache, zieht mich aber irgendwie runter. Warum, weiss ich nicht. Er ist der Einzige, der sich bedankt, dass ich nicht ihn für diesen undankbaren Job ausgesucht habe. Auch ist er der einzige, der erzählt, wie Thomas sich fühlt und was er ihm erzählt hat. Die beiden Polizisten kommen gemeinsam. Bisher wusste ich nicht, dass sie die Hausdurchsuchung durchgeführt hatten, es war aber offenbar so. Sie meinen, sich dafür entschuldigen zu müssen. Ich erinnere mich kurz zurück und merke, dass sie an diesem besagten Morgen nicht da waren, als ich ankam. Und eigentlich waren sie immer früher als ich da. Auch die Zeit mit ihnen ist viel zu schnell vorüber. Auch sie haben Zweifel, dass ich etwas gemacht habe. Sie hätten zwar die Waffe mit eigenen Augen gesehen und auch die Kleider gefunden, aber etwas daran könne nicht stimmen. Das passe nicht zu mir, und ihr

Gefühl täusche sie selten. Mit ihrer Erfahrung, zusammen etwa 45 Jahre, werden sie das wohl beurteilen können. Obwohl es sehr gefährlich sein kann, sich auf das Gefühl verlassen zu wollen.

Angela betritt zusammen mit Daniel den Raum, als die Zeit um ist. Mit Daniel hatte ich nicht gerechnet. Er hat die Ehre, mich nach unten zu begleiten und auf den Transport nach Hindelbank zu warten.

*„Vor langer Zeit hatte ich ja auf etwas Anderes gehofft."* meint er, als er mir die Hand reicht.

„Nicht nur du."

*„Nina?"* wendet sich Angela noch an mich.

„Ja?"

*„Egal, wie die Sache ausgehen mag. Es ist nicht so, dass ich diese Anklage gerne schreibe. Irgendjemand muss es einfach tun. Denk einfach daran, ja? Auch wenn ich anlässlich der Verhandlung eine relativ klare Meinung werde vertreten müssen - es ist nicht unbedingt so, dass ich persönlich dich gerne im Gefängnis sehen will."*

„Ich weiss. Teilweise ist es aber schwierig, das zu unterscheiden."

*„Ich wollte dir das einfach noch sagen. Nimm es auf jeden Fall nicht persönlich. Mach's gut Nina."*

Daniel und ich verlassen das Büro. Es sind wieder alle in ihren Büros verschwunden. Die Türen sind geschlossen.

*„Angela wird also Anklage erheben?"* sagt er, halb als Frage, halb als Feststellung formuliert.

„Was soll sie auch tun? Eigentlich hat sie keine Wahl."

Wir gehen schweigend bis hinter das Nebengebäude. Der Polizist verschwindet wieder in den Posten. Vor der Türe angekommen zünde ich mir eine Zigarette an.

*„Kannst du mir sagen, was ich glauben soll?"*

„Das musst du wissen. Du musst damit zurechtkommen."

Der Transporter fährt vor. Daniel macht einen gestressten Eindruck. Die Polizisten steigen aus und kommen zu uns.

*„Was hätte ich damals tun sollen?"* fragt Daniel, als wolle er sich rechtfertigen. Als fühle er sich schuldig, alles ins Rollen gebracht zu haben.

„Du hast alles richtig gemacht. Wie alle hier."

*„Ich wollte dich einfach noch einmal sehen, bevor..."* wie schon so viele zuvor führt auch er den Satz nicht zu Ende. Ich weiss schon, was gemeint ist. Sie wissen es alle auch, wollen es aber nicht aussprechen. Das würde ich auch nicht wollen, wenn ich an ihrer Stelle wäre.

Ich steige in den Transporter, nachdem ich Daniel tschüss gesagt habe. Es geht wieder nach Hindelbank.

Auf der Rückfahrt fühle ich mich einerseits erleichtert, dass nun fast alles vorbei ist. Andrerseits wird mir je länger je mehr bewusst, dass das Spiel für mich wohl aus ist.

Ich sollte meine Zelle in Hindelbank definitiv für längere Zeit einrichten.

Es bleibt noch ein einziger Strohhalm übrig.

# Die Zeit danach

Nach wenigen Tagen erhalte ich die Nachricht, dass Anklage erhoben wurde. Die Anklageschrift liegt bei. Sie umfasst sage und schreibe 18 Seiten. Das ist zwar nicht so viel, aber es erstaunt mich doch, wie umfangreich mein Fall anscheinend ist. Meine Kolleginnen wollen natürlich alles wissen. Wie die Schlusseinvernahme war, was in der Anklage steht, was weiter passieren wird. Ich als Juristin sollte das doch wissen. Aber viel mehr, als dass ich warten muss, bis die Verhandlung anberaumt ist, kann ich auch nicht sagen. Darüber hinaus wissen doch ausnahmslos alle hier besser als ich, was kommen wird. Schliesslich haben es alle durchlebt. Wurden alle verurteilt. Kennen alle das Prozedere selbst.

Ich muss wieder warten. Und ich weiss nicht, wie lange. Über fünf Monate sind vergangen. Der Herbst steht vor der Türe. Bei meiner Festnahme war es Anfang März, jetzt neigt sich schon der August dem Ende zu. Wenigstens weiss ich hier, was ich zu tun habe. Ich bin relativ ausgeglichen, rege mich nicht mehr so schnell auf, wie zu Beginn der U-Haft.

Trotzdem ist es nicht leicht. Es gibt keine Einvernahmen mehr, keine Unterbrüche, nur das Abwarten. Das Warten auf einen Termin, an welchem ich vor Gericht erscheinen muss. Wo ich meine Geschichte, oder eben meine Nicht-Geschichte, erzählen muss. Wo mir wahrscheinlich wieder keiner glaubt. Wo ich mich rechtfertigen muss. Wo ich erklären soll, was ich nicht erklären kann. Wo ich möglicherweise zu einem Justizopfer werde. Ich benutze diesen Begriff, obwohl ich ihn hasse.

Die erste Woche nach meinem Ausflug zur Staatsanwaltschaft geht rasch vorbei. Die zweite vergeht langsamer. Die dritte Woche scheint dann wie in Zeitlupe abzulaufen. Es zieht sich wieder. Als würde jemand vor allem am Wochenende die Stundenzeiger mit Klebstoff am Ziffernblatt festkleben. Die anfängliche Freude über Hindelbank ist längst verflogen. Eingesperrt ist halt doch eingesperrt. Es ist monoton. Sehr monoton. Wenigstens habe ich einen Job. Ohne diesen wäre es unerträglich. Und ich habe keine Ahnung, wie lange es noch dauert. Wenn ich mir aber das Worst-Case-Szenario ausmale, wird es mir nach wie vor übel. Es ist hier zwar immer noch viel besser als in U-Haft, aber eben...

Im jetzigen Zeitpunkt weiss ich wenigstens, dass ich auf einen Termin in ein paar Monaten warten muss. Nach der Verurteilung werde ich auf einen Termin in ein paar Jahren warten. Auf den Zeitpunkt der bedingten Entlassung in knapp sieben Jahren oder so. Selbst wenn Frei mein Verfahren durch alle Instanzen ziehen sollte, hätte es keinen Sinn, sich auf eine frühere Entlassung zu freuen, denn die Beweislage wäre wohl zu eindeutig.

Mirko kommt mich regelmässig besuchen, was mich extrem freut. Leider kann ich bei diesen Besuchen nicht viel über mich erzählen, da es schlichtweg nicht viel zu erzählen gibt. So erzählt er, was bei ihm so läuft, wie es mit der Arbeit läuft, was da passiert. Ich bekomme langsam Angst, dass er mich verlassen könnte. Nicht, dass ich Angst habe, dass er mir fremdgeht. Es ist vielmehr die Angst, dass er sich nach so langer Zeit von mir trennt, um sein eigenes Leben weiter leben zu können. Er kann jedenfalls nicht ewig auf mich warten. Ich würde ihm das nicht mal verübeln. Ich liebe ihn über alles, und genau deswegen möchte ich, dass er sein Leben leben kann und sich nicht nach mir richten muss. Aber bisher hält er zu mir. Hoffentlich bleibt das noch bis zur Verhandlung so. Hoffentlich kann ich danach wieder zu ihm.

Es ist jeden Tag dasselbe. Immer dieselben Gesichter, immer derselbe Tagesablauf, auf die Minute genau. Nur das Fernsehprogramm ändert von Abend zu Abend. Kein Besuch von Kollegen, kein Essen im Restaurant mit Freunden nach der Arbeit, kein Hobby ein- oder zweimal pro Woche abends. Kein Einkaufen. Festgelegte Menus. Kaum Privatsphäre. Langweilig. Tag für Tag. Wenigstens kann ich mich in die Bücherwelt flüchten. Das scheint nach wie vor die einzige Möglichkeit zu sein, diesem Ort hier zu entfliehen. Eine andere Möglichkeit besteht darin, in Erinnerungen zu schwelgen. Ich würde gerne wieder einmal um die Halbinsel bei Immensee spazieren – ein wunderschöner kleiner Pfad dem See entlang – mich an einer der zahlreichen Grillstellen hinsetzen und dem Wasser lauschen. Die Stille geniessen und einfach nur die Seele baumeln lassen. Allein sein. Doch daraus wird die nächste Zeit lang nichts werden. Hätte ich gewusst, dass ich die nächsten Jahre von Zäunen und Mauern umgeben verbringen muss, wäre ich noch spazieren gegangen. Hätte Reisen unternommen. Wäre in den Wald gegangen. Hätte meine Freiheit ganz bewusst genossen. So wurde ich mitten aus dem Leben gerissen. Vielleicht sollte man wirklich jeden Tag so leben, als sei er der letzte. Das klingt ziemlich abgedroschen. Es kann aber wirklich so sein. Das gewohnte Leben kann sich von einem Tag auf den anderen völlig verändern. Vielleicht nicht auf eine so merkwürdige Art wie bei mir jetzt. Aber es könnte auch sein, dass man morgen auf dem Fussgängerstreifen überfahren wird – was wohl wahrscheinlicher ist.

Kurze Zeit nach der Schlusseinvernahme freunde ich mich mit Sonja an. Wir haben einen sehr guten Draht zueinander. Es gibt nichts, über was wir nicht sprechen können. Sie war zwar schon hier, als ich angekommen bin, aber irgendwie waren wir bisher nicht wirklich ins Gespräch gekommen. Das hat sich mittlerweile völlig geändert. Die Freizeit am Abend verbringen wir grösstenteils zusammen, quatschen über unsere Vergangenheit und über unsere Sorgen und Probleme. Sie hat nur noch drei Monate vor sich und bereits vier Jahre hinter sich. Sie denkt derzeit häufig über die Zeit nach der Entlassung nach. Sie befindet sich in der letzten Phase des Strafvollzugs und arbeitet bereits ausserhalb der

Anstalt. Sie hat zwar bereits eine Arbeit, wenn sie entlassen wird, gleichzeitig sitzt sie aber auch auf einem Schuldenberg. Mit vielen Gläubigern habe sie Abzahlungsvereinbarungen treffen können, trotzdem werde sie die nächsten Jahre nur dafür arbeiten, um die Schulden loszuwerden. Davor habe sie wirklich Angst. Dass sie es nicht schaffen werde. Dass sie wieder hier lande.

Sie steht also da, wo ich mich in ein paar Jahren befinden werde. Am Ende der Freiheitsstrafe und vor einem riesigen Schuldenberg. Bis jetzt wurden, so viel mir bekannt ist, keine Forderungen gestellt. Aber ich werde zumindest die Verfahrenskosten tragen müssen. Diese werden, vor allem dank des Gutachtens, wohl astronomisch hoch sein. Ich habe kein Vermögen, welches ich anzapfen könnte, um diese zu bezahlen. Mir wurde zwar die unentgeltliche Rechtspflege gewährt. Frei hat ein entsprechendes Gesuch gestellt. Aber auch die übernommenen Kosten werden zurückgefordert werden, sobald ich wieder ein Einkommen habe. Also werde auch ich die ersten Jahre nach meiner Entlassung damit verbringen, Schulden abzubauen. Wenn ich denn eine Arbeit finde, welche mir ein regelmässiges Einkommen sichert.

Eines Abends werde ich aus meiner Zelle geholt und in eine unbesetzte gebracht. Sie filzen meine Zelle nach verbotenen Gegenständen. Da gibt es zwar nichts zu finden, aber mein kleines "Reich" wird auf den Kopf gestellt. Es ist ein Eingriff in all das, was ich momentan noch habe. Nach knapp einer Stunde werde ich zurückgebracht. Es ist zwar nicht sehr unordentlich, aber ich fühle mich trotzdem, als hätte jemand bei mir eingebrochen. Man hat meine Intimsphäre verletzt - irgendwie.

Ein Tag vergeht, dann der nächste und dann wieder einer.

Zwei Monate nach der Schlusseinvernahme, gegen Ende Oktober, wird der Verhandlungstermin bekannt gegeben. Am

12. Januar soll es so weit sein. In drei Monaten. Im Winter. Erst nächstes Jahr. Nach Weihnachten. Nach Neujahr. Immerhin vor meinem Geburtstag. Noch drei Monate hier. Hoffentlich nicht länger. Die Haft ist hier zwar nicht so schlimm, aber je länger das dauert, desto unerträglicher wird es auch hier. Nach der ersten U-Haft erscheint es hier wie im Paradies. Nach einer gewissen Zeit merkt man aber, dass man auch hier seiner Freiheit beraubt ist. Das ist ja auch der Sinn der Sache. Man hat zwar Freiheiten, kann sich auf einem relativ grossen Gebiet bewegen, mit Mitgefangenen reden, telefonieren, Besuche empfangen, Briefe senden. Aber man ist doch fremdbestimmt und hat kaum Privatsphäre. Die Zelle ist zwar eine Art eigener Raum, aber auch diese wird regelmässig durchsucht. Es ist kein Hotel, wie viele sagen. Definitiv nicht.

Es wäre sicher nicht dasselbe, wenn es eine Bussenumwandlung wäre. Wenn ich wüsste, dass ich nur sechs, sieben oder auch vierzehn Tage hier eingesperrt bliebe. Vielleicht würde ich die Ruhe hier beinahe geniessen. Ein Buch lesen, abschalten, schlafen. Es wäre jedenfalls viel besser auszuhalten. Aber nicht zu wissen, wie lange es noch dauert, bringt mich phasenweise fast um den Verstand. Genauso wie der Gedanke, dass es noch Jahre dauern wird. Ich will nicht, dass sich mein Leben die nächsten Jahre auf einem Gebiet mit der Grösse von ein paar Fussballfeldern abspielt. Dass sich meine Privatsphäre auf acht Quadratmeter beschränkt. Dass jeder Tag auf die Minute genau vorherbestimmt ist. Dass das einzige Fenster nach draussen ein flimmernder Kasten ist. Dass ich jahrelang nicht mehr ins Internet kann. Dass ich den technologischen Fortschritt verpasse. Dass meine Arbeit nur ein Taschengeld wert ist. Dass ich mir den Kauf jeder Tafel Schokolade gut überlegen muss. Dass mein Einkaufszentrum aus einem Raum mit 100 Artikeln besteht, wo ich einkaufen kann, was ich brauche – und nur aus diesem Raum. Dass ich die Dusche die nächsten Jahre mit zehn anderen Frauen teilen muss. Dass ich mir meine Mitbewohnerinnen nicht aussuchen kann. Dass ich kein Bad nehmen kann. Dass ich nicht wählen kann, was ich essen will. Dass ich in meiner Freizeit nicht machen kann, was ich will, sondern was mir erlaubt wird. Dass jemand, um es kurz zu sagen, in allen Belangen über mich bestimmt.

Ich will nicht eingesperrt bleiben.

Nur ist mein Wollen derzeit nebensächlich.

Nach dem ersten Schock der Inhaftierung dachte ich, dass ich mich nun aufgefangen habe. Dass ich gut mit dem eingesperrt sein umgehen kann. Ich drohe nun aber in eine Depression zu fallen. Wie soll ich die nächsten Jahre hier überleben? Und was kommt danach? Es ist alles so sinnlos. Hoffnungslos. Aussichtslos. Freudlos. Zukunftslos. Ich werde immer weiter in ein dunkles, schwarzes Loch gesogen. Und es gibt eigentlich nur eine Möglichkeit – eine ultima ratio – die nächsten Jahre nicht hier verbringen zu müssen. Noch ziehe ich diese Option nicht wirklich in Betracht. Ich weiss aber nicht, wie ich nach dem 12. Januar darüber denken werde. Wenn klar sein wird, dass noch mehrere 1000 Tage im selben Trott hier auf mich warten.

Sonja ist mir in dieser Zeit eine wirkliche Hilfe. Baut mich auf, unterstützt mich, gibt Tipps, wie man sich mit der Situation abfinden kann. Es helfe, so blöd wie es auch klinge, Tag für Tag zu nehmen und in jedem Tag eine neue Chance zu sehen, etwas Gutes vollbringen zu können. Auch hier könne man sich an kleinen Sachen erfreuen. Sich weiterbilden. Etwas Neues lernen. Das Leben sei nicht vorbei. Das klingt zwar nicht sehr glaubwürdig. Ich versuche es trotzdem. Und es klappt. Es ist einfacher, kleine Etappen zu planen und in Angriff zu nehmen, als nur den Marathon zu sehen und sich zu denken, dass man ihn wohl nie wird laufen können. Ich setze mir Wochenziele – so dämlich diese auch sein mögen. Ein Buch lesen, die Zelle aufräumen, jeden Tag vier Runden im Hof laufen, was auch immer. Teilweise auch nur, den Freitag zu erreichen.

Sonja bringt mich ebenfalls dazu, mich etwas häuslicher einzurichten. Es spreche ja nichts dagegen, sich eine angenehmere Umgebung zu schaffen, selbst wenn ich freigesprochen werden sollte. Ich kaufe mir mit meinem letzten Geld also eine Kaffeemaschine und zwei Zimmerpflanzen. Hänge ein paar Bilder aus Zeitschriften auf, richte meine Zelle etwas wohnlicher her. Sonja schenkt mir ein paar Kleinigkeiten. Sie habe bald keine Verwendung mehr dafür. Mitte Januar werde sie bedingt entlassen.

Ich warte also weiter, mache meine Arbeit, beschäftige mich irgendwie. Versuche, Sonjas Ratschläge zu befolgen. Ich beginne, ein Tagebuch zu führen, höre damit aber schnell wieder auf, da ich Tag für Tag dasselbe schreiben müsste. Die Vorstellung, noch etliche Jahre hier verbringen zu müssen, wird nichts desto trotz immer unerträglicher. Ich klammere mich an den 12. Januar. Seit ich hier angekommen bin, sind viele Frauen wieder entlassen worden. Ich musste bleiben. Das würde nach einem Urteil über elf Jahre noch etwa sechseinhalb Jahre so weitergehen, bei bedingter Entlassung. Eine Ewigkeit im selben Trott. Elf Jahre, das sind 132 Monate oder gut 4000 Tage. Und auch zwei Drittel davon sind immer noch etwas über sieben Jahre oder über zweieinhalbtausend Tage. Davon sind mittlerweile etwa 230 rum. Noch nicht mal zehn Prozent.

Der Briefkontakt zu Erika und Mirjam schläft langsam ein. Was sollte man denn auch noch schreiben? Sie versprechen aber beide, zur Verhandlung im Januar zu kommen. Ich vereinsame langsam. Und ich weiss nicht, ob ich will, dass sie kommen.

Ich finde mich nach verschiedenen Hochs und Tiefs langsam irgendwie mit der Situation ab, muss sie wohl oder übel akzeptieren. Eine gewisse Ähnlichkeit zu einem normalen Arbeitsalltag ist durchaus da. Meine depressiven Gedanken verschwinden mit dieser Akzeptanz langsam. Hätte sich meine Stimmung nicht verbessert, hätte ich mich wohl bald in medizinische Behandlung begeben müssen.

Die Arbeit in der Küche gefällt mir zum Glück gut. Es ist nicht gerade das, was ich bis anhin gemacht habe, aber es ist eine sinnvolle Arbeit. Nachdem ich die Basics nun langsam draufhabe, beginne ich, einen gewissen Ehrgeiz zu entwickeln. Ich möchte möglichst gut kochen lernen. Abgesehen davon, dass ich das, was ich koche, auch selber essen muss, möchte ich meine Kolleginnen auch etwas bieten. Dass ein gelernter Koch die Küche leitet, ist aber sicher von Vorteil. Der einzige Nachteil ist, dass das Küchenteam früher aufstehen muss als alle anderen. Das Frühstück will schliesslich auch zubereitet werden. Dadurch gewinne ich aber auch ein Stück Eigenständigkeit und trage eine gewisse Verantwortung. Das gefällt mir wiederum. Dass ich auch jedes dritte Wochenende arbeiten muss, stört mich ganz und gar nicht. Die Freizeit lässt sich halt nach wie vor nur sehr begrenzt sinnvoll nutzen. Da sich der Winter nähert, wird es draussen auch immer kälter, so dass es nicht mehr so angenehm ist, die Freizeit auf dem Hof zu verbringen.

Mitte November beginnen wir in der Küche, Weihnachtsgebäck zu backen. Ein bisschen in vorweihnachtliche Stimmung soll man schliesslich auch kommen. So gibt es ein kleines Päckchen Kekse für jede. Bei mir stellt sich aber eher eine Nervosität ein. Der Verhandlungstag rückt langsam näher.

Kurz vor Weihnachten wird Sonja doch noch von Hindelbank in die Aussenstelle verlegt, da unerwartet ein Platz frei geworden ist. Schon die letzten Wochen war sie nur noch am Abend und in der Nacht in Hindelbank. Der Abschied fällt mir schwer. Ich hatte eine sehr gute Beziehung zu ihr. Sie war meine beste Freundin hier. Wenn ich Glück habe, kann ich sie bald in Freiheit besuchen. So richtig daran glauben kann ich aber nicht.

An Weihnachten hoffe ich, ein Paket zu bekommen. Eigentlich rechne ich nicht mit viel. Ich bekomme aber doch noch drei. Eins von Mirko, mit vielen Süssigkeiten, einem ganz schönen Brief, neuer Wäsche und einigen Büchern. Eines kommt von meiner Mutter mit ähnlichem Inhalt. Und das letzte stammt tatsächlich von der Stawa. Ebenfalls mit Büchern, Briefen und Zigaretten. Eine von allen – sogar Angela und Thomas – unterschriebene Karte liegt ebenfalls bei. Ich freue mich extrem über die Pakete. Mit all diesen Büchern könnte ich eine Bibliothek eröffnen und die nächsten Jahre locker auskommen. Hoffentlich ist das kein schlechtes O-men für die Verhandlung.

Den Weihnachtstag verbringe ich also alleine. Zum ersten Mal. Die anderen sind zwar auch noch da, aber es ist doch nicht dasselbe wie mit der Familie. Ich war nie ein Weihnachtsfanatiker, der alle beschenken muss und sich irgendwie besinnt oder so. Aber es war doch immer eine schöne Zeit, in welcher man die ganze Familie sieht und in welcher eine spezielle Stimmung herrscht. Ich vermisse es schon auf eine Art und Weise. Der geschmückte Christbaum im Aufenthaltsraum vermag daran nichts zu ändern. Einige der Mitinsassinnen haben Hafturlaub bekommen, so dass nur noch fünf von meiner Wohngruppe da sind. So sitzen wir schlussendlich bis zum Einschluss, der auch an Weihnachten bereits um 21 Uhr erfolgt, im Aufenthaltsraum und sehen gemeinsam schweigend fern.

Noch sind es gut drei Wochen bis zur Verhandlung. Ich spreche mit einigen darüber, wie sie sich vor der Verhandlung gefühlt haben. Anscheinend ist es allen gleich ergangen. Nervosität pur. Im Wissen darum, dass es hier enden würde. Das Wissen um eine drohende oder sichere Haftstrafe helfe nicht wirklich, ruhig zu bleiben. Auch die Hoffnung auf einen Freispruch bleibe bis zuletzt bestehen.

Das neue Jahr verschlafe ich schlichtweg. Nicht mal das klassische ‚Dinner for one' kann ich mir anschauen. Wenigstens habe ich mir keine Vorsätze für das neue Jahr gefasst. Welche denn auch. Ich könnte ja aufhören zu rauchen. Kurz vor der Verhandlung, welche über den Verlauf der nächsten Jahre bestimmen könnte. Keine gute Idee...

Eine Woche vor der Verhandlung kommt Frei vorbei. Er möchte wissen, wie ich in der Verhandlung aussagen möchte, damit er weiss, wie er sein Plädoyer gestalten soll. Wir beschliessen, dass es wohl besser ist, bei der ursprünglichen Version zu bleiben, also alles abzustreiten, oder die Wahrheit zu sagen, wie man es auch nennen will. Nach zwei Stunden verabschiedet er sich wieder. Immerhin hat er sich auch noch die Zeit genommen, über andere Themen mit mir zu sprechen. Über all das, was sonst noch in Sachen Weltgeschichte interessant ist. Bei der Juga habe er derzeit ein interessantes Mandat, welches mich sicher auch interessieren würde. Dieses kleine Gespräch baut mich wieder auf. Es zeigt doch, dass man Interesse für mich zeigt. An der Verhandlung würden wir uns dann wieder sehen. Falls ich mich doch noch dafür entscheiden sollte, ein Geständnis abzulegen, solle ich ihn doch bitte noch früh genug informieren.

Einen Tag später kommt mich Mirko das letzte Mal vor der Verhandlung besuchen. Wir sprechen über alles Mögliche. Einen Freispruch schliessen wir mittlerweile eigentlich aus. Wenigstens wenn wir die Angelegenheit vernünftig betrachten. Insgeheim hoffen beide, dass es nach beinahe einem Jahr ein gutes Ende nehmen wird. Anlässlich dieses Besuchs bitte ich Mirko auch, nicht an die Verhandlung zu kommen. Ich möchte nicht, dass er im Publikum sitzt und das ganze Trauerspiel mitbekommt. Erstaunlicherweise hat er nichts dagegen.

In dieser letzten Woche schlafe ich von Nacht zu Nacht schlechter. Ich habe Albträume, wache immer wieder schweissgebadet auf. Das Ende rückt näher. Mein persönliches Armageddon. Ich würde so gerne schlafen, schaffe es aber nicht. Es geht um zu viel, meine Zukunft, fast schon mein Leben. Wie hatte es Thomas zu Beginn dieser Sache so schön ausgedrückt? Ich bin kein Mensch, der für solche Situationen geschaffen ist. Ich bin bereits fix und fertig, als es auf die letzte Nacht zugeht. In dieser mache ich kein Auge zu. Wie schaffen es manche Leute bloss, den Eindruck zu erwecken, dass ihnen das Ganze völlig egal sei? Vermutlich haben sie fast nichts mehr zu verlieren. Anders kann ich es mir nicht erklären. Obwohl, eigentlich kann ich ab jetzt nur noch etwas gewinnen.

Der zwölfte Januar bricht an. In aller Früh werde ich zum Gerichtsgebäude gefahren. In den letzten Tagen ist Schnee gefallen. Der Winter ist definitiv eingekehrt. Es ist bitterkalt. Die Fahrt zieht sich wegen des Wetters und ich stelle fest, dass der Transportbus nicht für kalte Tage gebaut wurde. Ich friere, spüre meine Finger kaum noch. Winterkleider habe ich nur wenige in meinem Schrank in Hindelbank. Trotz der frühen Abfahrt kommen wir gerade noch pünktlich an. Wenigstens erspart mir das einen Aufenthalt in meiner Lieblingszelle im Polizeiposten. Ich werde direkt zum Gericht gefahren. Die Verhandlung ist leider öffentlich. Vor dem Gebäude sind schon viele Leute versammelt, welche offenbar nur auf mich warten. Darunter einige Pressevertreter, aber auch viele bekannte Gesichter. Ich weiss noch immer nicht, ob ich mich darüber freuen soll.

Ich werde in den Saal geführt, setze mich vorne in der Mitte hin. Rechts hinter mir sitzt mein Anwalt, links hinter mir die Staatsanwaltschaft, also Angela. Vor mir sitzen logischerweise die Richter, fünf Stück an der Zahl, drei Juristen und zwei Laienrichter sind es. Links neben dem Gericht, an der Seite, ist die Gerichtsschreiberin. Neben der Staatsanwaltschaft hat sich ein Polizist positioniert, eine Polizistin wartet vor dem Ausgang.

Ganz hinter mir hat es drei Reihen für das Publikum. Diese sind voll besetzt.

Ich habe gar keine Zeit mehr, mich in irgendeiner Form zu sammeln. Meine Finger sind noch nicht einmal aufgetaut, ich konnte auch nicht mehr mit Frei sprechen. Da gäbe es aber auch nicht mehr viel zu sagen.

Die Türe wird geschlossen, es kann losgehen.

# Hauptverhandlung

Der Gerichtspräsident eröffnet die Verhandlung. Alle, welche anwesend sein müssen, sind da. Er befragt mich zur Person, will wissen, wo ich zur Schule gegangen bin, wie ich aufgewachsen bin, ob ich Probleme hatte. Ich erzähle alles, erkläre, wer ich bin und versuche, mich und meine familiäre Situation doch noch so gut wie möglich darzustellen. Nach etwa einer halben Stunde kommt er zur Sache, zum mir vorgeworfenen Delikt.

*„So, Frau Eitzner. Sie wissen, was Ihnen vorgeworfen wird? Dass Sie versucht haben sollen Ihre Tante, Ingrid Eitzner, umzubringen, indem Sie sie angeschossen und unter den Zug gestossen haben sollen?"*

„Ja."

*„Was sagen Sie zu diesen Vorwürfen?"*

„Ich habe es nicht getan, auch wenn ich weiss, dass es anders aussieht, dass vieles darauf hindeutet, dass ich es gewesen sein muss. Es ist aber nicht so. Ich war es nicht." Ich wiederhole mich abermals. Ich weiss nicht, wie häufig ich diese Worte gesagt habe. Aber es waren bestimmt an die fünfzig Mal.

*„Was haben Sie um diese Zeit getan, also am Donnerstag, dem 3. März letzten Jahres?"*

„Ich bin normal zur Arbeit gefahren, wie ich das schon so oft erzählt habe..."

*„Das Gericht kennt die Aussagen, welche Sie bei der Staatsanwaltschaft gemacht haben. Können Sie dem Gericht aber bitte noch einmal schildern, was Sie an diesem Morgen getan haben?"*

Wieso denn? Ihr wisst doch schon lange, dass es einen Schuldspruch geben wird. Das Ganze ist doch im Prinzip ein

Schmierentheater. Dem ich aber erstaunlicherweise trotzdem grosses Gewicht beimesse.

„Ja. Also: Ich bin um Viertel nach Sechs aufgestanden, bin duschen gegangen, habe mich angezogen und mir einen Kaffee gemacht. Damit bin ich auf den Balkon, habe dort eine Zigarette geraucht, bin dann auf den Bahnhof und von dort mit dem Sieben-Uhr-Zug zum Arbeitsort. Dort angekommen bin ich von Bahnhof direkt zur Staatsanwaltschaft und habe normal gearbeitet. Nach der Arbeit bin ich wieder auf direktem Weg nach Hause und habe die Wohnung anschliessend nicht mehr verlassen. Das wär's dann auch gewesen."

*„Kann jemand das mit dem Arbeitsweg bezeugen?"*

„Nein. Anscheinend hat mich niemand gesehen."

*„Auf Ihrem Balkon wurde eine Waffe und Kleidung mit Ihrer DNA und Schmauchspuren sichergestellt. Was meinen Sie dazu?"*

„Ich kann das nicht erklären. Jemand will mir etwas unterschieben."

*„Der berühmte unbekannte Dritte?"*

„Ja, ach, ich weiss es nicht. Ich war es jedenfalls nicht."

*„Das Opfer sagt ganz klar aus, dass Sie es angeschossen und unter den Zug gestossen hätten."*

„Ich weiss. Ich war es aber nicht. Ehrlich. Ich schwöre es..."

*„Das mit dem Schwören ist so eine Sache..."*

Er macht eine Pause. Wenn ich mir so selber zuhöre, klingt die ganze Geschichte sowas von erstunken und erlogen. Das kann mir keiner glauben. Die Beisitzer verziehen auch schon ihr Gesicht. Ziehen eine Augenbraue hoch. So, als würden sie sich fragen, ob mir denn nichts Besseres einfällt. Aber es handelt sich schlicht und einfach um die Wahrheit.

*„Es gibt ein Video, auf welchem eine Person mit Ihrem Signalement zu sehen ist. Diese Person bewegt sich unmittelbar nach dem Tatzeitpunkt vom Bahnhof weg."*

„Das bin ich auch nicht. Zu dieser Zeit wartete ich noch auf den Zug oder war gerade abgefahren."

*„Dort hat Sie aber niemand gesehen."*

„Ich weiss." Was soll ich denn auch anderes sagen? Ich bin mir dessen bewusst, aber ändern kann ich es auch nicht.

*„In einer Einvernahme haben Sie zugegeben, dass Sie den Tötungsversuch begangen haben."*

„Ja, das habe ich da gemacht. Aber es stimmte nicht, ich habe wirklich nichts getan." Ich wiederhole mich und wiederhole mich und wiederhole mich. Dennoch werde ich hier im Eilzugstempo abgefertigt. Es ist eigentlich egal, was ich noch sage. Ich fühle mich nach wie vor ausgeliefert. Es kommt halt einfach so, wie es schon lange den Anschein macht. Kein Ausweg in Sicht.

*„Wieso haben Sie das denn gesagt, wenn es nicht stimmt?"*

„Weil ich in den vorzeitigen Strafvollzug wollte. Ich wollte raus aus der U-Haft, habe es dort nicht mehr ausgehalten."

*„Und ein Geständnis abzulegen, dass Sie zusammen mit den anderen Beweisen möglicherweise - nein sicher - für Jahre ins Gefängnis bringt ist besser, als je nachdem noch eine eher begrenzte Zeit in U-Haft zu verbringen? Als die dortigen Haftbedingungen noch ein wenig zu ertragen?"*

Oh Gott, was soll ich denn darauf bitte antworten? Das ist wie die Wahl zwischen Pest und Cholera.

„Ich dachte in diesem Augenblick, dass es die bessere Lösung sei, es glaubte mir ja keiner. Ich war der Ansicht, dass ich sowieso verurteilt werde, so konnte ich die Situation genauso gut früher verbessern."

*„Und jetzt meinen Sie, dass Ihnen jemand glaubt?"*

Eben, Pest oder Cholera...

„Nein. Jetzt sieht es vermutlich noch schlimmer aus."

*„Sie waren es also nicht und sitzen unschuldig auf diesem Stuhl da?"* So viel zur Unschuldsvermutung. Ich bin bereits verurteilt. Der Gerichtsschreiberin muss das Urteil bestimmt nur noch ausdrucken, geschrieben hat sie es sicher schon.

„Ja, das sage ich doch die ganze Zeit."

*„Eben nicht."*

Meine Güte, ich weiss es doch. Aber was soll ich noch tun? Mehr als meine Unschuld immer und immer wieder zu beteuern kann ich nicht.

*„Ihre Beziehung zum Opfer ist nicht die beste?"*

„Nein, ich mag sie ganz und gar nicht, das habe ich aber auch nie abgestritten."

*„Bei der Schlusseinvernahme haben Sie gesagt, dass Sie sie abgrundtief hassen würden und dass sie den Tod verdient hätte."*

„Das stimmt so." Was soll ich auch anderes sagen, gesagt ist gesagt.

*„Und weiter?"*

„Nichts weiter." Ich kann doch die Situation nur noch verschlimmern.

Da keine weiteren Fragen an mich gestellt werden, wird die Befragung abgeschlossen. Nun soll Ingrid einvernommen werden. Da sie aber Opfer ist, hat sie das Recht, dass eine Begegnung mit mir vermieden wird. Das will sie auch. Ich werde also aus dem Saal geführt und muss in der Tageszelle warten, bis ihre Befragung abgeschlossen ist. Dieses hinterlistige Weib. Das macht sie aber geschickt. Meine Befragung war die kürzeste, die ich bei einem Angeklagten vor Gericht je erlebt habe. Selbst bei einer relativ harmlosen Körperverletzung dauerte das länger.

Ich warte also etwa eine Stunde... Hoffentlich bringt Frei sie dazu, dass sie sich irgendwie verrät. Dass sie sagt, dass sie mich nicht erkannt hat. Wieder einmal warten und hoffen. Auf meine definitiv letzte Chance. Das, was ich da erzählt habe, klang nicht sehr realitätsnah. Es klang wie eine Lüge. Das muss ich zugeben.

Eine Hauptverhandlung dient im Wesentlichen dazu, dem Beschuldigten noch eine Show zu bieten. Ihm noch eine Plattform zu geben, um sich zu äussern. Es ist ein Theater, eine Farce, hat keine Bedeutung. Warum ich dieser Show noch eine Bedeutung zumesse, ist mir eigentlich ein Rätsel. Möglicherweise liegt es allein daran, dass am Ende das Urteil gesprochen wird.

Endlich werde ich wieder zurück in den Saal geführt. Ich werde nervös, frage mich, was sie wohl behauptet hat. Als ich den Saal wieder betrete kann ich ganz genau aus den Gesichtern ablesen, dass ihre Aussage nicht zu meinen Gunsten ausgefallen ist. Das war's dann wohl. Ich verabschiede mich innerlich von der Verhandlung, beeinflussen kann ich es nicht mehr. Ich konnte es nie. Hatte nie eine Chance. Jedenfalls nicht eine, deren Grösse ich beeinflussen konnte. Ich setze mich jetzt neben Frei.

*„Ihre angeheiratete Tante ist aber eine ganz gute Schauspielerin."* meint Frei zu mir, während der Richter Erika

aufruft. „*Sie war wirklich überzeugend. Ich konnte leider nichts machen.*"

Erika setzt sich in die Mitte. Die Personalien werden abgefragt und die Zeugenbelehrung heruntergeleiert.

Richter: „*Frau Renner. Was können Sie uns über die Beziehung der Beschuldigten zu Frau Eitzner, dem Opfer, sagen?*"

Erika schaut zu mir. Meinte sie es so, dass sie zur Verhandlung kommt? Wohl kaum.

Erika: „*Na ja. Nina hat einmal lange über Frau Eitzner gesprochen. Sie mag sie nicht, hat sich über die schwierige Situation zu Hause beklagt. Ninas Mutter ging es wohl ziemlich schlecht, weil das Opfer sie fast tyrannisierte. Nina hat gesagt, dass ihre Mutter sie häufig anruft und sich über Ingrid beschwert. Man merkte es ihr auch an, dass sie ziemlich unter der Situation litt, dass sie teilweise gestresst war, wenn es ihrer Mutter wieder einmal nicht gut ging.*"

Mein Gott. An die Wahrheitspflicht muss man sich doch nicht so genau halten. Etwas Relativieren geht immer. Erika schaut zu mir. Sie will es nicht sagen, aber das, was sie sagt, sagt sie dafür umso genauer.

Erika: „*Einmal hat Nina sich ganz extrem über Ingrid aufgeregt, wurde richtig wütend.*"

„*Wann war das?*" will der Richter wissen.

Erika: „*Ich glaube, kurz vor Weihnachten.*"

Richter: „*Vorletztes Jahr?*"

Erika: „*Ja, davor kannte ich Nina doch gar nicht.*"

Richter: „*Hat die Angeklagte ihr schlechtes Verhältnis zum Opfer je beschönigt?*"

Erika: „*Nein.*"

Richter: „*Hat sie je etwas gesagt, was auf eine Tötungsabsicht hätte schliessen lassen?*"

Ich habe einmal gelernt, dass man offene Fragen stellen soll. Diese wirkt mehr als suggestiv.

Erika: „*Nein, sie war ganz normal. Sie hat nur einmal gesagt, dass die Jahre, als Ingrid im Ausland ‚verschollen' war, die schönsten seit langem gewesen seien.*"

Warum zum Teufel erzählt sie das? Wenigstens hat sie nicht auch noch gesagt, dass ich irgendwelche Mordpläne präsentiert habe. Weder Angela noch Frei stellen weitere Fragen. Der Vorsitzende schliesst die Befragung ab und ruft Mirjam als Zeugin auf.

Mirjam äussert sich in ähnlicher Richtung. Von Zeit zu Zeit sehe ich mich etwas im Saal um. Das Publikum wird mich wohl für ein Monster halten. Für völlig krank, mich nach so langer Zeit auf diese Art und Weise zu rächen. Ein Journalist hämmert wie wild auf seinen Laptop ein. Als wolle er die Buchstaben über Kilometer morsen. Wird sich wohl eine on-line-Berichterstattung handeln. Diese habe ich auch ab und zu mitgelesen, fand sie immer interessant. Andrerseits nervte ich mich grausam über die von den Lesern abgegebenen Kommentare. Die nach dem Motto 'alle Strafen sind zu lasch' und 'Schweizer Gefängnisse sind doch Hotels'. All diese Kommentare von diesen rechten und mir doch etwas beschränkt erscheinenden Personen, die keine fünf Zentimeter weit überlegen, bevor sie etwas posten ohne auch nur annähernd Krammaddick und Ordhogravieh zu beachten.

Voyeurismus ist den Menschen aber anscheinend angeboren. Ich bin, was das anbelangt, wie auch schon erwähnt, nicht besser als andere Menschen. Die Stimmung im Saal würde ich als mir feindlich beschreiben. Ich fühle mich nicht wohl, das trifft vermutlich aber auf die meisten Angeklagten zu.

Ein paar Leute würde ich am liebsten aber gar nicht ansehen. All die bekannten Gesichter sehen wenig optimistisch in meine Richtung. Sie vermeiden den Blickkontakt, genau wie ich. Trotzdem treffen sich die Blicke immer wieder ganz kurz. Und diese sind vielsagender als alles andere. Was man in einem Blick an Aussagen verpacken kann ist erstaunlich. Das kann von einem 'ich freue mich so dich zu sehen und habe dich unendlich vermisst' über 'ich bedauere, dass es so weit gekommen ist und es tut mir leid' bis zu 'fall' am besten tot um' gehen. Wem ich in die Augen geschaut habe und welche Aussage zutrifft dürfte wohl klar sein.

Ich verfolge die Verhandlung schon gar nicht mehr richtig. Schalte ab. Und warte. Herr Frei macht sich derweil Notizen.

Zu guter Letzt wird noch der Psychiater befragt. Auch er sagt nichts Neues, versucht nur die Fachtermini in eine verständliche Sprache zu übersetzen und das Wesentliche hervorzuheben.

Es wird Mittagspause gemacht, danach folgen die Plädoyers. Ich würge etwas in der Tageszelle herunter, in die ich abermals versorgt werde, bis die Verhandlung fortgesetzt wird. Zum Glück hatte ich die Zigaretten in die Hosentasche gesteckt, so kann ich wenigstens versuchen, gegen meine Nervosität anzurauchen. Leider wieder einmal vergeblich. Ein Polizist holt mich ab und weicht nicht mehr von meiner Seite.

Um 14.00 Uhr geht die Verhandlung nach der langen Mittagspause endlich weiter. Noch fehlen aber noch ein paar Minuten bis dahin. Wir warten vor dem Saal.

Bevor es läutet und alle wieder in den Saal treten, kommt Frei zu mir. *„Ich kann Ihnen leider keine Hoffnung mehr machen. Es müsste ein Wunder passieren, damit Sie hier noch rauskommen. Lassen Sie sich aber nicht unterkriegen."*

Leichter gesagt als getan.

Es läutet, wir treten ein und setzen uns hin. Die Polizisten gehen auf ihre Posten.

# Die Plädoyers

Nun sind also Frei und Angela an der Reihe. Als Staatsanwältin ist Angela zuerst dran. Sie steht auf, tritt an das Pult und legt sich ihr bereits verfasstes Plädoyer zurecht. Ein Exemplar gibt sie direkt an die Gerichtsschreiberin ab.

*„Sehr geehrtes Gericht, Frau Gerichtsschreiberin, Herr Frei, Frau Eitzner. Das ist kein Fall wie jeder andere. Er ist in vielerlei Hinsicht speziell. Angefangen damit, dass die Beschuldigte bei der Staatsanwaltschaft gearbeitet hat, weiter die interessante und vor allem unübliche Geschichte, welche gefolgt ist und zum Ende, wie wir jetzt hier stehen. Das alles muss heute aber in den Hintergrund treten. In den Medien wurde schon genug darüber berichtet.*

*Im Prinzip geht es einzig und allein um die Antwort auf die Frage, wie der vorliegende Sachverhalt juristisch zu qualifizieren ist. Um diese Frage zu beantworten, möchte ich die Geschichte mit den absolut notwendigen Handlungsschritten der Beschuldigten noch einmal kurz rekapitulieren.*

*Die Beschuldigte musste mit der Planung der Tat schon Wochen im Voraus beginnen. Sie musste sich eine Waffe organisieren, überlegen, wie ihre Tante hierhin gelockt werden kann, obwohl die Tante der Meinung ist, dass die Beschuldigte der Mafia angehört. Um das tun zu können, hat sie eine alte Geschichte aufgegriffen, welche ihre Tante sehr beschäftigt hat, dazu möchte ich auf die Akten verweisen. Dann, als ihre Tante endlich am Bahnhof ankam und sie sie endlich so weit hatte, dass sie ihr vertraut, hat sie ohne auch nur ein Wort zu sagen auf sie geschossen, ist auf sie zugegangen und hat sie ohne mit der Wimper zu zucken un-*

*ter den einfahrenden Zug gestossen, um ganz sicher zu gehen, dass sie auch stirbt. Zum Glück ist das nicht eingetroffen.*

*Die Waffe wurde auf dem Balkon der Beschuldigten gefunden. Auch eine braune Jacke, wie auf dem Video gesehen und Handschuhe, beide mit Schmauchspuren. An der Jacke und in den Handschuhen wurde die DNA der Beschuldigten sichergestellt. Es liegen mehrere Zeugenaussagen vor, welche die Aussagen des Opfers, wonach Frau Eitzner die Tat begangen hat, bestätigen oder wenigstens darauf hindeuten. Auch die Person auf dem Video passt zum Erscheinungsbild der Beschuldigten. Nicht zu vergessen ist auch die Aussage des Opfers selbst, welches zwar schizophren ist, deren Aussagen gemäss Gutachten aber durchaus als glaubhaft eingestuft werden können. Dass Frau Eitzner deshalb als schuldig zu gelten hat ist meines Erachtens unbestritten."*

Sie macht eine Pause, sieht zu mir rüber. Ich kann ihr fast nicht in die Augen sehen. Ich weiss, dass sie nur ihren Job macht, aber es ist schon schwer, keinen Hass auf sie zu schieben. Man glaubt mir einfach nicht - niemand. Was wird sie beantragen? Was kommen nun für Ausführungen, für Abgrenzungen? Persönlich glaube ich nicht mehr an einen Freispruch, damit habe ich jetzt abgeschlossen. Es hängt nun einzig und alleine von der Qualifizierung ab, wie lange ich hinter Gitter muss. Sie schaut wieder auf ihre vorbereiteten Ausführungen und führt ihr Plädoyer weiter.

*„Es muss nur noch entschieden werden, um was für eine Art Tötungsdelikt es sich handelt. Dass der Tatbestand der versuchten vorsätzlichen Tötung erfüllt sein dürfte, ist wohl eindeutig. Warum ich auch den Tatbestand des versuchten Mordes als erfüllt betrachte, möchte ich nun kurz ausführen."*

Sie ist also wirklich dabei geblieben. Ich verschränke meine Arme vor dem Gesicht, falte sie zum Gebet, strecke die Zeigefinger nach oben und stütze mein Kinn auf die ebenfalls ausgestreckten Daumen. Es kommt so schlimm, wie es nur kommen konnte. Jetzt kann ich dann nur noch hoffen, dass Frei überzeugende Argumente gegen einen Mord vorbringen kann. Doch Angela ist noch nicht fertig.

*„Die ganze Tat bedurfte einer massiven Planung. Die Waffe musste frühzeitig besorgt werden, eine passende Geschichte zum Anlocken erfunden werden. Das alles ist aber nicht ausschlaggebend. Das Wichtige ist die Geschichte, welche vorausgegangen ist. Die Beschuldigte musste erleben, wie das Opfer die ganze Familie auseinander gebracht hat. Wie sie ihre Mutter auf die Palme gebracht und ihre Cousine vernachlässigt hat, wie sie das hart erarbeitete Geld des Onkels mit vollen Händen aus dem Fenster warf. Das alles hat sie in den Einvernahmen erwähnt und das ist schwer zu ertragen, unbestritten. Das alles ist aber auch schon ungefähr zehn Jahre her. So lange wohnt die Beschuldigte bereits in der Deutschschweiz und pflegte nur noch selten Kontakt zum Bündnerland. Während dieser Zeit ging die Geschichte aber noch weiter. Ihre Mutter wurde weiter durch Frau Eitzner bestohlen und seelisch verletzt. Das alles führte zu einem unbändigen Hass der Beschuldigten auf das spätere Opfer, was auch aus einigen Protokollen hervorgeht. Die Wut ist über Jahre gewachsen und irgendwann ist wohl der Entschluss gereift, dass man dem Ganzen ein Ende bereiten muss. Dieser Entschluss ist nicht spontan gefasst worden, nein, die Beschuldigte hat ihn weit entfernt vom Opfer gefasst, hat das ganze exakt geplant und feinsäuberlich in die Tat umgesetzt. Das Ganze ist schlicht und einfach aus Rache passiert. Die Beschuldigte wollte sich für den jahrelangen Terror rächen, wollte das Opfer kurzerhand aus dem Weg räumen, sich eines Problems entledigen. Dass alles auch erfolgt sein könnte, um ihrer Mutter zu helfen, sich einer psychischen Belastung zu entledigen, ist möglich, rechtfertigt die Tat aber nicht im Geringsten. Es*

*war ein Rachemord, zumindest ein versuchter. Rache ist ein klassisches Mordmerkmal, und dieses ist erfüllt. Die Ganze Planung und auch die kaltblütige Ausführung lassen die Tat als skrupellos und besonders verwerflich erschei-nen."*

Sie macht wieder eine Pause, sieht zu mir rüber. Ich kann ihren Blick nicht erwidern, sitze immer noch mit aufge-stütztem Kopf da und starre das Pult der Richter an. Diese sitzen schön ruhig da und hören sich Angelas Ausführungen an. Hinten hört man einen Pressemenschen zeichnen, der Tastatur-Kaputthauer macht Pause. Angela setzt zu ihren letzten Sätzen an.

*"Aussagen zum Motiv liegen leider kaum vor. Die Beschul-digte behauptet weiterhin, nichts getan zu haben. Ein Ge-ständnis wurde in Untersuchungshaft zwar ansatzweise ab-gelegt, wurde aber widerrufen. Trotzdem sollte auch auf diese Aussage abgestellt werden. Was aber aus den Aussa-gen ganz sicher hervor geht, ist, dass die Beschuldigte den Tod von Ingrid Eitzner gewünscht hat. Sie hasst das Opfer. Deswegen ist die Rache ganz klar als vordergründiges Motiv anzusehen Aus diesem Grund beantragt die Staatsanwalt-schaft die Beschuldigte wegen versuchten Mordes, eines Verstosses gegen das Waffengesetz sowie einer Störung des Eisenbahnverkehrs schuldig zu sprechen und sie zu einer Freiheitsstrafe von zehn Jahren und sechs Monaten, unter Anrechnung der Untersuchungshaft, zu verurteilen. Ausser-dem sind ihr die Verfahrenskosten aufzuerlegen. Danke für Ihre Aufmerksamkeit."*

Damit schliesst sie ihr Plädoyer ab. Sie nimmt ihre Notizen mit und setzt sich hin. Das Plädoyer war kurz und bündig - und hat gesessen. Ich atme tief durch. Zehneinhalb Jahre, das sind sage und schreibe 126 Monate. Verdammt lange. Zwei Drittel davon sind 84 Monate, genau sieben Jahre. Aber was rechne ich schon. Das Urteil ist noch nicht gespro-chen. Noch nicht. Pff...

Ich sehe zu ihr hin, sie sieht mich aber nicht an.

Das Gericht gibt Herrn Frei das Wort.

*„Sehr geehrtes Gericht, Frau Gerichtsschreiberin, Frau Staatsanwältin, geehrte Anwesende. So klar, wie die Staatsanwältin den Sachverhalt sieht, ist das Ganze nicht. Meine Mandantin hat im Grossen und Ganzen immer bestritten, etwas mit der Tat zu tun zu haben. Es gibt DNA-Spuren, unbestritten. Diese können aber auch fingiert sein. Die Jacke als auch die Handschuhe können gestohlen worden sein. Mit den gestohlenen Kleidern ist die Tat dann begangen worden. Anschliessend wurden sie auf dem Balkon meiner Mandantin versteckt. Auch ist meine Mandantin, ausser vom Opfer, nie eindeutig als Täterin identifiziert worden, es gibt lediglich vage Beschreibungen und alles andere als eindeutige Videoaufnahmen. Dass diese Beschreibung auch auf andere Leute zutreffen kann, ist offensichtlich. Nicht zuletzt sollte man auch beachten, dass meine Mandantin - wenn sie es gewesen sein sollte - nach der Tatausführung, ohne sich etwas anmerken zu lassen, einen ganzen Tag ganz normal hätte arbeiten müssen. Das ist nicht möglich, so abgebrüht ist sie nicht. Einfach so zur Behörde arbeiten gehen, welche für die Untersuchung des Delikts zuständig ist - nein. Letztlich gibt es keinen Beweis für die Täterschaft meiner Mandantin. Dass das Opfer sie belastet, ist nicht verwunderlich, schliesslich geht es davon aus, dass meine Mandantin der Mafia angehört und sie umbringen will. Die SMS, welche das Opfer angelockt haben, stammen nicht vom Handy von Frau Eitzner. Woher dass dieses SMS stammt, ist nie geklärt worden. Die DNA-Spuren können gelegt worden sein und das Geständnis war nie wirklich eines, weil Frau Eitzner über absolut kein Täterwissen verfügt und das Geständnis unter dem Druck der U-Haft erfolgt ist. Und schliesslich darf meine Mandantin das Opfer hassen und ihm den Tod wünschen, ein Gesinnungsstrafrecht gibt es in der Schweiz noch nicht. Es gibt viele Indizien, welche gegen meine Mandantin sprechen, es gibt*

*aber weder stichhaltige Beweise noch keine andere, mögliche Erklärung. Das Opfer hasst meine Mandantin ebenso wie umgekehrt. Es ist ebenfalls denkbar, dass das Opfer eine Straftat vorgetäuscht hat, um meine Mandantin aus dem Weg zu räumen. Nicht immer ist die einfachste Lösung auch die richtige. Wie gesagt liegen keine eindeutigen Beweise vor. Aus diesem Grund beantragt die Verteidigung, Frau Eitzner zumindest in dubio pro reo freizusprechen und sie für die ausgestandene Untersuchungs- und Sicherheitshaft zu entschädigen sowie die Kosten des Verfahrens und die notwendigen Auslagen dem Staat aufzuerlegen. Dass die U-Haft aufzuheben ist, ist selbstverständlich. Vielen Dank."*

Er setzt sich wieder hin. Das war jetzt etwas gar kurz, aber was will er noch sagen?

Das Gericht erteilt mir das letzte Wort. Was soll ich denn noch sagen? Etwas Weises fällt mir jedenfalls nicht ein. Der Pressemensch mit Laptop vergewaltigt wieder seine Tastatur.

„Ich war es nicht. Bitte, lassen Sie mich hier raus..." sage ich, während mir wieder Tränen in die Augen schiessen.

*„Wir ziehen uns nun zur Urteilsberatung zurück. Urteilseröffnung ist um zehn Uhr morgen früh."* Damit verlassen die Richter den Saal.

Ich stehe auf, schaue zu Frei. Ein Polizist nähert sich mir und nimmt die Handschellen hervor. Die Presse verlässt währenddessen den Saal und macht sich vor dem Gebäude bereit. Freis Gesichtsausdruck ist nichtssagend.

*„Hoffen Sie das Beste, aber einen Freispruch wird es wohl kaum geben."* Na, das macht ja Mut. Grundsätzlich weiss ich es ja.

Thomas ist hinten im Saal stehen geblieben. Er blickt mich traurig an. Als ich ihn ansehe, geht er in Richtung Ausgang. Angela packt ihre Sachen zusammen. Mit einem „So, warten auf morgen." geht sie zu Thomas.

Die Handschellen schnappen zu. Herr Frei fragt den Polizisten, ob wir noch vor der Türe eine Zigarette rauchen könnten, bevor ich weggeführt werde. Dieser verneint. Er habe Anweisung, mich sofort ins nächste Gefängnis zu bringen. Dass es diesen Ort noch gibt hatte ich schon fast vergessen. Dort war ich während der U-Haft. Na ja, vergessen habe ich es nicht wirklich, eher einigermassen erfolgreich verdrängt.

Ich werde zum Transportbus geführt, vorbei an vielen Pressevertretern, welche wie wild Fotos schiessen. Ich würde mir am liebsten die Hände vors Gesicht halten, das geht aber leider aufgrund der Fesselung nicht. Der Bus fährt los. Es schneit wie wild.

Nach langer Zeit betrete ich wieder den Ort, an welchem ich die ersten Wochen meiner Haft untergebracht war. Erinnerungen schiessen ins Gedächtnis. Sehr lebhafte Erinnerungen. Die Atmosphäre und vor allem die Gerüche, alles lässt die Zeit hier wieder aufleben. Wenigstens komme ich in eine andere Zelle. Ich beziehe das Bett und setze mich darauf. Meine Tasche packe ich nicht aus. Hier bleibe ich auf jeden Fall nicht, egal wie es morgen ausgeht. Eigentlich bin ich todmüde, ich sollte ein wenig schlafen, solange ich es kann. Ich lege mich hin, meine Gedanken kreisen aber andauernd um den morgigen Tag. Dann wird, nach beinahe einem Jahr, das erstinstanzliche Urteil gesprochen. Bleiben dann noch zwei weitere Instanzen, bis es endgültig ist. Es würde mich interessieren, wie viele Beschuldigte nach einem erstinstanzlichen Urteil vor Bundesgericht freigesprochen werden. Das dürfte sich wohl im absoluten Promillebereich bewegen. Wenn überhaupt. Gut, die allermeisten ziehen ihr Urteil nicht weiter. Aber ich kann mich nicht wirklich an ein Urteil des Bundesgerichts erinnern, wo jemand vom Vorwurf eines versuchten Mordes freigesprochen worden wäre. Abgesehen vom Fall Ignaz Walker, aber der hatte eine völlig andere Ausgangslage. Also wird es mir wohl auch nicht anders ergehen, als all den anderen wegen versuchten Mordes angeklagten Menschen: ich werde verurteilt werden.

Das Abendessen kommt. Ich würge ein paar Bissen herunter, Appetit habe ich nicht. Ich komme wieder einmal nach langer Zeit einfach nicht zur Ruhe. Ich fühle mich ähnlich wie während meiner ersten Tage hier. Einfach nur schlecht. Ich lege mich wieder aufs Bett und wälze mich von einer Seite auf die andere.

Die Erinnerungen und die Angst vor dem morgigen Tag halten mich die ganze Nacht wach. Schlafen kann ich nicht. Dafür kann ich wieder meine Berechnungen aufnehmen. 84 Monate, davon sind zehn rum, ergibt noch 74 Monate, das sind rund 2200 Tage, welche noch übrigbleiben.

Bitte nicht.

Mittlerweile bin ich seit etwa 48 Stunden wach. Und heute ist Freitag der 13.

# Das Urteil

Frühmorgens werde ich wieder zum Gerichtsgebäude gebracht. Nach einer kurzen Zeit in der Tageszelle werde ich zu Herrn Frei gebracht, der schon wartet. Er sieht nicht sehr optimistisch aus. So, wie bei unserem „gemeinsamen" Fall bei der Juga.

*„Guten Morgen Frau Eitzner. Haben Sie schlafen können?"*

„Nicht wirklich. Ich fühle mich wie vor dem Gang zum Schafott. Als würde ich auf mein Todesurteil warten."

Ein kleines Lächeln huscht über sein Gesicht.

*„Na ganz so schlimm kann es zum Glück nicht mehr werden, diese Zeiten sind vorbei. Aber so fühlt sich jeder, glauben Sie mir. Sie sind dennoch die erste, bei welcher auch ich mich ähnlich fühle."*

„Wie lange dauert es noch."

*„Ungefähr zehn Minuten, es ist viertel vor."*

„Was meinen Sie?"

*„Was rauskommt?"*

„Ja."

*„Ich schätze etwa acht Jahre."*

Ich schlucke leer und schaue Herrn Frei entgeistert an. Er zuckt mit den Schultern. Wir warten noch ein paar Minuten schweigend, dann läutet die Glocke.

*„So, auf in den Kampf. Ich bin bei Ihnen, keine Angst."* meint Frei. Mir stockt der Atem. Ich trete hinter dem Vorhang hervor, hinter welchem wir unser kurzes Gespräch geführt haben. Ich sehe Angela, Thomas, auch Mirjam und Erika sind da. Alle sind gekommen. Bei mir bildet sich ein

Kloss im Hals. Ich möchte da nicht hinein. Ich fühle mich nicht gut. Nun findet sich aber ein Ende. Bald ist es vorbei. Ob es nun gut endet oder nicht.

Der Polizist bringt mich zum kleinen Tisch in der Mitte. Die Richter sitzen schon da. Alle mit Pokerface. Als alle im Raum Platz genommen haben, beginnt die Gerichtsschreiberin, das Urteil vorzulesen.

*„Die Beschuldigte, Nina Eitzner, wird wegen versuchten Mordes, Störung des Eisenbahnverkehrs und eines Verstosses gegen das Waffengesetz gemäss Art. 112 in Verbindung mit Art. 22 Abs. 1, Art. 238 Abs. 1 Strafgesetzbuch, Art. 33 Abs. 1 lit. a Waffengesetz, schuldig erklärt. Sie wird deshalb zu einer Freiheitsstrafe von 9 Jahren und 6 Monaten verurteilt. Die bisher ausgestandene Untersuchungs- und Sicherheitshaft von insgesamt 315 Tagen wird angerechnet. Die Beschuldigte trägt die Verfahrenskosten. Die Verfahrenskosten betragen, unter Vorbehalt einer Berufung oder Revision, 39'386.10 CHF."*

Mein Gehirn schaltet sich ab. Neun Jahre und sechs Monate. Für etwas, was ich nie begangen habe. Vor mir bildet sich ein milchig-grauer Schleier. Der Richter beginnt, das Urteil zu begründen. Ich bekomme nichts davon mit. Mein Körper schaltet sich ab. Oder meine Seele beginnt sich vom Körper zu trennen. Ich weiss nicht, was die Situation besser beschreibt. Es ist so irreal. Es kann einfach nicht sein. Ich habe das Gefühl, jeden Augenblick das Bewusstsein zu verlieren.

Der Richter plappert und plappert und plappert. Und ich stehe wirklich neben mir. Ich möchte ihm wirklich gerne zuhören, schaffe es aber nicht. Das ist zu heftig. Irgendwann verlassen die Richter den Saal.

Ich stehe auf und drehe mich um. Frei kommt zu mir, ein Polizist auch gleich mit. Ich richte meinen Blick nach hinten ins Publikum. Sehe Mirjam, Erika und Thomas. Mirjam liegt

Erika in den Armen und weint. Thomas sieht irgendwie ausdruckslos in meine Richtung. Alle sehen mich an. Der Pressemensch packt seinen Laptop ein. Die Türe hinter den Richtern schliesst sich. Angela nimmt ihre Notizen zusammen und steckt sie zusammen mit zwei ziemlich dicken Ordnern in eine Tasche.

Ich weine erstaunlicherweise nicht. Ich begreife es noch nicht. Es ist vorbei. Das Urteil ist gesprochen.

Amen.

# Und jetzt?

Der Polizist legt mir die Handschellen an. Die Presseleute verlassen nach und nach den Saal. Meine Bekannten bleiben noch sitzen und sehen entgeistert zu mir. Sofern sie nicht weinen. Ich stehe immer noch da, während der Polizist schon leicht am Arm zieht.

Angela kommt zu mir. Der Polizist hält mich nur noch am Arm fest, will mich aber nicht mehr mitnehmen.

*„Es tut mir leid, ehrlich."*

Ich kann nichts sagen. Es geht nicht. Ich muss zuerst begreifen, was passiert ist. Ich werde hinausgeführt. Herr Frei kommt mit, legt mir seine Hand auf den Rücken. Das hilft erstaunlicherweise. Gibt Sicherheit. Unterstützt. Schweigend verlassen wir das Gebäude, bleiben aber vor der Türe stehen. Herr Frei reicht mir eine Zigarette. Die Presseleute fotografieren uns. Wir drehen uns gegen die Wand.

*„Geht's?"*

„Ich weiss es nicht. Was passiert nun?"

*„Es geht zurück nach Hindelbank. Ich werde Berufung einlegen, wenn es Ihnen recht ist."*

Thomas, Mirjam und Erika kommen zu mir, alle mit feuchten Augen. Ihre Blicke sind viel- und doch auf eine ganz merkwürdige Art und Weise nichtssagend. Ich bringe immer noch kein Wort über meine Lippen, wende mich ab. Ich kann ihnen nicht in die Augen schauen. Ich habe nichts getan und schäme mich trotzdem, ihnen gegenüber zu stehen. Wir sehen uns einfach nur an. Ich ziehe an meiner Zigarette. Noch immer sagt niemand etwas. Ein Polizist packt mich am

Oberarm. Ich drehe mich um und gehe auf den bereit stehenden Bus zu. Mein Gepäck ist auch schon verladen. Ich hatte es ja mitgenommen, für den Fall, dass ich freigesprochen werde. War wohl nix.

Ich setze mich in den Bus, schaue noch einmal alle Leute der Reihe nach an. Der Polizist schliesst die Tür.

## Nachwort

Der Wecker klingelt, ich erwache. Es war also doch nur ein Traum? Ich sehe mich um. Bin zu Hause. In meinem Bett.

Was war denn das? Ich verstehe es nicht... War das jetzt real oder nicht? Ich sehe aus dem Fenster. Kein Schnee. Die ersten Blumen stecken ihre Köpfe aus der Erde.

Ich bin verwirrt. War das jetzt echt oder nicht? Es kann nicht real gewesen sein, denn dann wäre ich jetzt nicht hier. Andrerseits war das Erlebte sowas von real, dass es nicht ein Traum gewesen sein kann.

Was soll ich nun tun? Mirko liegt neben mir im Bett. Soll ich ihn wecken? Nein, das ist mir zu peinlich. Er könnte mir eine sichere Auskunft geben. Aber es kann nur ein Traum gewesen sein. Sonst wäre jetzt Januar und ich wäre nicht hier. Also ist es März. Zwar fast ein Jahr früher, als ich das Gefühl habe, aber es muss März sein. Dann sollte ich aber vielleicht zur Arbeit gehen.

Ich gehe duschen, ziehe mich an und lasse einen Kaffee aus der Kaffeemaschine. Setze mich mit dem Kaffee auf den Balkon und zünde mir eine Zigarette an. Die Sonne kommt langsam hervor. Nachdem ich den Kaffee ausgetrunken habe, gehe ich an den Bahnhof. Leider ist niemand da, den ich kenne und mit dem ich reden könnte. Ich steige wie immer recht weit vorne ein, damit ich später nicht ins Gedränge komme und weniger weit laufen muss. Im Zug sind alle Plätze wieder einmal besetzt, so dass ich die ersten beiden Stationen stehen muss.

Ich steige aus dem Zug und laufe zur Stawa, so um 07.35 Uhr bin ich - wie immer - da. Ich begrüsse alle, die da sind, gehe in mein Büro und fahre meinen PC hoch. Ich lege meine Tasche neben das Pult. Im Polizeijournal ist nichts Neues drin. Ich höre Schritte auf der Treppe. Jemand kommt sie hoch. So früh morgens ist das ungewöhnlich. Da klopft es an der Tür, welche immer einen Spalt offen steht...

*„Mehr als die Vergangenheit interessiert mich die Zukunft, denn in ihr gedenke ich zu leben."*

Albert Einstein